La reine se confine

Au service secret de Marie-Antoinette

Frédéric Lenormand

La reine se confine

Au service secret de Marie-Antoinette

Éditions de La Martinière

ISBN : 978-2-7324-9727-3

Une marque de la société EDLM

1
Les débours de la guerre

Marie-Antoinette recevait cet après-midi-là dans ses appartements divers artistes venus lui parler boiseries, dorures, œuvres d'art et mobilier, grâce à qui elle assouvissait sa passion pour la décoration. Entre une visite de son architecte et une autre de son tapissier, elle donna audience au directeur général du Trésor, Jacques Necker, le nouveau grand argentier du royaume. Necker était suisse, banquier, richissime, protestant, et avait le vent en poupe. Comme le déficit du Trésor était le problème sempiternel de l'Etat français, on avait jugé tout naturel de confier ces questions à un monsieur dont le métier consistait à brasser de l'argent.

Avec ce conflit dans lequel la France s'était lancée pour soutenir les Insurgents d'Amérique contre la couronne britannique, les dépenses de la marine avaient triplé pour atteindre cent cinquante millions par an. Il fallait trouver des recettes supplémentaires pour couvrir les débours de la guerre. L'idée était de les chercher dans les poches des gens. Et Leurs Majestés étaient connues pour avoir de grandes poches.

Necker, long bonhomme au front dégarni, en habit noir de roturier et cravate de dentelle vaporeuse, était venu présenter en personne à Marie-Antoinette son plan pour réformer les frais occasionnés par le château de Versailles.

– Ça tombe bien, dit la reine, je suis en train d'organiser les aménagements de mes petits appartements. J'espère que votre plan prévoit d'augmenter ma dotation.

– Ce n'est pas exactement cela, dit prudemment le Suisse. J'aimerais que Vos Majestés m'aident à redresser les finances.

– Ah, mais je contribue ! dit Marie-Antoinette. Voyez donc. Pas plus tard que tout à l'heure, on m'a proposé des rideaux en soie de Chine. J'ai répondu : « Non, non, je prendrai de la soie lyonnaise, ça coûtera moins cher aux finances de M. Necker ! »

– Votre Majesté est trop bonne, répondit l'intéressé.

Le plan d'économies qu'il avait prévu était très simple : on allait réduire nettement le train de vie de la Maison du roi sans toucher du tout à la Maison de la reine.

– Il me plaît bien, ce plan, dit Marie-Antoinette, qui avait de grands projets de construction, d'ameublement et de toilettes.

Ce beau plan qui faisait porter toutes les économies sur les liquettes de son mari et aucune sur ses propres parures avait un prix. Necker avait besoin de son influence pour supprimer un trou financier.

– Quel est-il, ce trou ? demanda la reine.

– Il s'appelle Antoine de Sartine, Madame.

Sartine, ministre de la Marine, s'était permis de déclarer seize millions de pertes, ce qui était déjà énorme, alors qu'elles s'élevaient en réalité à vingt-six millions, ce qui était intolérable. Pour un banquier comme Jacques Necker, ni cet abîme ni ce mensonge n'étaient admissibles. Il voulait chasser le fautif.

– Mais nous sommes en guerre avec l'Angleterre, plaida Marie-Antoinette. Notre marine a des frais. Il faut construire des navires, les armer, leur donner un équipage, les faire voguer… Ce n'est pas gratuit, tout ça.

– Justement ! dit Necker. C'est le moment d'être franc et vertueux ! Pas menteur et corrompu. Je soupçonne Sartine d'avoir rempli son escarcelle, en plus d'avoir laissé filer la dépense de son ministère.

Il désirait voir nommer à sa place le marquis de Castries.

– On dit que ce monsieur a un vrai un caractère de cochon, objecta Marie-Antoinette.

– Parfait ! Il saura dire non aux dépenses !

– C'est un militaire, pas un politique…

– Ça tombe bien, nous sommes en guerre !

– Ce serait un millionnaire de plus au gouvernement…

– Tant mieux ! Sa fortune le mettra à l'abri de la corruption !

Le problème de Necker, c'était que son premier ministre, le comte de Maurepas, ne voulait pas entendre parler de M. de Castries : il ne l'aimait pas, cet homme n'était pas de ses amis.

– Il ne tiendra qu'à Votre Majesté qu'il soit des vôtres, susurra Necker sur le ton du serpent qui annonce à Eve que les pommes sont en avance, cette année.

– Eh bien soit ! dit la reine. Mon mari n'a qu'à le nommer !

Necker plissa les yeux, on aurait presque pu voir le bout de sa langue fourchue.

– C'est là que j'ai besoin de Votre Majesté.

Un huissier annonça justement l'arrivée du roi. La porte s'ouvrit à deux battants et Louis XVI entra chez sa femme pour sa petite visite matinale : on l'avait averti qu'elle avait un blanc dans son agenda entre le menuisier et l'ébéniste. Tandis que le Suisse s'inclinait, la reine expliqua à son mari ce que le directeur du Trésor faisait chez elle.

– Mon ami, M. Necker nous a apporté l'acte de nomination de M. de Castries à la Marine. Il m'a convaincue du bienfondé de ce remplacement.

Elle fit un geste et le papier, la plume et l'encrier apparurent devant Louis XVI comme par magie. Il hésita.

– Il faudrait que je demande à M. de Maurepas ce qu'il en pense…

– C'est justement M. de Maurepas qui désire cette nomination ! répondit Marie-Antoinette.

– Ah ? Bien. Dans ce cas, rien ne s'y oppose.

L'acte signé, Necker se retira avec son nouveau ministre dans la poche. La reine était contente aussi. « Et voilà un ministre de plus qui me devra tout ! » se dit-elle. Pour se récompenser d'avoir si bien jouer, elle décida de s'offrir de la soie de Chine pour ses rideaux.

Celui qui ne fut pas charmé par la nouvelle, ce fut le vieux M. de Maurepas quand il apprit la nomination d'une créature de Necker au sein de son gouvernement. Il s'étouffa, il fallut lui faire respirer des sels pour le ranimer. Ce qui lui rendit le souffle, ce fut l'idée qu'il ne manquerait pas de tirer vengeance des deux comploteurs, celui en habit noir et celle portant couronne.

Alors qu'il se rendait au Cabinet du Conseil, dans l'aile centrale du château, pour une réunion avec ses ministres, le roi rencontra dans l'escalier son cousin le duc de Chartres, qui venait d'arriver à Versailles avec sa suite caquetante et froufroutante. Louis s'étonna de le voir ici, tout poudré, frisé, bouclé, alors qu'il l'avait envoyé pourchasser l'ennemi britannique sur une frégate au large de la Bretagne : à ce même moment, son cousin aurait dû avoir son tricorne vissé sur le crâne, l'œil sur sa longue-vue et le nez dans les embruns.

– N'étiez-vous pas censé couler des bateaux anglais, vous ?

– Oui, Sire, répondit le duc de Chartres, mais il y avait du vent, la mer était démontée, j'ai jugé prudent de ramener vos navires au port pour ne pas les abîmer. Du coup, j'en ai profité pour faire un saut à Versailles. J'ai laissé mes marins à Brest. Y aura-t-il bal, ce soir ?

A moins que la flotte anglaise ne vienne voguer sur les parquets cirés du palais, le duc de Chartres ne risquait guère de la rencontrer. Il dirigerait les batailles navales de la France quand elles se tiendraient sur le Grand Canal du parc.

Ce qui n'aidait pas, dans cette guerre maritime, c'était l'incompétence des officiers de marine qui aimaient mieux s'amuser à Paris que recevoir des boulets de canon anglais. Puisqu'on ne pouvait guère compter sur eux, le plus sûr était de se fier aux services diplomatiques.

Le Cabinet du Conseil, qui ouvrait d'un côté sur la galerie des Glaces, de l'autre sur les appartements privés du roi, avait ses fenêtres sur la cour de Marbre. Le mercredi était jour de conseil d'Etat : entouré de quelques ministres, le roi y traitait les questions ayant trait à la politique générale du royaume.

Hélas, à en croire M. de Vergennes, l'habile ministre des Affaires étrangères, la situation diplomatique de la France n'était pas meilleure que ses situations financière et militaire, comme cela arrive souvent lorsqu'on est en guerre. Les échecs de la diplomatie et de la stratégie françaises étaient inquiétants. Les affrontements avec l'Angleterre menaçaient de s'étendre à l'ensemble du globe, nos territoires des Indes ou d'Afrique occidentale risquaient de devenir autant de champs de bataille. L'appui de l'Espagne était indispensable. L'Angleterre comptait cent dix vaisseaux de ligne, la France à peine quatre-vingt-dix. Les soixante-cinq vaisseaux espagnols permettraient d'inverser le rapport de force. Encore le Royaume-Uni ne formait-il qu'une seule entité, tandis que les autres nations ne songeaient qu'à leurs intérêts personnels au lieu de s'accorder. Mais Vergennes tenait la solution.

– Pour fédérer les cours européennes contre la Grande-Bretagne, nous avons eu une idée extraordinaire, annonça-t-il.

– D'où nous vient cette idée extraordinaire ? s'enquit Louis XVI.

– De M. Necker, dit Maurepas comme s'il prononçait le nom de Satan au milieu d'une église.

Le banquier genevois à qui l'on avait confié les finances de la France n'arrivait pas seulement avec des idées sur la manière de redresser les comptes. Son pays avait d'autres spécialités intéressantes, en plus de l'argent.

– Le fromage ? supposa Louis XVI.

– M. Necker nous a initié à un concept suisse nouveau pour nous : la neutralité. Nous avons juste ajouté un adjectif pour créer ce que nous appellerions « la neutralité armée ». C'est comme l'autre neutralité, mais avec des canons.

Les efforts diplomatiques de Vergennes tendaient à isoler l'Angleterre de ses alliés d'Europe du Nord. Il se faisait fort de faire adhérer la Hollande à une Ligue des Neutres qui fédérerait les puissances du Nord, à commencer par la Suède et la Russie.

Louis XVI avait déjà rechigné à accueillir un hérétique comme ce Necker dans le gouvernement de son beau royaume catholique, il se demanda si on n'essayait pas à présent de lui imposer des idées nouvelles dans le genre de celles de ces philosophes si déplaisants. La neutralité armée ! Et pourquoi pas la démocratie combattante, tant qu'on y était ? Si on laissait les sujets penser qu'ils avaient le pouvoir de changer le monde, ils se mettraient à réclamer des droits civiques, comme chez ces Anglais que la France abominait !

Hélas, vu l'état des finances, les batailles perdues et le reste, mieux valait jouer de finesse. Il fut décidé qu'on fonderait cette Ligue des Neutres pour tâcher de gagner cette fichue guerre. La Russie et le Danemark étaient d'accord ; avec un peu de chance, les autres suivraient. Quand une nation comme l'Angleterre dépassait toutes les autres en puissance, ces dernières avaient intérêt à s'unir pour lui rabattre son caquet.

L'acte de fondation de la Ligue des Neutres était prêt. On allait le faire ratifier dans les cours d'Europe en cachette de la Grande-Bretagne. Il ne fallait surtout pas qu'elle l'apprenne avant que les principaux alliés n'aient tous signé.

Une copie du traité fut préparée pour qu'un Américain l'apporte au Congrès de Philadelphie, de l'autre côté de l'Atlantique. C'était une mission toute simple, tout irait bien, seul un terrible enchaînement de circonstances pouvait faire en sorte que les choses tournent mal.

A ce moment même, un terrible enchaînement de circonstances se préparait entre la boutique de Rose Bertin et le salon de coiffure de Léonard.

2
L'être d'une inconnue

Le quartier du Palais-Royal était celui séduisait le plus les étrangers car il offrait un parfait mélange de chic et d'animation. C'était là que Léonard se trouvait ce matin-là, chez un ami américain qui louait un logement depuis lequel on avait vue sur la résidence des ducs d'Orléans, cousins du roi.

Officiellement, Aaron Bancroft était un simple commerçant venu négocier des contrats avec les Français. En réalité, tous les Américains qui séjournaient du vieux côté de l'Atlantique étaient en mission d'observation pour le Congrès de Philadelphie où siégeaient les chefs de la révolte contre l'Angleterre, ce qui faisait d'eux des émissaires, des correspondants, des représentants, des négociateurs, autant dire des espions si les circonstances s'y prêtaient.

Aaron Bancroft recevait ce matin-là quelques amis qu'il n'allait pas revoir de longtemps, car il devait prendre dès le lendemain la direction de son pays lointain.

– Mon départ est un secret, ne le répétez pas.

– Comment donc ! dit Léonard. Nous, les coiff… les artistes capillaires, nous sommes connus pour être muets comme des tombes !

Le coiffeur de la reine était navré de voir son ami coincé chez lui avec des messieurs pas très drôles au lieu de profiter du temps qu'il lui restait.

– Vous n'allez pas passer votre dernière journée parisienne entre quatre murs, dit-il au voyageur. Il vous reste certainement des tas de choses à découvrir. Les galeries marchandes ! Les courses de Longchamp ! Les théâtres !

Bancroft admit qu'il serait volontiers allé acheter quelques babioles emblématiques de l'artisanat français pour les offrir à ses parents une fois de retour chez lui.

A ce moment, quelqu'un tambourina si fort contre la porte d'entrée qu'on l'entendit depuis le salon. Jim, le serviteur noir que Bancroft avait amené avec lui, alla ouvrir.

Un homme entra en coup de vent et claqua la porte derrière lui. Il était essoufflé, débraillé, et Léonard constata – horreur suprême – que ses cheveux étaient en bataille, les boucles défaites, des touffes manquantes comme si elles avaient été arrachées. Il y aurait bien une heure de travail pour rattraper tout ça.

Le nouveau venu expliqua qu'on l'avait assailli, il n'avait dû qu'à ses jambes d'échapper à son agresseur.

La compagnie comprenait un médecin qui s'occupa de le calmer à l'aide de compresses, qui envoya chercher des remèdes et le fit mettre au lit. Bancroft aida son ami, un nommé Silas Dean, à s'étendre sur son lit. Pour sa part, Léonard prit en charge les soins d'urgence que réclamait sa perruque. Il la remplaça par un bonnet et la déposa sur cette bille de bois où les hommes laissaient leurs faux cheveux quand ils voulaient se mettre à l'aise chez eux ou pour aller dormir.

Très agité, presque délirant, Silas Dean déclara à Bancroft qu'on en voulait à sa vie depuis qu'il avait commis une indiscrétion fatale. Depuis plusieurs jours on le suivait à travers les rues pour lui voler son portefeuille. Il désigna un beau porte-document en cuir estampillé qu'il serrait contre sa poitrine.

– Je transporte de la poudre prête à me faire exploser !

– Ne craignez rien, dit Bancroft. Vous êtes chez moi en sûreté.

Tout le monde le prit pour un exalté pris d'une attaque de folie. Il était moite et rouge, on aurait pu croire qu'il avait la peste. La plupart des invités décidèrent de ne pas s'attarder.

– Eh bien, cher ami, bon voyage ! dit chacun d'eux en prenant congé.

Le médecin ajouta son diagnostique à ses bons vœux. Ce Dean souffrait d'un dérèglement mental certainement dû à une intoxication alimentaire. Il lui fallait de la diète et du repos.

Il ne resta bientôt plus que Léonard, occuper à apporter les premiers secours à la perruque en déroute. Silas Dean était tellement troublé qu'il se confessa à Bancroft sans faire attention au témoin présent dans la pièce. Il était couvert de dettes. La vie à Paris était bien plus onéreuse que ce qu'il avait pensé du temps où il vivait en Amérique, où il n'y avait que des forêts et des champs.

– Certes, dit Léonard en peignant et brossant. La nourriture, le logement, les transports, cela coûte.

– Le jeu ! s'écria Silas Dean. Les petites femmes ! Les beaux atours !

Il expliqua qu'il avait perdu la tête. A force de fréquenter les diplomates de tous les pays, il avait saisi l'occasion de subtiliser un exemplaire d'un traité très important, avec l'intention de le négocier auprès d'une ambassade que cette information intéresserait. Mais maintenant quelqu'un en voulait à sa vie, et il était certain que c'était à cause de ce maudit papier.

Bancroft et Léonard échangèrent un regard accablé. Ce pauvre homme s'échauffait pour rien, c'était le coup qu'il avait reçu à la tête.

– Le médecin vous a prescrit du repos, dit Bancroft. Vous allez faire un somme et tout ira mieux. Je dois sortir un moment, je suis sûr que vous aurez repris vos esprits à mon retour.

Ils le laissèrent à la garde de Jim, le serviteur noir, et quittèrent la maison pour profiter de cette ultime journée parisienne. Bancroft mit la clé de sa porte dans la poche de son manteau pour ne pas avoir à frapper s'il rentrait tard.

– Alors ? dit Léonard une fois dans la rue. Où souhaitez-vous aller vraiment ? Au bordel ?

– Je souhaite vraiment aller acheter quelques souvenirs, répondit Bancroft, que son éducation puritaine ne prédisposait pas à s'adonner aux prestations intimes tarifées.

Léonard l'emmena dans le jardin du Palais-Royal, où l'on pouvait trouver les deux : il aurait le choix. Ainsi n'auraient-il pas de détour à faire si son ami se ravisait.

Des galeries de bois avaient été édifiées au centre du jardin, sous un toit de verre d'une grande modernité. C'était là qu'affluaient les badauds les plus élégants de la capitale. Les boutiques des selliers, des parfumeurs, des marchands d'étoffes et des porcelainiers offraient une grande variété d'articles récents de la plus grande finesse.

– Qu'est-ce qui est le plus français ? demanda Bancroft.

– Ce qui est nouveau, répondit Léonard. Ce qui a l'air ancien est fabriqué à l'étranger.

Les vitrines regorgeaient de faïences et de passementerie.

– Nous trouverons bien un petit bibelot que vous pourriez rapporter à madame votre mère… dit Léonard.

Tandis que le coiffeur fouillait des yeux parmi les tasses et les statuettes, l'Américain s'exclama.

– Quelle splendeur !

Léonard leva les yeux et vit une femme coiffée d'un chapeau très voyant avec un oiseau en tissu cousu dessus.

– Oui, pas mal, mais je ne sais pas si votre mère pourra s'en coiffer pour aller au temple presbytérien le dimanche. Offrez-lui plutôt de jolis rubans. Il y en a justement plein cette corbeille, regardez.

– Je parlais de la femme qui est sous le chapeau, dit Bancroft, qui n'avait d'yeux que pour la resplendissante créature.

Léonard suivit son regard. C'était une grande brune cintrée dans une robe d'un très joli bleu-nuit.

– Je pense que votre mère préférera des rubans, insista-t-il.

Mais l'attention de Bancroft était tout entière accaparée par cette silhouette élancée que surmontait un énorme bonnet bicolore posé sur une masse de cheveux poudrés.

– Quelle beauté !

– Certes, dit Léonard en reportant son attention sur la vitrine. Et vous pourrez l'avoir pour pas cher si vous me laissez négocier avec elle.

Bancroft refusa de croire qu'il s'agissait d'une prostituée. Il n'était pas français, il prenait toutes les femmes élégantes pour des dames de la haute société. Léonard se dit que ces Insurgents d'Amérique étaient des idéalistes, ils avaient d'ailleurs rédigé une constitution pleine de droits de l'homme. A Paris, on n'avait pas la moindre notion de ce qu'étaient ces « droits de l'homme », on ne connaissait ici que les rubans et la mode.

L'inconnue se tenait sous l'énorme horloge qui ornait le fronton de la galerie. Quand l'aiguille atteignit la verticale, un énorme « dong ! » retentit, sans que Léonard pût savoir si ce bruit avait été causé par le mécanisme ou par l'explosion du cœur de son ami.

– Regardez ! dit ce dernier. Cette dame porte l'emblème de mon pays sur son couvre-chef !

Rose Bertin aurait poussé un cri si elle avait entendu appeler « couvre-chef » un de ces amples bonnets dont elle s'était fait une spécialité. La modiste qui avait conçu celui-ci y avait représenté avec des étoffes un « bald eagle », cet oiseau de proie à tête blanche que les Insurgents avaient choisi pour représenter leur nouvelle nation bientôt libérée du joug colonial.

– C'est un signe ! dit Bancroft, extatique.

– Continuez de la regarder et elle vous fera d'autres signes, vous verrez, dit Léonard.

– Je crois au destin.

– Pas moi. Si vous aimez ces bonnets, je connais quelqu'un qui en fabrique à la pelle.

En attendant de lui présenter la Bertin, il proposa de lui faire rencontrer la dame au chapeau, qui était sûrement plus accessible. Bancroft n'osait pas.

– Cette dame sera peut-être choquée que j'ose l'aborder…

– Ça m'étonnerait, dit le coiffeur. Les Américains sont encore plus à la mode que les chapeaux. Avec votre accent, vous pouvez faire toutes les conquêtes que vous voulez.

– C'est maintenant que je m'en vais que vous me dites ça ! dit Bancroft.

Léonard dit adieu aux jolies petites cuillers en argent de la vitrine.

– Nous étions venus vous trouver un petit souvenir à rapporter aux Amériques. Je ne doute pas que vous rapportiez un petit souvenir des demoiselles qui se promènent ici, mais je crains qu'il ne vous faille un traitement médical pour vous en débarrasser.

Bancroft le prit par le bras et l'entraîna vers la belle inconnue au chapeau.

– Présentez-nous, implora-t-il.

Léonard se résigna, il abaissa son tricorne et salua la belle personne.

– Madame, voici M. Bancroft, un Américain ami de la France qui désire parfaire sa connaissance du charme, de l'élégance et des bonnes façons des Parisiennes. Etes-vous parisienne ?

– Mais oui, répondit la dame.

– Dans ce cas vous étiez faits pour vous rencontrer. Je vous laisse.

Il s'inclina, remit son tricorne sur sa tête et s'en alla en direction de son salon de coiffure avec le regret d'un homme qui avait trouvé un prétexte pour flâner toute la journée et qui va bientôt se retrouver à friser et parfumer des mèches de faux cheveux.

– Il amusant, votre ami, dit la dame. Il est toujours comme ça ?

Bancroft lui proposa d'en discuter autour d'une tasse de thé. La jeune femme n'avait rien contre. L'un des meilleurs salons de thé de la capitale avait justement son établissement sous les arcades. Or les dames comme il faut avaient besoin d'être accompagnées pour se montrer dans les endroits où l'on s'asseyait. Elle offrit son bras à cet Américain qui lui tombait du ciel, et tous deux entrèrent de concert dans la jolie boutique décorée de fioritures en rose et blanc.

Le salon de thé était tenu par une femme entre deux âges à la mine fatiguée qui vint prendre leur commande. Quand ce fut fait, Bancroft s'empara de la main de sa nouvelle amie.

– Nous devons faire croire que nous sommes mariés pour ne pas attirer l'attention.

L'inconnue retira sa main.

– Oh, par ici, ce n'est pas nécessaire : ils voient de tout, au Palais-Royal.

– Vous êtes charmante, dit Bancroft. Dire que mon ami m'avait affirmé qu'il n'y avait que des filles faciles, au Palais-Royal !

– Vous savez parler aux dames, vous, dit la jeune femme.

Au reste, ce n'était pas réellement sa beauté qui attirait Bancroft, c'était l'ensemble. Son couvre-chef lui allait à la perfection, il la magnifiait. C'était un énorme bonnet noir entouré d'un large ruban rouge. Et puis il y avait ce *bald eagle* aux ailes déployées qui lui rappelait sa terre natale. L'oiseau semblait fondre sur une invisible proie. N'était-ce pas lui, la proie innocente et désarmée ? Il espéra que oui.

Il lui sembla que l'inconnue avait une légère pointe d'accent étranger. Mais, n'étant pas lui-même français, il n'était guère en mesure d'en deviner la provenance. C'était une brune avec de grands yeux marron, une grande bouche et un nez plutôt long. La moitié de son charme tenait certainement à l'aspect remarquable du bonnet, mais comme les dames gardaient leur coiffure pour prendre le thé, le sortilège perdura pendant tout l'entretien.

Il lui demanda si elle n'avait pas besoin d'un chevalier servant pour aller ailleurs que dans un salon de thé. Elle répondit que oui, mais qu'elle craignait de se compromettre en se promenant avec lui. Il lui affirma qu'elle n'avait rien à craindre : il était étranger et devait partir le lendemain pour l'autre côté de l'Atlantique. Au reste, elle pouvait bien voir qu'il était courtois, poli, parfaitement éduqué et qu'elle ne courait aucun risque à se montrer en sa compagnie.

– Dans ce cas, j'ai un marché à vous proposer, dit-elle sur un ton de conspiratrice.

S'il voulait bien accepter qu'elle lui taise son nom, elle serait protégée de tout danger : tant qu'il ignorait comment elle s'appelait, il lui serait impossible de la compromettre en se vantant de l'avoir séduite, sa réputation d'honnête femme serait préservée.

– Comment devrai-je vous appeler, dans ce cas ? demanda-t-il.

– Appelez-moi Belle Amie.

Comme ils étaient autorisés à se mentir l'un à l'autre autant qu'ils le voulaient, la conversation prit un tour amusant.

– Je suis la fille cachée du feu roi Louis XV, expliqua Belle Amie.

– Laquelle ? demanda Bancroft. On m'a dit qu'il en avait eu cinquante.

– Celle qu'il a le plus aimée, bien sûr. Et vous ?

– Je suis le futur président des Etats-Unis d'Amérique, déclara Bancroft.

– Je croyais que c'était Benjamin Franklin.

– Il est si vieux ! Il risque le coup de foudre chaque fois qu'il manipule ses fameux paratonnerres[1] !

Ils étaient bien partis pour passer une journée pleine de folie et de spontanéité. Restait à établir le programme.

---

[1] Benjamin Franklin est l'inventeur du paratonnerre.

– Mon ami que vous avez vu tout à l'heure se proposait de me montrer courses de Longchamp, dit Bancroft. Qu'en pensez-vous ?

Elle en pensait le plus grand bien, elle n'y était jamais allée. Ils quittèrent le salon de thé pour aller prendre un fiacre devant le Palais-Royal. Il n'en manquait pas : les gens qui fréquentaient ce quartier n'aimaient ni se fatiguer, ni patauger dans les rues boueuses. Avant de monter en voiture, Bancroft remarqua que la plaque du fiacre était peinte aux chiffres de son anniversaire. Il prit cette coïncidence pour un nouveau signe de chance.

Il se trompait.

3
Une journée particulière

Bancroft et sa belle amie s'en furent à Longchamp voir courir les chevaux du comte d'Artois, frère cadet du roi, qui possédait une écurie de purs sangs. Les riches amateurs suivaient les courses depuis leurs voitures découvertes rangées autour du terrain. Ils arrivèrent alors qu'une duchesse vitupérait dans son cabriolet armorié. La voiture de Mlle Raucourt, une demoiselle aussi célèbre comme actrice que comme courtisane, venait de se ranger à côté de la sienne. Or cette voiture, toute pareille à celle de la duchesse, était elle aussi attelée à six chevaux dont les harnais étaient en maroquin bleu recouverts de plaques d'acier poli, sans oublier une paire de laquais en livrée, du jamais vu pour une femme du peuple. Les deux équipages semblaient être un reflet dans un miroir, si ce n'est qu'une des passagères était d'une sublime beauté, l'autre moins. Des jeunes gens hilares cernèrent le carrosse de l'actrice, le secouèrent et huèrent jusqu'à ce que le cocher lance ses six chevaux pour permettre à sa maîtresse de s'échapper.

Les badauds à pied s'extasiaient devant les toilettes et les carrosses plus encore que devant les animaux montés par des cavaliers aux couleurs des armoiries de ceux les employaient. Dans l'une de ces voitures, trois dames de la Cour, la princesse de Lamballe, la princesse de Guéménée et la duchesse de Polignac, bavardaient à l'ombre de leurs ombrelles en suivant distraitement les efforts des jockeys juchés sur leurs chevaux. Ces adolescents rasés, amaigris par les privations qu'ils s'imposaient pour s'alléger, cravachaient les flancs de leurs animaux pour rapporter le prix au propriétaire.

Les courses finies, Bancroft proposa à Belle Amie de choisir un divertissement à Paris. En tant qu'Américain et défenseur de la liberté opprimée par l'ennemi héréditaire de la France, il était reçu partout. Il tira de sa poche deux cartons. L'un les invitait à venir dîner chez un prince, l'autre à assister à un repas chez le fameux gastronome Grimod de la Reynière.

– Pourquoi ce carton est-il bordé de noir ? demanda l'inconnue.

– Il est écrit que ce monsieur donne ce repas pour ses funérailles.

– Si ce doit être son dernier, nous aurions mauvaise grâce de le manquer

Belle Amie avait entendu parler de cet excentrique, aussi connu pour son excellent goût en matière culinaire que pour ses extravagances.

L'hôtel de la Reynière était une construction toute neuve située en bas des Champs-Elysées. L'endroit affichait autant de luxe que pouvait s'en permettre un homme qui n'était pas prince du sang. On racontait que même les mangeoires de ses chevaux étaient en argent. Les monarques étrangers de passage à Paris le visitaient pour y trouver l'inspiration de leurs futurs palais. On entendait depuis la rue un ensemble jouer des airs funèbres sur un rythme vif et des airs joyeux avec gravité.

Bancroft montra son carton à un valet et ils pénétrèrent dans la cour. On apercevait, à travers les fenêtres, une foule d'invités vêtus de tenues fantasques, avec force plumes d'autruche teintes en noir de jais ou en gris anthracite.

– Je me félicite d'avoir mis un chapeau avec du noir, dit l'inconnue.

Pourtant, pour la première fois de la journée, même coiffée de cet énorme bonnet orné, elle s'effaçait dans cette forêt de plumages et de soieries chamarrées.

La salle du festin était meublée d'une interminable table en acajou. Une porte fut ouverte à deux battants et des musiciens entonnèrent une marche allègre.

– Ah ! Voici le défunt ! dit quelqu'un.

La Reynière entra, tout vêtu pour son enterrement, maquillé pour paraître livide, les mains gantées. Il était suivi d'une troupe de nains déguisés en diablotins, certains munis de cierges géants, d'autres chargés de plateaux d'argent qu'ils déposèrent sur la table. Ces plateaux contenaient des mets qu'un majordome décrivit. Il y avait un cochon de lait au Moine Blanc, farci aux champignon et cuit dans du vin blanc, une tête d'agneau au Pontife dont la cervelle avait été remplacée par du foie gras au champagne, un poulet flambé à la Cardinale suivi de tout un poulailler de poussins cuits aux pêches confites dans du vinaigre.

– Mes amis, dit La Reynière, merci d'être venus me présenter vos derniers hommages. Vous allez pouvoir vous restaurer en ma mémoire. Contrairement à d'autres morts moins polis, j'ai tenu à venir vous remercier en personne !

Deux statues d'anges tenaient des cornes d'abondance d'où s'écoulait du vin pour accompagner les côtelettes de mouton à la Chartreuse, les écrevisses sauce demi-deuil, le turbot en sarcophage et, pour le dessert, une pièce montée avec colonnes, fenêtres en ogives et arcboutants, car le gastronome avait un goût particulièrement gothique en matière de monument funéraire.

Personne ne prêtait attention à Bancroft ni à son amie, totalement éclipsés par l'excentricité des autres convives. Un jeune homme était entièrement vêtu d'une nouvelle couleur baptisée « merde d'oie », y compris les bas, les souliers et la poudre à cheveux. Il ressemblait à un haricot géant. Une élégante en robe à la lévite tenait son chapeau à la manière des hommes, l'ôtant et le remettant au lieu de le garder sur la tête. A une époque où le comportement de chaque sexe était strictement défini, il suffisait à une femme d'imiter un simple geste d'homme pour causer un scandale.

La chère avait beau être délicieuse, Belle Amie faisait la moue. A quoi bon avoir fait un effort de toilette quand chacun autour de vous se jetait dans un concours d'originalité insurmontable ? Quand elle se lassa d'être transparente, ils s'en allèrent.

L'endroit parfait pour s'amuser en fin de soirée, c'était encore le Palais-Royal. Deux cents réverbères suspendus sous les cintres des arcades éclairaient comme en plein jour, cas unique à Paris, si bien que le jardin restait ouvert toute la nuit. Certes, la fréquentation était encore plus interlope que dans la journée. Comme bien des gens ne souhaitaient pas être reconnus, il était d'usage d'y entrer masqué après le coucher du soleil. Pour satisfaire les bien-pensants pour qui cette vie nocturne constituait une invite aux licences, le roi avait tenté d'interdire cette pratique. Mais, en cette fin de siècle, la licence commençait à être plus appréciée que la royauté, aussi Louis XVI n'avait-il pas eu gain de cause.

Un loueur leur remit deux masques en échange d'un dépôt. Tandis qu'ils regardaient défiler sous les arcades ce flot de gens masqués, un mendiant aux yeux couverts d'un bandeau noir vint agiter sa sébile sous leur nez. Bancroft s'apprêtait à lui abandonner une pièce quand un gardien saisit le vagabond par le col et l'entraîna vers la rue.

Une grande affiche des Variétés amusantes, le théâtre installé dans la rotonde centrale, annonçait le spectacle du soir. Le nom de Mlle Raucourt s'étalait en gros caractères.

– Allons-y, proposa Belle Amie. Je suis curieuse de voir si elle a autant de talent qu'elle est mignonne.

Il ne restait que des places parmi les plus chères, un premier rang de loge en surplomb de la scène. « Qu'à cela ne tienne ! » se dit Bancroft. Le reste de la journée ne lui avait presque rien coûté.

Il craignit d'avoir trop chaud dans cette salle pleine, aussi déposa-t-il son manteau au vestiaire.

– Voulez-vous laisser quelque chose ? demanda-t-il à l'inconnue. Votre chapeau, peut-être ?

– Mon cher, répondit Belle Amie, rien de ce que porte une femme élégante n'est superflu.

Une fois qu'ils furent assis dans la loge, les gens derrière elle ne voyaient rien, mais les pauvres qui ne pouvaient pas s'offrir un premier rang de loge étaient accoutumés à supporter les caprices des riches sans se plaindre. L'Américain avait retiré de son manteau un petit éventail en os gravé. Comme il faisait en effet un peu chaud, il le tendit à sa compagne.

On jouait ce soir-là une parodie du *Rodogune* de Corneille. La tragédie avait été agrémentée de couplets comiques et d'acrobaties. Deux hommes en toge effectuaient entre chaque scène des galipettes très impressionnantes.

– Olé ! s'écria l'inconnue.

Un chanteur gardait l'œil fixé sur elle, il semblait fasciné. Elle crut qu'il avait eu le coup de foudre pour elle, mais l'explication se présenta à la scène suivante.

Mlle Raucourt entra en grande robe de cour pour interpréter son personnage, qui avait vécu dans l'Antiquité. Elle jouait le rôle d'une reine de Syrie déterminée faire assassiner sa belle-fille. C'était un peu la même histoire que Blanche-Neige, les nains en moins, et ça ne finissait pas mieux pour la sorcière.

Un détail extraordinaire frappa alors Bancroft. Il se tourna vers sa voisine pour vérifier. Nul doute : les deux femmes portaient exactement le même chapeau. Pas seulement un bonnet noir à ruban rouge : ils avaient tous deux la même forme, la même allure, la même taille, le même nœud. La seule différence était dans l'oiseau. Celui de Belle

Amie était un aigle américain à tête blanche, tandis que celui de l'actrice était un cygne tout blanc.

Bancroft se demanda comment une telle similarité était possible, il avait toujours pensé que l'on fabriquait ces accessoires à l'unité, souvent sur commande, pour une clientèle qui payait très chère cette exclusivité.

Belle Amie ne cessa pas de sourire, elle parut s'amuser de la ressemblance. En revanche, la réaction de l'actrice fut très différente. L'énorme bonnet qu'arborait l'inconnue se voyait parfaitement à la lueur des bougies qui éclairaient le devant des loges. Les figurants avaient les yeux braqués sur l'accessoire sacrilège. Ayant suivi leur regard, Mlle Raucourt vit le chapeau et en perdit la suite de sa réplique. Un silence bizarre tomba sur la salle. Elle se reprit et récita la fin d'une voix sans timbre. Au fur et à mesure que l'acte avançait, elle s'énerva au point de se mettre à crier son texte à son partenaire, qui paraissait se faire gronder pour un motif que Corneille n'avait pas précisé. Au contraire, dans la loge, plus l'actrice perdait son contrôle, plus la spectatrice gloussait : elle avait l'impression de participer au spectacle, qui devenait encore plus incohérent à cause d'elle.

Le rideau tomba sur le dernier acte après que le corps de la méchante reine eut été emporté aux enfers. Belle Amie rendit l'éventail à Bancroft, mais l'Américain le refusa.

– Gardez-le en souvenir de moi. Il a été fabriqué par les Indiens de nos forêts.

Elle le referma et le glissa dans une poche de sa robe. Après avoir quitté le théâtre, ils rapportèrent les masques au loueur.

– C'est très commode, ce prêt de masques, dit Belle Amie, mais je ne sais pas si c'est très hygiénique. Il ne doit pas les nettoyer souvent.

– S'ils se délavaient, dit Bancroft, ils perdraient cet effet comique qui est leur principal intérêt.

Le mendiant aveugle s'était embusqué derrière une colonne pour n'être pas repéré par les gardiens. De la part d'un aveugle, on pouvait dire que c'était bien vu.

– Tenez, mon brave, dit Belle Amie en déposant dans sa sébile une fleur en tissu détachée de son corsage.

Bancroft s'extasia.

– Vous êtes bonne avec les hommes ! Même avec ceux que vous ne connaissez pas !

– Qu'en savez-vous ? répondit-elle. Cette fleur est peut-être vénéneuse.

La nuit donnait des idées à l'Américain, il voulut se rapprocher, elle dut le repoussa doucement.

– Allons, dit-elle, ne prenez pas le risque de faner la jolie fleur.

– Il est difficile de se contenter d'avoir respiré son parfum.

– C'est déjà beaucoup. Souvenez-vous que vous partez demain pour un autre monde. Chargez-vous de souvenirs, pas de regrets. Quittons-nous là où nous nous sommes rencontrés.

Il la raccompagna sous la grande horloge.

– Grâce à vous, cette journée a passé comme un rêve, dit Bancroft en lui baisant la main.

– J'espère que votre réveil ne sera pas brutal, répondit-elle.

– Il le sera forcément si je rêve de vous.

– A condition que vous ayez l'occasion de dormir cette nuit, dit-elle sur un ton plein de mystère.

– Il ne tiendrait qu'à vous que je ne dorme pas…

– Allons, allons, gardez vos forces pour la journée de demain, vous en aurez besoin.

S'étant éloigné de quelques pas, il se retourna et la vit une dernière fois, debout sous l'horloge dont la grande aiguille atteignait à nouveau la verticale. Le mécanisme frappa un « dong ! » retentissant qui sonna le glas de cette agréable journée.

– Je vous dois mes derniers bons moments parisiens ! lui cria-t-il avant de se résoudre à partir.

Il ignorait alors à quel point il avait raison.

Arrivé en bas de chez lui, Bancroft constata que son appartement était entièrement éclairé. « Jim donne un bal, ma parole ! », pensa-t-il en s'engageant dans l'escalier.

La porte palière était grande ouverte et son logement grouillait d'exempts[2]. Jim, son valet de couleur, tentait de s'expliquer dans son mauvais français. Sa mine était plus catastrophée que le jour où il avait brisé la grande soupière de Sèvres.

– Que se passe-t-il ? lui demanda Bancroft, si bien que tous les messieurs qui encombraient son salon se tournèrent vers lui en même temps.

– C'est Mister Deane, Master ! répondit le Noir.

En quelques enjambées, son maître fut sur le seuil de la chambre à coucher où il avait laissé son compatriote. Ce dernier était étendu sur le sol dans une mare de sang, un couteau planté dans la poitrine. Le grand portefeuille en cuir n'était plus sur la chaise.

– Qui a fait ça ? demanda-t-il.

Jim parut surpris et effrayé par la question, il se contenta de garder les yeux fixés sur celui qui l'avait posée. Le chef des exempts répondit à sa place.

– Votre domestique affirme qu'une seule personne est venue depuis ce midi : vous, M.

[2] D'inspecteurs.

Bancroft. Il s'était assoupi quand il a entendu un remue-ménage qui venait de cette pièce. Il a jeté un coup d'œil dans le couloir et vous a vu quitter le logement.

– C'est impossible ! s'écria Bancroft.

– Il vous a reconnu à votre manteau. Par ailleurs vous étiez le seul à posséder la clé, tout étranger aurait été contraint de frapper pour se faire ouvrir.

– Et pourtant ce n'était pas moi ! rétorqua l'Américain.

L'exempt regarda le manteau de haut en bas.

– Qu'avez-vous fait aujourd'hui, M. Bancroft ?

– Je suis allé me promener.

– Dans une boucherie ?

L'étoffe était maculée de traces rouges assez visibles. Bancroft ne s'en était pas rendu compte à cause de l'obscurité. Cela ressemblait fort à du sang.

– Je vais devoir vous arrêter, dit le policier.

Bancroft s'exclama. On ne pouvait le traiter comme un vulgaire criminel. Il était presque un diplomate. Il expliqua que, sous couvert d'activités commerciales, il était en réalité un agent du Congrès de Philadelphie. Il exigeait que l'on prévienne M. de Vergennes, le ministre des Affaires étrangères, et Benjamin Franklin, le célèbre émissaire des Insurgents.

L'exempt hocha la tête.

– Un espion ! De mieux en mieux !

Il fit signe à deux de ses hommes de sauter sur le poil du suspect.

– Allons, Bancroft, ouvre ton sac ! Avoue donc !

Un des inspecteurs le ceintura par derrière pour permettre à l'autre de le fouiller à la recherche du couteau.

– Qu'as-tu fait de ton arme ?

– Vous n'êtes pas poli ! dit Bancroft en se tortillant.

– Nous verrons si tu seras plus causant au cachot !

– C'est une honte ! Je réclame l'habeas corpus !

Les policiers ignoraient ce que c'était. Cette règle de droit anglaise qui protégeait les citoyens n'avait pas d'équivalent dans le système français, où des lettres de cachet vous envoyaient dans les donjons du roi sans vous laisser le moindre recours. L'administration coloniale britannique n'avait pas que du mauvais, elle avait apporté aux Amériques la notion de droits individuels dont leurs colons faisaient grand cas.

– Pourquoi as-tu tué ce Deane, Bancroft ? répondit l'exempt.

L'accusé expliqua que Silas Deane était lui aussi un agent de son pays, qu'il avait eu un malaise et qu'un médecin avait recommandé de le mettre au repos. Il refusa d'en dire davantage sans un ordre de M. Benjamin Franklin.

– Je ne crois pas que ces questions soient de votre ressort, monsieur le policier, conclut-il avec hauteur.

– Oh, mais tu verras que les questions d'assassinat sont tout à fait de mon ressort, Bancroft, répondit l'exempt. Et aussi du ressort des juges, et en dernier lieu du ressort du bourreau de Paris. Tu l'apprécieras, c'est un monsieur très poli.

Aaron Bancroft déclara qu'on n'avait qu'à venir le chercher ici le lendemain matin pour les formalités : il était fatigué, il voulait finir la nuit dans son lit. Le policier lui prédit au contraire qu'il n'aurait pas l'occasion de beaucoup dormir cette nuit.

Cette réponse fit un bruit de trompette dans la mémoire de l'Américain. C'était les mêmes mots énigmatiques prononcés par l'inconnue au chapeau lorsqu'ils s'étaient quittés : « Vous rêverez peut-être de moi, à condition que vous ayez l'occasion de dormir cette nuit. » Ces propos lui paraissaient à présent fort prémonitoires. A moins que… Un terrible doute lui vint. Mais il n'eut pas le temps d'y réfléchir, on l'entraînait déjà vers la sombre forteresse du Grand Châtelet, où il vaudrait certainement mieux qu'il ne s'endorme pas s'il voulait éviter les cauchemars.

4
Les raisons de la colère

La peur qui commençait à s'emparer d'Aaron Bancroft n'était rien en comparaison de la stupeur, de la confusion et, pour finir, de la panique dont les ministres de Versailles étaient la proie. Dès l'arrestation de l'Américain, le comte de Maurepas convoqua un conseil restreint pour faire le point. Les ministres convoqués prirent place dans le salon l'appartement plutôt bas de plafond qu'il occupait au-dessus de celui du roi, dans l'aile sud du château.

– Vous vous rappelez ce traité d'alliance de la Ligue des Neutres que nous avons fait ratifier par plusieurs cours d'Europe ? déclara-t-il. Nous avions prévu d'en envoyer une copie au Congrès de Philadelphie afin de rassurer nos amis les Insurgents. Eh bien, cette opération n'a plus rien de rassurant. C'est même la grosse tuile.

La copie avait été dérobée au domicile de Benjamin Franklin. Le voleur avait été identifié, il s'agissait d'un certain Silas Deane, un Américain couvert de dettes qui devait avoir eu l'intention de vendre ce document au plus offrant. Le temps qu'on envoie des intermédiaires discrets le rappeler à la raison, une catastrophe s'était produite.

– Figurez-vous que Mister Deane a eu la fâcheuse idée de se faire poignarder ! dit Maurepas.

Notre précieux traité court désormais les rues de Paris !

– Il faut pourchasser l'assassin ! clama le ministre de la Guerre.

– Nous le tenons, c'est un certain Aaron Bancroft. Il devait quitter la ville le lendemain pour prendre la mer. Malheureusement, il nous a été impossible de découvrir où ce triste individu a caché notre traité.

– C'est un scandale international qui nous pend au nez ! se lamenta le ministre de la Marine.

M. de Vergennes leur livra le point de vue des Affaires étrangères.

– Imaginez ce qui se produirait si nos ennemis britanniques détenaient un tel document ! L'alliance continentale volerait en éclat ! Pour une fois que nous avions réussi à fédérer les nations voisines autour d'un objectif commun : nuire aux Anglais ! Voilà un motif d'union européenne qui ne se représentera pas de sitôt !

Le traité volé était un double de celui paraphé par les plus grands monarques d'Europe du Nord. Mal embouchés comme ils l'étaient, les Anglais prendrait la Ligue des Neutres pour un préliminaire à une coalition contre elle, et d'ailleurs c'était à peu près cela.

– Si les Britanniques s'en emparent, ils joueront immédiatement nos alliés les uns contre les autres, conclut Vergennes. Si la Ligue éclate, nous nous retrouverons tout seuls et nous aurons beaucoup plus de mal à aider les Insurgents.

– Les pays du Nord verront d'un mauvais œil notre maladresse, renchérit Maurepas.

– Personne n'aime s'apercevoir qu'il s'est allié à un imbécile, dit le ministre de la Guerre avec un coup d'œil en direction de son voisin chargé de la police.

C'était un sujet d'intérêt royal, la France devait absolument réunir tous ses voisins si elle voulait avoir une chance de contrer la marine britannique. Ces messieurs prirent une décision difficile : celle de confier le sort de la Ligue des Neutres au ministre de la Maison du roi qui dirigeait la police.

– C'est que je suis déjà très occupé ! protesta M. Amelot de Chaillou. Je comble les fossés du quartier Saint-Antoine, je creuse un nouvel égout souterrain, je lotis les terrains dégagés par l'égout, je perce dessus une voie nouvelle qui doit porter mon nom, la rue Amelot !

– Retrouvez-nous ce traité ou cette rue s'appellera « la rue du ministre déchu Amelot », prévint M. de Maurepas.

Amelot de Chaillou était un homme ni très méchant ni très agressif, son blason portait trois petits cœurs en guise d'emblème.

– Quand on m'a nommé ministre de la police, j'ai cru que c'était un emploi tranquille ! On m'a dit que j'avais été choisi pour câliner les Parisiens parce qu'ils m'aimaient bien !

– Nous aussi, à Versailles, nous vous aimons bien, dit le ministre de la Marine. Alors récupérez nos papiers perdus si vous voulez continuer d'être câliné.

Le comte de Maurepas crut devoir lui expliquer la procédure que tout bon ministre devait suivre.

– Donnez vos ordres à votre subordonné, en l'occurrence le lieutenant général Lenoir. Il donnera les siens à ses commissaires parisiens, qui donneront les leurs au diable s'ils le peuvent. Qu'importe ce que cela coûtera en messes noires : il nous faut ce traité !

C'était à croire qu'ils l'avaient signé avec leur sang. Amelot de Chaillou faisait une tête d'enterrement, c'était la première fois qu'on faisait reposer le sort de la France sur ses épaules.

– Allons, dit Maurepas, ce n'est pas si terrible. N'oubliez pas que j'ai exercé vos fonctions quand j'avais dix-sept ans, et je les ai conservées pendant trente ans !

Amelot de Chaillou n'oubliait pas non plus que Maurepas avait ensuite connu une disgrâce et un exil d'un quart de siècle.

Un secrétaire entra dans le cabinet pour prévenir à voix basse le chef du gouvernement qu'un péril approchait à grands pas.

– Quoi donc ? Ma révocation ?

– Non, monsieur : la reine.

Entourée de ses dames d'honneur, elle venait de quitter l'escalier de Cupidon pour s'engager dans le corridor des Muses qui menait directement au cabinet du ministre. Chacun à la Cour avait remarqué que Marie-Antoinette avait deux démarches contrastées : l'une, mal assurée, quand elle était en représentation publique ; l'autre, toute en légèreté dans son intimité. Les mieux renseignés savaient qu'elle en avait aussi une troisième pour fondre sur sa proie tel un boulet de canon tiré sur une forteresse condamnée à tomber. C'était exactement l'impression qu'elle donnait ce jour-là dans les galeries qui conduisaient à cet endroit.

Maurepas n'était pas homme à attendre l'assaut les bras croisés. Résolu à marcher au-devant du danger, il traversa son logement pour venir à la rencontre de la reine, qu'il eut tout juste le temps d'intercepter dans l'antichambre.

– Cher M. de Maurepas, dit Marie-Antoinette au vieil homme qui s'inclinait, n'auriez-vous pas perdu un document précieux ?

– Pourquoi ? répondit l'intéressé. Votre Majesté en aurait-elle trouvé un ?

– Le bruit court qu'il s'agirait d'un traité susceptible de nuire à nos intérêts dans la guerre d'Amérique.

Maurepas fit la mine du chat accusé d'avoir mis la patte dans le pot au lait.

– Je peux affirmer à Votre Majesté qu'il s'agit d'un faux bruit.

– Bien, dit la reine. Quand il sera devenu vrai, nous reprendrons cette conversation. J'ai moi aussi des intérêts, aux Amériques.

Et elle lui tourna le dos tandis que le vieux comte s'inclinait à nouveau malgré des rhumatismes lombaires qui rendaient la fréquentation des rois problématique.

De retour dans le corridor, Marie-Antoinette s'adressa à la princesse de Chimay, sa dame d'honneur.

– C'était donc vrai. On ne m'a pas trompée. Il n'y a que le gouvernement qui ose me mentir, dans ce royaume. Nous devons tout faire pour consolider la position des valeureux officiers qui se battent pour la liberté !

Elle pensait surtout à son valeureux Fersen, parti se couvrir de gloire chez les peaux-rouges. Il fallait à tout prix éviter que les bévues des ministres de son mari ne l'envoient terminer cette guerre dans un camp de prisonniers ! Dans une prison-bateau malpropre échouée sur une plage anglaise !

De son côté, dans son antichambre, le ministre se demandait combien de temps il allait pouvoir tenir.

– Si la reine est au courant, sa mère l'impératrice va l'être aussi, donc l'Autriche saura tout… Notre secret sera bientôt aussi célèbre que celui de Polichinelle !

Il regagna le salon où l'attendaient ses ministres.

– Messieurs, l'Angleterre ne nous assiège pas encore mais la reine a pris les devants !

Il fallait faire avancer le dossier de la guerre d'indépendance américaine sans attendre de voir éclater le scandale du traité perdu. Cette guerre entre les Insurgents et les Anglais, c'était la France qui la menait avec le soutien d'une partie de l'Europe. Il ne leur manquait qu'une Jeanne d'Arc pour rejouer la guerre de Cent Ans.

– Comment vont nos bataillons des Amériques ? s'enquit Maurepas.

Le ministre de la Guerre avait justement reçu un rapport qu'on aurait pu considérer comme un appel au secours.

– Il semblerait que le climat de Caroline du Sud soit très différent du nôtre. Il y fait très chaud et l'eau des rivières est imbuvable. Nos voitures résistent mal aux routes caillouteuses. Nos troupes ont elles aussi des misères. Nos chevaux meurent de coliques et nos soldats sont frappé de fièvres malignes. Les colons n'hésitent pas à nous vendre ce dont nous avons besoin au centuple du prix normal. Nos soldats voyagent à pied, dorment à la belle étoile et se font voler leur matériel au coin des bois. Ils sont forcés d'abandonner les malades en route dans les granges et dans les étables. Avant même d'avoir rencontré l'ennemi ils sont déjà harcelés par les taons, les moustiques et les gnats[3]. Avant de partir, nos officiers avaient lu des récits où ce pays est comparé au paradis terrestre, ils attendent impatiemment leur retour pour s'expliquer avec les auteurs.

– Je ne comprends pas, dit Maurepas. Dans ses lettres, le marquis de La Fayette me parle « d'une nature jeune et majestueuse ».

– Il n'y a que lui qui se porte bien, il trouve tout charmant et exotique. Nos hommes voudraient aussi étrangler La Fayette.

– En tout cas, M. de La Fayette se donne la peine d'apprendre la langue locale, insista Maurepas. Ses courriers sont remplis de *liberty* et de *victory*.

– Voilà des leçons d'anglais qui nous coûtent cher, dit le ministre des Finances.

– Je suppose que nos héros peuvent au moins se consoler dans la compagnie des femmes de là-bas, dit Maurepas avec un clin d'œil graveleux.

---

[3] Moucherons.

– Elles ne leur adressent pas la parole, dit le ministre de la Guerre. Il n'y a que des protestantes en robe noire avec des coiffes empesées. Quand ils leur parlent d'amour, elles leur assènent des versets bibliques sur la continence.

– Si nos hommes ne supportent pas le climat, ils devraient recruter les gens de là-bas et les former à gagner leur guerre eux-mêmes, suggéra Maurepas.

– Hélas ! Tous les Américains veulent être officiers avant de savoir être soldats ! Nos troupes nous réclament de l'argent. Cette liberté américaine nous coûte bien cher. Qu'allons-nous faire ?

– Baisser les crédits à la Guerre ! déclara le ministre des Finances.

– Mais ils ont besoin de fournitures…

– Ils n'ont qu'à se fournir chez les Indiens !

– Il faut à nos généraux de nouveaux soldats…

– Qu'ils recrutent les Indiens !

– Cher ami, nous n'allons pas bouter l'Anglois hors d'Amérique avec des arcs et des flèches. Même la Pucelle d'Orléans avait eu droit à une armure et à un cheval.

Il fut décidé qu'on ferait patienter les troupes françaises en leur envoyant de nouveaux subsides sous forme de culottes légères, de liquettes aérées et de chemises d'été. Ainsi nos soldats seraient parés pour affronter les chaleurs subtropicales et cela donnerait du travail aux ateliers français. Coup double pour l'économie du royaume ! Etant donné le blocus des Amériques imposé par l'Angleterre, on ferait transiter cet envoi par un port espagnol pour qu'il ne semble pas venir de France. Cela coûterait moins cher que de le faire accompagner par des frégates armées de canon et ça ne serait qu'un petit détour.

Le ministre de la Guerre remercia M. de Maurepas de ses bontés. On lui accordait des fonds, c'était merveilleux. Il avait tout de même repéré le diable qui se cachait comme dans les détails de ce projet. Les officiers qui réclamaient de toute urgence des fusils et des louis d'or recevraient des culottes.

Ses collègues le jugèrent pointilleux. Ces guerres en des contrées lointaines étaient compliquées et on ne pouvait pas faire plaisir à tout le monde tout le temps.

– Qu'ils prennent sur eux ! dit Maurepas. Ils ont les Indiens Séminoles sur le dos et nous, nous avons la reine ! Qu'ils nous préviennent s'ils veulent faire un échange !

En guise de plumes sur la tête, cela revenait à peu près au même.

5
Le narcisse et l'égoutier

Rose Bertin était assise dans sa boutique à l'enseigne du Grand Mogol. La Grande Mogole avait un petit coup de mou. Elle triait ses rubans sans enthousiasme, elle n'était pas à ce qu'elle faisait. Son magasin avait beau ne pas désemplir, sa réussite ne suffisait pas à combler le sentiment de solitude qu'elle ressentait ce jour-là. A quoi bon être une Rose que personne ne respire ?

Elle aurait pu accepter de se conformer au destin marital qui était le lot de toutes les femmes – après tout, pourquoi pas ? Certains hommes étaient obéissants et propres sur eux ! Mais avec qui ? Son métier la portait pratiquement à ne fréquenter que des femmes : ses ouvrières cousaient les vêtements que des marquises venaient faire prendre par leurs servantes… A part elles, il y avait la reine… Elle n'allait tout de même pas épouser la reine !

Elle finit par se confier à ses filles de boutique qui s'étonnaient de la voir faire grise mine.

– Vous voyez quand même vos fournisseurs, dit Mlle Maillot, sa première vendeuse. Les plumassiers, les rubaniers, les selliers...

Rose fit la tête d'une modiste de qualité que la proximité de la reine ennoblissait un peu plus chaque semaine.

– Moi, épouser un fournisseur ? Je veux me marier avec une personne de mon rang !

– C'est à dire ?

– Un gentilhomme pourvu d'un titre et d'une charge à la Cour !

Ses filles de boutique comprirent mieux d'où venait cette difficulté à trouver un mari alors qu'elle avait réussi, qu'elle était riche et indépendante. Au prétexte qu'elle occupait le premier rang chez les modistes parisiennes, leur patronne s'estimait parvenue au sommet de la société. Une femme comme elle aurait comblé les vœux d'un grossiste en boucles de souliers ou d'un importateur de dentelles bretonnes. En revanche, les nobles titrés la considéraient comme une personne insignifiante montée en graine, aucun d'eux ne comptait ajouter une aiguille et une bobine de fil sur ses armoiries. Elle allait avoir du mal à convaincre le baron de ses rêves de faire son bonheur. Heureusement, ses vendeuses avaient justement prévu de lui offrir le cadeau idéal pour sa fête. C'était un joli flacon entouré d'un ruban cramoisi.

– Comme c'est gentil ! dit Rose en le débouchant. C'est du parfum ?

Elle posa son nez sur la fiole et l'en éloigna l'instant d'après.

– Pouah ! On sent bien le musc mais ils ont oublié les fleurs ! Comment s'appelle ce remugle ? « Vomi de putois pour le soir » ?

– Ce n'est pas du parfum, mademoiselle. Nous l'avons versé dans ce flacon pour qu'il soit plus présentable. Il s'agit d'un remède imparable pour vous attacher l'élu de votre cœur.

– Un philtre d'amour ? Vous me prenez pour Iseut ?

On lui affirma que la décoction avait très bien fonctionné pour Lisette, la petite brodeuse de l'atelier : elle était devenue baronne, et cela n'avait sûrement rien à voir avec ses formes parfaites, ses vingt ans et son petit nez mutin.

Rose renifla de nouveau le contenu de la fiole.

– Qui a fabriqué ça ?

On lui répondit que c'était une vieille sorcière qui vivait dans un bouge. Rose revissa le bouchon sur l'extrait de raclures puantes.

– Mais cette sorcière a trouvé l'amour ! plaida Mlle Maillot. Si vous voyiez son mari ! Un colosse avec une figure d'ange !

Rose se serait bien trouvé un mari colossal avec une figure d'ange et un titre de marquis. Elle décida d'essayer le produit dès qu'il s'en présenterait un.

Ce serait probablement à Versailles : ce château était un nid de marquis, quoique pas toujours colossaux. Après tout, elle n'avait rien à perdre, il fallait croire aux prodiges. Et si elle arrivait à faire avaler cette substance à un bonhomme, il se serait déjà produit un miracle dans sa vie. Elle allait devoir se trouver un noble dépourvu d'odorat.

Mlle Maillot la mit en garde, il y avait un effet secondaire.

– Vous ferez attention, il ne faut pas se tromper : ce produit n'a pas d'antidote. Une fois qu'on s'est attaché le monsieur, c'est jusqu'à la mort !

Il en fallait plus pour dissuader Rose de tenter l'expérience. A défaut de connaître une méthode sûre pour séduire les hommes, elle n'avait jamais eu de mal à les décourager. En général, il lui suffisait de se laisser aller à sa mauvaise humeur pour faire le vide.

Une heure plus tard, Léonard rencontra Rose qui se dirigeait vers le Grand Mogol, des échantillons de tissus plein les bras. Il lui prit quelques paquets pour la soulager et lui emboîta le pas. Un aspect de la mode le déconcertait : depuis une semaine, les dames qui fréquentaient son salon de coiffure ne voulaient plus porter que des accessoires noirs et rouges. Sac, souliers, rubans, tout était dans ces tons-là. Il s'informa de cette lubie auprès de la spécialiste.

– Etes-vous au courant de cette nouvelle tocade ridicule du noir et rouge ? On ne voit plus que ça partout !

Quand il l'eut suivie à l'intérieur de la boutique, il vit que l'endroit était entièrement garni de babioles en noir et rouge qui débordaient des présentoirs.

– Je suis au courant de toutes les modes, dit Rose, c'est moi qui les lance. Cela s'appelle « à la Marlborough ».

Il s'était agi au début d'un simple chapeau de paille que lui avait commandé depuis Londres Caroline Spencer, duchesse de Marlborough. Rose avait eu l'idée de l'agrémenter de noir et de rouge, les couleurs du blason de cette famille imprimées sur le courrier. Les Marlborough étaient tous maréchaux, ils se faisaient portraiturer en armure noire et grand manteau de velours écarlate. La duchesse avait tant aimé son chapeau qu'elle s'était fait peindre. Le portrait avait fait sensation, le public ne voulait plus que des chapeaux « à la Marlborough ». De fil en aiguille, toute la saison avait basculé dans le style « Marlborough ».

Rose venait justement de recevoir une nouvelle lettre de Londres. La duchesse la priait de dresser un état détaillé de tous les objets estampillés au nom de sa famille qui sortaient du Grand Mogol. Il fallait aussi lui envoyer un essai de tout ce qu'on se permettait de baptiser « à la Marlborough », que ce soit à l'usage des dames ou des messieurs. La lady s'inquiétait de voir bientôt ses contemporains arborer des culottes, des bas et des chaussettes portant son nom.

– Voyez l'ingratitude des gens ! s'écria Rose. Je donne à son patronyme une célébrité impérissable, et elle réclame !

– Méfiez-vous, dit Léonard, elle pourrait vous demander un pourcentage. Les Anglais ont inventé une taxe sur la propriété intellectuelle qu'ils appellent le droit d'auteur.

– Quelle horreur ! dit la modiste. On se demande où s'arrêtera l'imagination humaine dans le domaine de la dépravation !

Léonard avait lui aussi des sujets d'accablement. Un de ses amis, un Américain, était accusé d'un meurtre et d'un vol qu'il n'avait pas commis, il était dans une situation épouvantable.

Rose n'avait écouté que le début de la phrase.

– Vous avez un ami américain, vous ?

– Les Américains sont à la mode, je suis à la mode, j'ai un ami américain, parfaitement madame. Quand le Sénégal sera à la mode, j'aurai un ami sénégalais.

« Et vous pourrez aller chasser avec lui dans la savane dès que possible », pensa Rose sans arrêter d'enrouler ses rubans pour les ranger dans des boîtes.

Léonard était atterré à l'idée que son cher Aaron Bancroft, au lieu de partir en voyage, séjournait en prison sous une accusation d'assassinat. Il comptait en faire part à la reine pour lui obtenir une grâce royale. Rose leva les yeux au ciel.

– Vous n'allez pas ennuyer la reine avec des histoires triviales de…

– De vie ou de mort ? compléta le coiffeur.

– Oui, voilà, aucune importance. A propos, pensez-vous que je pourrais accrocher des nœuds de taffetas façon narcisses sur le nouveau bonnet de Sa Majesté ? J'ai peur que le jaune ne lui affadisse le teint.

Quelques heures plus tard, ils étaient dans le cabinet privé de Marie-Antoinette, et celle-ci admirait dans le miroir son nouveau couvre-chef garni de narcisses. Tout au long de la séance de coiffure qui avait précédé, elle avait écouté avec intérêt les mésaventures de ce Mister Bancroft qui s'était promené toute la journée au bras d'une inconnue avant de trouver chez lui, le soir venu, un autre Mister poignardé dans son lit. Elle n'avait pas l'habitude de s'entremettre pour un étranger qu'elle ne connaissait pas, mais l'histoire l'intriguait. Voilà donc comment le gouvernement avait perdu ce fameux traité d'alliance dont la disparition embarrassait tant les ministres de son mari ! Il y avait de toute évidence là-dessous une affaire d'espionnage plus excitante que les problèmes de chiffons auxquels la cantonnait l'étiquette de la Cour.

– Madame, dit le coiffeur en donnant un dernier coup de peigne dans les boucles dorées, je vous supplie d'intercéder pour que l'échafaud soit épargné à ce malheureux !

– Je doute qu'il puisse être gracié, répondit la reine. Les enjeux sont trop importants, ils dépassent de loin sa personne. Nos ministres le feront mettre à la question pour lui faire dire à qui il a remis les documents volés. Ils ne s'arrêteront devant rien pour l'apprendre, quitte à obtenir sa confession au pied de la potence. Je me suis laissé dire que la vue de la corde déliait les langues les plus nouées.

– Comme mon ami est innocent, insista le coiffeur, les juges en seront pour leurs frais et on l'aura pendu pour rien.

Marie-Antoinette prit une résolution.

– Bien, dit-elle. Vous deux, à la Bastille !

Ils sursautèrent, le peigne fit une embardée dans les bouclettes, et la modiste devint aussi jaune que ses narcisses. La reine sentit qu'il fallait préciser son ordre.

– Je veux dire : allez voir votre Américain à la Bastille. La princesse de Chimay va vous remettre un laissez-passer qui ouvre toutes les portes. Vous l'interrogerez pour essayer de comprendre ce que c'est que cette histoire. Je compte sur vous pour récupérer ce traité auquel nos ministres ont tant l'air de tenir. Je ne voudrais pas qu'il arrive quelque chose de fâcheux à la diplomatie française.

Elle ne voulait surtout pas qu'il arrive quelque chose de fâcheux au bel Axel de Fersen, parti défendre la liberté aux Amériques avec La Fayette. Elle ne devait pas laisser la diplomatie française s'effondrer de ce côté-ci de l'océan pendant que le Suédois aurait des problèmes de l'autre. Le gouvernement devait soutenir les Insurgents, tandis qu'elle-même ferait tout pour soutenir Fersen.

Dès que Rose et Léonard eurent remballé leur matériel et qu'ils eurent sauté dans un carrosse pour la Bastille, Marie-Antoinette convoqua le ministre de la Maison du roi, ce pauvre Amelot de Chaillou dont personne n'avait encore bien compris par quel malentendu il avait été nommé à la tête de la police.

– Mon cher Chaillou, dit la reine, assise dans une bergère devant le ministre resté debout, son chapeau à la main. Comment vont vos égouts ?

Le visage du ministre s'éclaira. Jamais on ne lui demandait des nouvelles de ces travaux publics qui le passionnaient tellement plus que les méfaits de la racaille. Marie-Antoinette en comprit la raison au bout de vingt minutes, quand elle eut subi un exposé complet sur la voirie de l'est parisien avec description détaillée des cloaques et des opérations de terrassement. Elle dut se résoudre à interrompre l'orateur qui mimait la fuite des rats devant l'avancée de ses troupes armées de pics et de pioches.

– Tout cela est fascinant ! déclara-t-elle avec autant d'enthousiasme que si on lui avait expliqué la construction d'un poulailler sur la Lune. Il faudra que vous reveniez me raconter tout ça une autre fois. Pas de façons entre nous, prenez donc un siège.

La seule place disponible était le milieu d'une banquette dont deux jeunes femmes poudrées, parfumées et coiffées de plumes occupaient les extrémités. Quand M. de Chaillou eut posé son postérieur entre elles, il ressentit la même impression qu'un explorateur perdu dans une forêt tropicale touffue, l'esprit enivré par les senteurs capiteuses des fleurs exotiques, et environné d'une végétation inextricable où le guettent des oiseaux de paradis. Ça le changeait beaucoup de ses chers égouts.

– Pour l'heure, j'ai une faveur à solliciter de vous, dit la reine.

– Je suis à vos ordres, madame, répondit Chaillou.

– C'est un secret entre nous, il ne faudra pas en parler à mon mari.

– Oui, madame, répondit Chaillou, qui se demanda comment il allait pouvoir cacher quoi que ce soit au roi de France.

Elle désirait que la police parisienne diligente des recherches pour innocenter un pauvre Américain injustement accusé de meurtre.

– Bancroft ? s'écria le ministre. L'espion qui avait du sang plein son manteau ?

– Allons, allons, on ne va pas condamner un homme parce qu'il a négligé de faire brosser ses vêtements, dit la reine.

Peureux comme il l'était, ce Chaillou avait visiblement besoin qu'on lui agite un bout de gras sous le nez.

– Cher ami, je crois qu'on ne vous a pas encore décerné de décoration. Un homme qui a tant fait pour les égouts de Paris ! Que diriez-vous de la croix de Saint-Louis ?

– J'aimerais mieux le cordon du Saint-Esprit, répondit l'égoutier en chef.

Marie-Antoinette dodelina du chef.

– M. de Chaillou, vous savez que l'on ne marchande pas avec une reine.

– Non, madame : on implore.

– Bien, dit-elle avec un soupir, vous êtes le plus fort, je vois bien que je dois tout céder. J'en toucherai un mot à mon mari. Je suis à votre merci.

Elle était tellement à sa merci qu'elle obtint qu'un policier chevronné serait spécialement désigné pour prouver que les Américains auxquels la reine s'intéressait ne pouvaient pas avoir poignardé leurs compatriotes ni volé des documents secrets. Bancroft était à demi-sauvé. Elle espéra que Rose et Léonard parviendraient à sauver l'autre moitié.

5
Le prisonnier de l'Atlantide

Après son passage entre les mains de la police, Aaron Bancroft avait été mis au secret à la Bastille, ce qui était une chance. Les autorités laissaient la piétaille croupir dans les caves du Grand Châtelet, un lieu infâme, infesté de rats, humide et inondable. Comme le gouvernement avait besoin de Bancroft en bon état pour lui faire avouer où étaient les papiers qu'on l'accusait d'avoir volé après avoir assassiné Silas Deane, l'Américain avait été enfermé dans un donjon de la grosse forteresse, depuis lequel il jouissait d'une vue inoubliable sur le quartier Saint-Antoine. C'était de quoi lui faire de beaux souvenirs quand il retrouverait ses vastes plaines, si toutefois il réchappait de sa rencontre avec la machine judiciaire française.

Le carrosse de la reine déposa Rose et Léonard devant le pont-levis. Ils étaient un peu désabusés. Voilà donc ce que c'était, le service secret de Marie-Antoinette ! Quelques heures dans un palais de marbre et d'or, le reste de la journée dans un horrible château-fort noirci par les siècles ! Ces murs inquiétants s'élevaient bien au-dessus des maisons alentour. On apercevait, entre les créneaux, les fûts des canons braqués sur la ville pour le cas où il prendrait l'envie aux Parisiens de se révolter contre leur bon roi qui les aimait tant.

Après que le coiffeur et la modiste eurent montré au planton leur laissez-passer royal, un soldat estropié leur fit traverser une cour obscure qui sentait la soupe au chou. L'armée faisait garder la Bastille par ses mutilés de guerre – c'est dire si on craignait peu les révoltes du bon peuple. Les visiteurs ne rencontrèrent que des militaires en uniforme à qui manquaient une jambe, un bras ou un œil. Ils espérèrent que ces malheureux n'étaient pas à l'image de l'armée française – s'ils l'étaient, cela expliquait la tournure qu'avaient prise toutes les guerres engagées par la France au cours de ce siècle, depuis le calamiteux traité d'Utrecht en 1713 jusqu'à la déroute de Brandywine en Pennsylvanie l'année dernière, en passant par la catastrophique guerre de Sept Ans qui nous avait coûté le Canada, la moitié des Antilles et nos comptoirs indiens.

Le héros mutilé qui les avait guidés clopin-clopant au rez-de-chaussée passa le relais à un manchot plus apte à gravir les nombreuses marches de la tour ouest. Ils s'engagèrent dans un escalier à vis qui se révéla interminable. On avait logé l'Américain en haut pour qu'il profite de la belle vue sur la capitale.

– Nous ne voudrions pas qu'il garde une mauvaise impression de Paris lorsqu'il s'en ira là où il doit aller, expliqua le geôlier.

– Au cimetière ? suggéra Rose.

– Non, je voulais dire dans ce pays lointain peuplé de gens qui portent des plumes.

– Ah, au paradis, traduisit la modiste.

– Mais non, dans son pays, là, de l'autre côté de la mer, où l'on n'a qu'à se baisser pour ramasser du maïs et des dindons.

– Le pays de Cocagne, dit Rose.

– Je ne crois pas qu'on l'appelle ainsi, dit le manchot en leur faisant franchir le troisième palier. C'est ce continent découvert par Christophe Colomb sur sa caravelle… On en a beaucoup parlé à l'époque.

– L'Atlantide, répondit Léonard, qui s'épuisait à suivre le rythme de cette grimpette en colimaçon.

Ils trouvèrent sur le dernier palier une lourde porte, un gros verrou et, derrière ces deux barrages, une chambre assez vaste pourvue d'une immense cheminée et d'une étroite fenêtre sur la ville. La vue portait loin, mais l'administration française ne vous en laissait que ce que vous pouviez en avoir à travers cette fente. C'était toute la différence avec un hôtel de luxe, pour le cas où l'on aurait pu confondre.

– Vous n'aurez qu'à frapper, je vous ouvrirai, dit le geôlier en les enfermant, ce qui ne manqua pas de leur causer le même petit frisson d'appréhension qu'avaient dû ressentir en leur temps Voltaire, Mme de Tencin, le masque de fer et tant d'autres gêneurs connus ou anonymes.

Léonard serra chaleureusement la main de son ami d'outre-mer, qui fut lui-même très heureux de constater qu'on ne l'abandonnait pas dans sa funeste réclusion ; on lui amenait même une fille pour le distraire !

– Pour la prochaine fois, glissa-t-il au visiteur : je les préfère plus souriantes et moins boulottes.

Le coiffeur lui fit le même signe discret que le ministre des Affaires étrangères à l'ambassadeur de Turquie quand ce dernier déclara à Louis XIV, couvert de ses plus beaux diamants, que le sultan son maître en avait de plus gros.

– Mlle Bertin et moi vous sommes envoyés par la reine pour vous sortir de là, expliqua-t-il.

Il pria Bancroft de leur conter dans les moindres détails ce qui s'était passé le jour du meurtre.

Pour ce qui était du meurtre, Aaron Bancroft n'en savait pas davantage que la police. Silas Deane s'était réfugié chez lui après avoir été attaqué dans la rue. Bancroft l'avait fait mettre au lit et était sorti profiter de sa dernière journée parisienne. A son retour, le soir, il l'avait trouvé assassiné et les documents envolés. La seule personne que Jim avait cru voir entrer, c'était lui, Bancroft, juste avant la découverte du drame. Il fallait donc que l'assassin se soit vêtu d'un manteau pareil au sien et qu'il ait disposé d'une copie de sa clé. Ou bien il lui avait emprunté ces deux objets à un moment de la journée, ce que ces messieurs du Châtelet avaient refusé de croire. D'où sa présence ici, où les menus des repas n'étaient pas mirifiques.

– Vous devriez voir les autres prisons, dit Léonard. A For-l'Evêque, où l'on met les endettés, on vous nourrit à fort tarif : ça motive les détenus pour régler ce qu'ils doivent. Et au Châtelet on leur conseille de manger les rats qui grouillent sur la paille humide.

Bancroft ne comprenait pas qu'on l'ait jeté en prison, il trouvait la justice française lente et indécise, tout ça n'était pas à la gloire de l'Ancien Monde.

– Chez nous, quand un vol est commis, on commence par torturer l'esclave noir le plus proche. Il avoue, on le pend, et tout rentre dans l'ordre. Notre système judiciaire est très efficace.

– Je vois, dit Léonard. Mais la France est une vieille nation, elle a pris des habitudes. Chez nous, on fait une enquête, un procès, et après seulement on torture le condamné pour vérifier qu'il n'a pas oublié d'avouer quelque chose.

– Ah ! fit l'Américain. Ces vieux pays ! Le raffinement est dans la complexité !

Rose le pria de leur dire tout ce qui n'avait pas intéressé la police : ses faits et gestes au cours de cette journée. Hélas, il avait visité des tas d'endroits mais n'avait croisé de connaissances nulle part. Il était resté en compagnie d'une inconnue rencontrée sous l'horloge du Palais-Royal, une femme splendide, et n'avait regardé qu'elle de toute la journée.

– Vous devez la retrouver ! conclut-il. Elle pourra confirmer qu'elle ne m'a pas quitté !

– Une fille du Palais-Royal ? dit Rose. Une prostituée ?

Bancroft lui affirma qu'elle se trompait, c'était une dame très bien, et même mieux que ça, d'ailleurs elle portait un chapeau de grande classe. Jamais il n'aurait songé à s'autoriser le moindre geste déplacé, elle ne l'aurait pas toléré.

Léonard lui demanda s'il pensait que cette personne serait un témoin digne de foi selon les critères des juges.

– Mon cher, répondit Rose à la place de l'Américain, une dame coiffée d'un chapeau à la dernière mode appartient forcément à la meilleure société. Une personne au goût si sûr est un témoin des plus fiable.

C'était donc le témoin dont ils avaient besoin pour confirmer l'alibi de Bancroft. Rose réclama la description de cette mystérieuse inconnue.

Bancroft avait un peu oublié la robe, il insista sur le chapeau, c'était ce qu'elle portait de plus notable. Il était orné d'une représentation de ces aigles à tête blanche qui ne vivaient qu'aux Amériques. Le reste était noir avec un ruban rouge.

– A la Marlborough ! commentèrent en chœur les deux artistes en boutique.

Comme Bancroft supposait qu'on n'aurait pas trop de mal à repérer ce couvre-chef qui était si frappant, ses visiteurs le prièrent de regarder par la fenêtre. Dans les rues en contrebas, la plupart des élégantes étaient coiffées d'un article similaire, l'aigle mis à part. En outre, au rythme où avançait la mode, cette dame risquait d'en porter un d'un tout autre genre dès la semaine prochaine. Ce n'était pas de chance. N'avait-elle pas une autre singularité qui permît de l'identifier ?

Pour autant que Bancroft pouvait en juger, il lui avait semblé qu'elle s'exprimait avec pointe d'accent étranger.

– A un moment du spectacle, elle a crié « Olé ! ». J'ai supposé que c'était un mot de chez vous pour dire bravo.

– C'est bien pour dire bravo, mais ce n'est pas de chez nous, dit Rose.

C'était un mot de chez leurs amis les Espagnols. D'habitude, quand on disait ça, il y avait un gros animal noir dans les parages.

– Avait-elle aperçu un taureau ? demanda Rose.

– Il y avait l'actrice, sur scène, répondit Bancroft. Elle a dévisagé ma belle amie avec des yeux furieux, elle avait presque l'écume aux lèvres, et de la fumée lui sortait des naseaux. Je crois qu'elles portaient toutes deux le même couvre-chef.

Les rapides recherches menées de mauvais gré par les policiers pour corroborer ces allégations n'avaient rien donné. Ces messieurs ne voulaient pas croire que Bancroft avait pu se promener toute la journée dans des lieux populeux sans que quiconque se souvienne de lui. Rose jugeait cela très vraisemblable, au contraire. Un beau chapeau magnifiait la femme qui le portait, il était fait pour ça. Du coup, on ne voyait qu'elle, le monsieur était gommé du paysage.

Elle tira de son sac à ouvrage un calepin et un crayon.

– Nous allons tracer un portrait du chapeau. Dites-moi comment il était.

– Il y avait un *bald eagle* dessus.

– Qu'est-ce que c'est que ça, un body-gueule ? Un corbeau à gros bec ?

– Pas du tout ! C'est l'animal fétiche de ma nation !

– Ah. Nous, nous avons un coq.

– Qu'est-ce qu'un coq ? demanda l'Américain.

– Une sorte de poulet prétentieux que notre roi Henri IV passait à la casserole et que Louis XIV a fait représenter en doré à Versailles.

Une fois que Rose eut esquissé le bonnet, elle considéra son dessin avec perplexité.

– Ça me dit vaguement quelque chose…

– Ce ne serait pas vous qui l'auriez vendu, tout de même ? dit Léonard, toujours prompt à lui attribuer tous les torts.

– Non, non, je ne mets jamais d'oiseaux de proie sur mes créations, ça fait vulgaire.

Léonard leva les yeux au ciel. Tandis que les narcisses de la reine, les brebis enrubannées ou les ribambelles de petits anges fessus qui se poursuivent, comme elle en portait à ce moment sur son propre bonnet, ce n'était pas vulgaire, c'était léger et bucolique.

Il y eut un bruit de botte dans le couloir.

– Ah, je crois que c'est votre délivrance qui arrive, dit Rose.

Un courrier de Versailles venait d'apporter l'ordre de libérer M. Bancroft jusqu'à plus ample informé. Le document portait la signature du ministre de la Maison du roi, M. Amelot de Chaillou en personne. La main de la reine dans cette affaire n'aurait pas été plus visible aux yeux des personnes averties si ce document avait été orné d'une fleur de lys à l'encre rose.

Pendant tout le trajet vers la rue Saint-Honoré où était sa boutique, Rose se tortura les méninges pour deviner pourquoi ce chapeau lui rappelait quelque chose. Par acquit de conscience, de retour au Grand Mogol, elle demanda à Mlle Maillot, sa première vendeuse, si elles n'avaient pas vendu un bonnet qui ressemblait au dessin ; elle expliqua que c'était pour faire avancer une enquête criminelle où se mêlaient des intérêts internationaux d'une importance majeure. Mlle Maillot répondit que non, « pas du tout, pourquoi, pas du tout ».

Rose lui trouva un air bizarre. Mais elle n'eut pas le temps de creuser la question. Gérer à la fois sa carrière de créatrice, son commerce, les fournitures, l'équilibre des comptes, les commandes de la reine, les petites enquêtes au retentissement international, en plus de sauver le royaume tous les quatre matins, ça vous donnait du travail jusque par-dessus le bonnet.

De son côté, Léonard reconduisit Bancroft à son domicile, où l'attendait Jim, son serviteur noir. Il aurait préféré le déposer au relais où les diligences attendaient d'emmener leurs passagers vers les ports de l'Atlantique et vers la liberté. Puisque l'Américain avait été libéré en attendant « les développements de l'enquête », il lui conseilla de fuir au plus vite pour se réfugier dans son pays natal.

– Mais on me croira coupable ! protesta le suspect.

– On vous croit *déjà* coupable. Mieux vaut être un coupable qui laboure son champ en Caroline du Nord qu'un coupable qui moisit dans une fosse commune parisienne.

– Ce n'est pas un champ à labourer, qui m'attend là-bas, dit Bancroft, c'est une autre fosse tout aussi commune.

Il ne pouvait regagner son pays alors qu'il était sous le coup d'une accusation de haute trahison, sans parler du meurtre de Silas Deane, un ancien diplomate très apprécié de ses concitoyens.

– Fuyez ailleurs, dans ce cas ! Connaissez-vous la Chine ?

– Et traîner partout la honte après moi ? Vivre en paria ? Méprisé par mes compatriotes ? Je préfère encore subir la hache de votre bourreau !

– Etes-vous noble, Mister Bancroft ?

– Il n'y a pas de nobles, chez nous, il n'y a que des Américains.

– Alors ce sera la roue, mon pauvre ami. La décapitation est réservée aux gens bien nés. Savez-vous ce qu'est le supplice de la roue ? On vous couche dessus, on vous casse les quatre membres et on vous laisse agoniser jusqu'à la nuit. Si vous n'êtes pas encore mort quand le bourreau veut rentrer chez lui manger sa soupe, il vous étrangle discrètement avec un lacet, à la grande déception du public.

L'Américain déglutit pendant qu'il le pouvait encore.

– Je saurai me montrer brave.

– Tant pis ! dit Léonard. Mlle Bertin vendra des bonnets « au supplice de Bancroft » avec dessus un petit bourreau, une petite roue et votre petite personne.

6
Un mal qui répand la terreur

A Versailles, chez Marie-Antoinette, rien n'allait plus. Un seul être lui manquait et tout était dépeuplé. Depuis que Fersen était parti bouter l'Anglois hors de l'Amérique, elle n'avait plus goût à rien, elle se sentait tomber en langueur jour après jour.

Mme de Polignac tentait bien de la distraire en lui présentant les désidérata de sa propre famille de rapaces : les Polignac avaient tant de dettes à faire apurer par le Trésor, de mariées à faire doter aux frais de la Couronne, et ils convoitaient tant de charges lucratives, que satisfaire leur appétit était un emploi à temps plein. Hélas, même les plaisanteries intéressées de la Polignac ne suffisaient plus à dérider la reine.

Marie-Antoinette accepta de se prêter à un petit récital privé à l'intention des habitués du château, mais cette séance d'opéra n'allait pas changer beaucoup l'ambiance qu'elle faisait régner à la Cour. Elle choisit un programme qui lui parut très gai, voire primesautier : un lamento en italien dans lequel une nymphe exprimait sa douleur d'avoir vu son amoureux changé en chardon, un extrait d'un requiem allemand où il était beaucoup question de repos éternel, et le fameux air de la reine Didon abandonnée par Enée, prête à se percer le cœur avec l'épée de son amant.

– Votre Majesté devrait chanter un air de l'opéra *Amphitryon*[4], suggéra la Polignac.

Quoi qu'il en soit, Louis XVI fut grandement impressionné par les dons d'interprète de sa chère moitié.

– Ma femme est tout à fait à ce qu'elle chante, elle y met du cœur, j'ai même eu l'impression qu'elle pleurait vraiment. Elle a une sensibilité d'artiste !

L'air suivant était censé être joyeux, mais l'interprétation ne permit guère de le différencier du reste. Rarement on avait entendu chanter « Youp là là, dondon la riridondaine » sur un rythme de marche funèbre.

Subitement, entre le fa dièse et le si bémol, Marie-Antoinette vacilla. Elle tenta de s'accrocher au pupitre où était posée sa partition. Les petits pages en livrée n'eurent que le temps de se précipiter pour la recevoir dans leurs bras : elle s'était évanouie. Les cris de l'assistance remplacèrent la mélodie. On la porta jusqu'à son lit au milieu d'une panique générale. Seul le roi se réjouissait en secret.

---

[4] Amphitryon est un célèbre cocu de la mythologie grecque.

– Un bébé ! Ce doit être un bébé !

Il fallut ranimer sa femme à l'aide d'un flacon de sels malodorants qu'on lui passa sous les narines. A la voir de si près, les courtisans remarquèrent qu'elle avait sur le front trois petits boutons rouges.

– C'est sûrement la vérole ! s'écria le comte de Provence, son cher beau-frère.

– La petite[5] ? demanda le comte d'Artois.

– Non, la grande[6] !

Elle fut aussitôt examinée par le premier chirurgien de la Couronne, Germain de La Martinière, bientôt rejoint par tout ce que le palais comptait de médecins. Lorsque le chirurgien eut été autorisé à soulever la chemise royale, il découvrit d'autres boutons rouges. Tous ces messieurs eurent un mouvement de recul tandis qu'un grand « Ah ! » leur échappait.

– C'est la rougeole, déclara le premier chirurgien.

– Vite, vite, murmura la reine, prévenez mon mari qu'il ne doit pas m'approcher !

Accompagné du reste de la Faculté, La Martinière gagna l'antichambre où attendait le mari, pressé de savoir quand aurait lieu l'accouchement. Il fallut lui annoncer la triste nouvelle.

---

[5] La variole.

[6] La syphilis.

– Je recommande que Votre Majesté ne voie plus la reine pendant au moins huit jours.

La Martinière sentit que quelqu'un glissait un petit objet dans le creux de sa main. La dame d'honneur de la reine venait de lui remettre une bague en brillant.

– Pendant deux semaines, corrigea-t-il.

– Je me demande bien qui a pu passer la rougeole à ma femme… dit le roi.

– En tout cas, ce n'est pas la duchesse de Polignac, répondit la dame d'honneur. Elle n'a pas pu assister au récital, elle est rentrée s'aliter, il paraît qu'elle est malade.

Louis XVI demanda une contre-expertise à Joseph de Lassone, le premier médecin de la reine, qui venait d'accourir depuis Paris. Marie-Antoinette s'inquiéta de voir défiler tout le corps médical à son chevet. On s'empressa de la rassurer.

– M. de Lassone est très compétent. Il était déjà premier médecin de la reine Marie Leszczynska, femme de Louis XV.

– Vous noterez qu'elle est morte, dit la reine.

– Oui, mais en très bonne santé !

Marie-Antoinette avait un reproche à faire à son médecin.

– M. de Lassone, je pensais que vous m'aviez fait subir l'inoculation il y a cinq ans pour que je n'aie jamais de boutons.

– C'était contre la variole, madame, ce ne sont pas les mêmes boutons.

Il en existait donc de plusieurs sortes ! Les calamités allaient en groupe. C'était les petits bonheurs qui restaient isolés.

A quelques pas de là, l'appartement du roi bruissait de rumeurs atroces.

– Elle est défigurée !

– La rougeole, à son âge, ça ne pardonne pas !

– Ça peut l'empêcher d'avoir des enfants !

Louis XVI se tenait dans un coin du salon, appuyé contre la cheminée, à demi tourné vers le mur pour qu'on ne le voie pas pleurer. Les courtisans s'inquiétaient à voix basse.

– Croyez-vous que les Autrichiens nous la reprendront ?

– Pas sûr. Ils nous ont envoyé une archiduchesse en bon état, il sera difficile de la leur rendre toute grêlée.

Au pire, on pourrait la caser dans un couvent. Sa mère l'impératrice avait agi de même avec une de ses filles défigurée par la variole : hop ! une abbesse sous un voile ! Il fallait se donner un coup de pied pour lui faire la bise à Noël, voilà tout. Les

Habsbourg se débarrassaient ainsi de leurs filles moches et de leurs fils idiots, tel le petit frère de Marie-Antoinette, qui venait d'être nommé évêque. L'usage n'était pas encore passé à la cour de France, mais on pouvait l'importer. Ne vivait-on pas à l'heure des réformes et de l'audace ?

Louis XVI voulait absolument aller réconforter sa femme, il fallut l'en dissuader.

– Sire, dit la princesse de Chimay, la reine vous aime tant qu'elle ne veut plus du tout vous voir.

– C'est bien gentil à elle, j'ai une épouse dévouée.

– La reine a déclaré qu'elle saurait se résigner à tous les sacrifices pour vous préserver, quitte à devoir vivre séparée de vous autant d'années qu'il le faudra.

Quand le roi se présenta malgré tout pour prendre de ses nouvelles, la dame d'honneur lui barra la porte.

– La reine supplie Votre Majesté de ne pas mettre le royaume en péril en entrant chez elle !

Tandis qu'il restait bloqué dans la galerie, le roi vit une foule de gens pénétrer dans les appartements qu'on lui interdisait : les femmes de chambres qui apportaient les chemises de rechange, les maîtres de musique venus distraire la malade, les pâtissiers qui fournissaient les gâteaux, ses amies, et même de petits messieurs poudrés.

– Et eux ? demanda Louis XVI.

– Ah, Sire, leur disparition ne mettrait pas le royaume en péril.

Louis XVI s'en fut en se disant que c'était sûrement ce qu'on appelait « la solitude du pouvoir ».

Le lendemain, Marie-Antoinette se sentait mieux, elle voulut marcher un peu. Comme devant la porte principale de son appartement stationnaient deux Suisses aux ordres des médecins, elle s'échappa à travers les corridors secrets ménagés entre les parois et rejoignit le bosquet des Bains d'Apollon. Elle n'y était pas depuis cinq minutes, au milieu de ses femmes, quand elle se vit rattrapée par un groupe de Suisses en uniforme royal qu'on avait chargés de la rappeler poliment à la raison.

– Madame, le prévôt de l'Hôtel[7] nous demande de reconduire Votre Majesté à ses appartements.

– Je suis donc aux mains de la police ! dit la reine.

– Le ministre de la Maison du roi a suggéré que Votre Majesté soit mise à l'amende pour un montant

---

[7] Responsable de la sécurité dans les résidences royales.

de 135 louis d'or si Votre Majesté était de nouveau surprise à cinquante pas de son appartement.

Marie-Antoinette eut envie de faire dire au ministre ce qu'elle pensait de ces mesures, mais elle se retint, car sa mère l'impératrice l'avait bien élevée et parce qu'elle n'avait pas sur elle 135 louis d'or.

Il apparut que les médecins de la Cour avaient mis au point avec beaucoup d'application un système de surveillance intitulé « Stop la reine », destiné à empêcher le virus de circuler au château.

Dans son grand salon l'attendaient plusieurs de ces messieurs, en grande combinaison noire étanche et masque à long nez. C'était Joseph Lieutaud, premier médecin du roi, Joseph de Lassone, premier médecin de la reine, et Germain Pichault de La Martinière, premier chirurgien de la Cour. Tels les Rois mages, ils lui apportaient, en guise d'or, d'encens et de myrrhe, des fortifiants réputés souverains contre la rougeole. Certains semblaient onéreux, comme la salive de panthère mâle albinos, d'autres non, telle la patte de crapaud marinée dans l'alcool de fleurs. On pouvait se demander s'il y en avait d'efficaces.

– J'ai l'impression qu'on m'envoie tout ça pour enrichir les apothicaires, dit la reine en repoussant les tisanes douteuses.

Les trois hommes s'étaient constitués en conseil scientifique pour rendre des avis qui n'étaient pas favorables à la patiente. Non seulement on ne voulait plus qu'elle quitte le lit, mais tout ce joli monde qui passait chez elle réduisait à néant les efforts qu'on faisait pour l'isoler. Femmes de chambres, valets, dames de compagnie, et jusqu'aux tapissiers, aux jardiniers venus prendre des ordres pour les bouquets, et aux architectes qui continuaient défiler ici !

Le roi avait accordé à ces médecins les grandes entrées afin qu'ils puissent à tout moment le tenir personnellement informé. Ils s'y rendirent en comité pour partager avec lui leurs inquiétudes, tout vêtus de noir, avec des figures de funérailles. Louis XVI éprouva une vive anxiété.

– Comment va ma femme ? demanda-t-il, prêt à entendre une effroyable nouvelle.

– Ce n'est pas la reine qui nous inquiète, Sire, c'est votre personne.

Après qu'ils lui eurent tâté le pouls, scruté le blanc de l'œil et fait tirer la langue, ils déclarèrent qu'il importait d'éloigner la porteuse malsaine.

– Il faut confiner la reine, Sire, dit son premier médecin.

– Nous pensons lui appliquer une quatorzaine renouvelable autant de fois qu'il plaira à Votre Majesté, renchérit Joseph de Lassone.

– Oh ! La pauvre ! dit Louis XVI. J'aimerais mieux la garder auprès de moi.

– Impossible, Sire ! dit le premier chirurgien en mimant un mur d'un geste. Il faut une barrière entre elle et vous !

Le confinement de la reine risquait d'être fort dommageable à l'économie française. Marie-Antoinette dépensait autant qu'une petite ville à elle toute seule. Tous ces marchands de frivolités qui allaient devoir chômer ! Quant à lui annoncer la nouvelle, ce n'était pas le plus facile.

Le conseil des savants se chargea de surmonter la difficulté. Les trois oiseaux de mauvais augure se présentèrent à nouveau à Marie-Antoinette, qui se sentait vraiment malade lorsqu'elle les voyait.

– Nous devons éloigner Votre Majesté du roi, annonça La Martinière.

– On m'exile ! protesta Marie-Antoinette, qui n'avait aucune envie de quitter ses lambris dorés. On me chasse ! On me répudie !

– Il s'agit seulement d'aller passer quelques jours au bout du parc, par exemple dans votre cher domaine du Petit Trianon. Pour adoucir cette épreuve, le roi a donné ordre que vos moindres désirs soient satisfaits pendant votre séjour.

Les contours d'un isolement pas si désagréable se dessinèrent tout à coup.

– Soit. Je saurai me sacrifier pour le bien du royaume, répondit Marie-Antoinette, qui avait justement une longue liste de petits désirs à satisfaire.

Sa dame d'honneur remit une bague au premier médecin pour qu'il explique au roi que sa femme ne devrait absolument pas être contrariée pendant le cours de sa maladie, sous peine de rechute. La reine aurait volontiers distribué les bijoux de la Couronne pour avoir la paix.

Il fallut la conduire au Petit Trianon en chaise à porteurs –une reine de France malade ne se déplaçait pas à pied. Cette réclusion risquait d'être très populeuse : nombre de courtisans lui faisaient cortège. Par bonheur, les ennuyeux et les enquiquineuses furent stoppés à la grille du domaine tandis que la chaise continuait seule.

Une fois sur le perron du splendide édicule bâti par l'architecte Gabriel, Marie-Antoinette quitta sa chaise pour admirer la façade de pierre couleur « crème à la vanille ».

– Enfin libre ! murmura-t-elle.

7
Recherche pouf désespérément

Si la reine avait des problèmes de boutons, Rose avait elle aussi ses propres boutons à gérer, sans oublier qu'elle et Léonard devaient retrouver cette inconnue enchapeautée avec qui Aaron Bancroft avait cru devoir passer du bon temps pendant qu'on trucidait un homme chez lui. La meilleure méthode pour exclure l'Américain de la liste des suspects consistait à recommencer tout le parcours qu'il disait avoir fait avec sa bonne amie du jour.

La modiste, le coiffeur et le suspect s'étaient entendus pour visiter à nouveau tous les lieux en question. Quand Rose se présenta à leur rendez-vous, Bancroft et Léonard virent qu'elle s'était coiffée d'un chignon qui la rehaussait d'au moins une tête, sur lequel elle avait posé un énorme bonnet sorti tout droit de ses ateliers et de son imagination. La mode du jour étant « à la rougeole de la reine », elle avait semé des points rouges sur une étoffe de couleur chair. C'était d'actualité à défaut d'être du meilleur goût. Elle était résolue à jouer le rôle de la femme fascinante qu'ils recherchaient, c'est-à-dire à se faire remarquer comme elle autant qu'elle le pourrait. Bancroft n'aurait qu'à se conduire comme la première fois.

– Et moi, demanda Léonard, je tiens quel rôle ?

– Vous serez notre valet Riri qui porte mon ombrelle et mon sac à ouvrage.

Il s'empourpra.

– Ai-je l'air d'un valet ?

– D'un valet prétentieux.

Il tâcha de se maîtriser pour ne pas descendre à son niveau, ce n'était pas digne de lui, il serait devenu brutal.

– Parfois, vous avez de la chance d'être une femme ! Souvent ! Tout le temps !

– Ne vous lamentez pas, rétorqua Rose, vous avez déjà de beaux cheveux de femme[8] sur la tête.

Bancroft s'était préparé à une averse, il y avait des nuages.

– Je ne sais pas quoi faire de mon grand parapluie.

– Confiez-le à Riri, répondit Rose.

Bien que fort embarrassé de leurs accessoires, Léonard ne tarda pas à s'apercevoir qu'ils n'étaient pas seuls.

– Il y a un bonhomme sinistre qui nous suit depuis tout à l'heure. Serait-ce un valet à vous ? demanda-t-il à Bancroft.

---

[8] Les perruques les plus recherchées étaient faites avec des cheveux de blondes.

L'Américain répondit que c'était le policier que les autorités avaient posté en faction en bas de chez lui. Cet homme devait être chargé de s'assurer qu'il ne s'enfuyait pas, il ne le quittait pas d'une semelle.

Bancroft avait établi la liste des lieux qu'il avait fréquentés le jour fatal. Ils commencèrent par le Palais-Royal. Il n'y avait pas loin à aller, c'était en face de leurs magasins. Le salon de thé où il était allé avec Belle Amie était situé sous les arcades qui entouraient le jardin. Ils entrèrent et le policier resta planté devant la fenêtre, à travers laquelle il les observait avec la discrétion d'une verrue sur un nez.

L'Américain reconnut tout de suite la femme entre deux âges qui avait pris leur commande. Comme elle se souvenait de lui, elle aussi, les enquêteurs reprirent espoir. Ils lui demandèrent si elle pouvait décrire la dame qui accompagnait Bancroft.

– Quelle dame ? répondit la serveuse.

Leur interlocutrice était une forte femme au teint rougeaud, assez épaisse de partout, à qui ses vêtements mauves à manchettes et col de dentelle donnaient une allure de gâteau à la fraise trop imbibé.

– Allez, dit Rose, nous ne sommes pas là pour vous accuser de proxénétisme, vous pouvez parler franchement.

– Il n'y a rien à dire, s'obstina la serveuse. Ce monsieur était seul.

Brancroft abattit son poing sur la jolie table ronde avec tant de violence qu'il fit s'envoler les tasses en porcelaine à motif de fleurs.

– Il y avait une dame avec moi ! Coiffée d'un pouf[9] !

– Des dames et des poufs, il en vient beaucoup, monsieur. Mais, avec vous, non.

L'Américain fit un effort de mémoire pour se rappeler quelles pâtisseries ils avaient dégustées. Il était même capable de décrire le gâteau choisi par son invitée.

– Elle a dégusté une sorte de grosse boule saupoudrée de sucre glace et surmontée d'une amande !

– Un téton de Vénus, traduisit la serveuse.

– Et moi j'avais pris un friand rempli de confiture !

– Un trou-madame.

Rose et Léonard virent qu'ils étaient dans un salon de thé à thème, l'établissement s'était mis au goût du quartier, dont la spécialité la plus prisée était le commerce de la chair gracieuse enveloppée dans un voile de soie. Malgré ses dénégations, la serveuse paraissait pleine de compréhension.

---

[9] Elément de coiffure féminine qui permettait de gonfler la chevelure.

– Je me souviens de vous parce que je vous vois, mon bon monsieur. Amenez-moi la dame en question, je me souviendrai peut-être d'elle.

– *Go to hell !* dit Bancroft.

Cela n'avait pas l'air d'être un compliment. Léonard prit le relais.

– C'est justement pour retrouver cette personne que nous avons besoin de vous, expliqua-t-il à la serveuse.

– Dans ce cas, je crains de ne pas pouvoir vous être utile.

Il était temps de régler l'addition et d'emmener le suspect hors de cet endroit : il avait pris une teinte plus rouge que le thé qu'on leur avait servi et commençait à fumer.

Le témoin suivant à rencontrer était ce cocher qui avait conduit Bancroft et sa belle amie à Longchamp. La place devant le palais était toujours remplie de voitures de louage numérotées. Par chance, Bancroft n'avait pas oublié le numéro de celle qu'il avait prise ce jour-là : par un coup de la providence dont il espérait désormais sa sauvegarde, la plaque portait les chiffres de sa date de naissance.

Aucune de celles qu'ils virent ne correspondait. Mais après avoir patienté une demi-heure, ils virent un vieux véhicule bringuebalant se mettre en file derrière les autres, et les chiffres peints sur l'arrière étaient les bons.

L'homme qui conduisait cette espèce de charrette améliorée et pleine de trous n'était pas trop disposé à répondre aux questions indiscrètes des curieux, elles se révélaient toujours une source de problèmes pour les honnêtes cochers. Les petits malins empruntaient les fiacres pour aller voir leurs maîtresses, pour fuir les maris jaloux rentrés à l'improviste, ou même pour lutiner leur belle sur la banquette tandis que l'honnête cocher faisait semblant de ne rien remarquer.

Heureusement, la musique n'était pas la seule capable d'adoucir les morses. Une belle pièce avec le profil du roi gravé dessus avait aussi ce pouvoir. Si bourru qu'il fût, leur homme se souvint subitement d'avoir chargé ce client au drôle d'accent, il se rappelait même tout un tas de détails du trajet : l'embouteillage de la rue Saint-Honoré, une altercation avec le gardien des Champs-Elysées qui reprochait aux chevaux de boulotter ses parterres, un accrochage du côté de Longchamp… La seule chose qu'il ne se rappelait pas, c'était d'avoir transporté une dame en même temps que l'Américain.

Rose considéra cet homme. Il était chafouin, sournois, rusé, retors, il avait tout d'un fournisseur de matières premières pour articles de mode ; elle en avait vu de plus redoutables. Bancroft ne lui avait pas donné un pourboire assez fort. Elle pria Léonard d'ouvrir sa bourse s'il voulait sauver son ami en détresse.

– Pourquoi est-ce toujours moi qui paye ? protesta le coiffeur.

– Parce qu'une dame ne stipendie pas les inférieurs en public, rétorqua Rose. C'est l'avantage d'être une femme, en plus d'avoir des cheveux qui tiennent.

L'apparition d'une pièce d'or montra qu'elle avait visé juste, le cocher retrouva suffisamment la mémoire pour admettre qu'il y avait bien une dame avec l'Américain. Mais il était bien incapable de dire comment elle était vêtue ou de livrer le moindre indice à propos de son identité.

Vu le pourboire que venait de lui remettre le coiffeur, ils retinrent sa voiture pour tous leurs déplacements de la journée, avec l'espoir que des souvenirs rejailliraient à un moment ou à un autre.

A Longchamp, un gros chapeau n'était pas un critère d'originalité : c'était la foire aux couvre-chefs plus voyants les uns que les autres. Ils avaient sous les yeux une forêt tropicale pleine de fleurs et d'oiseaux.

– Nous avons pris un verre à la buvette, dit Bancroft en les entraînant vers un kiosque entouré de tables. On s'y souviendra sûrement de nous !

– Oui, oui, sûrement, dit Léonard d'une voix lasse.

Il commençait à croire qu'ils avaient plus de chances de voir apparaître la Sainte Vierge au-dessus de ces étalons. L'Américain entreprit tous les serveurs l'un après l'autre en bredouillant des phrases d'où émergeaient les mots « dame », « chapeau » et « *bald eagle* ».

– Eh, Robert, on a des « bols dits gueules » en réserve ? cria l'un d'eux.

– J'ai vendu le dernier tout à l'heure, répondit Robert depuis l'autre bout de la terrasse.

– Monsieur était en compagnie d'un pouf, précisa Léonard.

Le serveur fit la grimace.

– Nous évitons de les appeler comme ça, dit-il tout bas. La vie privée de la clientèle ne nous regarde pas.

Comme il n'avait pas compris, le coiffeur lui expliqua le sujet de leur quête : c'était une histoire de chapeau. Le garçon fit un geste du menton pour montrer qu'il n'y avait que ça partout.

– Un chapeau de très mauvais ton, précisa Rose. Avec un oiseau de proie à tête blanche pas du tout dans les canons de la saison. Vous savez à quoi ressemble un aigle ?

– Vous savez, ici, nous voyons plutôt des poules, des grues et des chevaux.

Ils regagnèrent leur fiacre la tête basse.

– Croyez-vous aux miracles, M. Bancroft ? demanda Rose. Il va falloir prier. Voulez-vous que nous nous arrêtions à votre église préférée ?

– Je ne crois pas que nous priions le même dieu, répondit l'Américain. Le mien ne s'occupe pas de problèmes de chapeaux.

– Dans ce cas, préparez-vous à périr de la main d'un catholique. Ça vous fera sûrement un bon point pour accéder au paradis des protestants.

Ils se rendirent au splendide hôtel particulier que le premier gastronome de France, Grimod de La Reynière, avait hérité de son grand-père, richissime fermier général chargé de collecter l'impôt. De même que le soir où Bancroft était venu avec sa belle amie, une fête gastronomique battait son plein dans l'immense salle à manger. Bancroft n'était pas sûr de pouvoir franchir le seuil de la demeure, il n'avait plus de carton d'invitation.

– Croyez-vous qu'on nous laissera entrer à l'improviste ?

L'homme qui triait les visiteurs sous le porche n'était pas le même que la fois précédente, il était inutile de l'interroger sur la belle inconnue. En revanche, l'Américain fut soulagé de constater que les natifs de son pays étaient toujours les bienvenus. La modiste et le coiffeur n'eurent pas non plus de difficulté à se faire admettre.

– La célèbre Mlle Bertin ! s'écria le domestique. L'illustre Léonard !

Ce dernier se rengorgea.

– Ils sont aimables, ici.

Ce barrage les délivra au moins de la surveillance du policier, qui ne fut pas jugé assez intéressant pour qu'on lui permette de s'incruster dans une soirée privée.

– Je suis exempt au Châtelet ! l'entendirent-ils clamer dans les oreilles du cerbère. Vous ne savez pas à qui vous parlez !

– C'est justement pourquoi vous allez rester dehors, répondit son interlocuteur.

A l'intérieur, une bande d'originaux se pressaient autour d'un buffet garni de plats inattendus. Grimod de La Reynière s'efforçait de donner des réceptions les plus coûteuses possibles pour contrister son père, qui était économe, et il y acceptait toutes sortes de gens pour contrister sa mère, qui était snob. Il était né avec des mains atrophiées, presque des moignons, qu'il équipait de pinces pour manier les couteaux et fourchettes essentiels à l'exercice de son art. Chacun pouvait le voir découper avec précision le résultat de ses excentricités culinaires sous les portraits familiaux pendus aux murs.

– Cette famille est un panier de crabes, nota Rose. Vous qui n'êtes pas atrophié, dit-elle à Bancroft, tâchez donc de mettre la main sur le majordome de l'autre jour.

L'Américain ne tarda pas à reconnaître l'homme en question parmi les membres du personnel en livrée qui organisaient le remplacement des plats. Ils assistèrent à l'arrivée d'un potage à la Rhinocéros où l'on trouvait moins de rhinocéros que de poireau et de cerfeuil, mais décoré de trois pigeons à qui on avait laissé la tête pour faire plus joli. Il y avait aussi un plat d'yeux de veaux panés et grillés qui vous contemplaient d'un regard plein de délicieuses promesses. Les trois visiteurs comprirent que le thème du souper était cette fois l'amour des animaux.

Le domestique se rappelait l'Américain parce que les invités venus d'un autre continent était rares, mais il n'avait aucun souvenir de sa compagne, qui appartenait semblait-il à une sorte beaucoup plus courante. Ils comprirent vite que cet homme ne retenait que les visages des gens connus ou exceptionnels.

– Mais ne vous inquiétez pas : je note les noms des convives sur un registre pour le montrer à monsieur. Il aime bien savoir qui est venu souper chez lui.

Il ouvrit un énorme livre et chercha la date.

– Ah, voilà ! « Mister Aaron Bancroft, émissaire américain, et madame. »

– « Et madame » ! répéta l'Américain. Je ne suis pas marié !

– Monsieur, dit le serviteur, je ne me serais pas permis d'être indiscret.

– Vous avez bien dû la remarquer, *for God's sake* : elle avait un chapeau !

– Je l'aurais plutôt remarquée si elle n'en avait pas eu, dit le domestique avant de s'incliner pour les quitter.

Il ne leur restait plus qu'à s'intéresser aux plats étonnants qui composaient ces agapes, un festival de consommés de tortue et de museaux de buffles en redingote. Rose relativisa leur échec. De toute façon, sa présence chez Grimod ne l'aurait guère disculpé. L'hôtel particulier n'était pas très loin de chez lui, il aurait pu faire un saut à son domicile pour poignarder son hôte, voler ces documents secrets, puis retourner danser comme si de rien n'était.

– Qui aurait les nerfs d'agir ainsi ? protesta Bancroft.

– On voit bien que vous ne connaissez pas les financiers de chez nous, répondit Rose. Ils écorchent les gens toute la journée, leur prennent tout ce qu'ils ont, et ça ne les empêche pas de danser le menuet.

Bancroft se vanta de pouvoir livrer un récit détaillé de la réception à laquelle il avait assisté, c'était au moins le début d'un alibi.

– Il y avait un bonhomme tout en vert jusqu'aux cheveux, une femme extravagante, et notre hôte se promenait en agitant les pinces qui lui servent de mains.

– Comme ceux-ci ? demanda Léonard en pointant de sa fourchette un homme tout en violet, une dame habillée en sirène et leur hôte avec ses pinces.

Autant rentrer d'une promenade au jardin et le décrire en disant qu'on a vu des bégonias !

– Peut-être aurez-vous plus de chance au théâtre, dit le coiffeur sur un ton qui se voulait plein d'optimisme.

De l'humeur qu'ils étaient, cette fête commençait à prendre des accents sinistres. Ils quittèrent l'hôtel de La Reynière et récupérèrent au passage leur crampon coincé dehors, qui faisait la tête.

– Montez donc avec nous, proposa Rose au policier quand ils furent installés en voiture. Vous ferez faire des économies à votre administration.

Leur fiacre les ramena au Palais-Royal, où devait se dérouler la dernière partie du programme. Au moment de prendre congé de leur cocher, Léonard voulut espérer une révélation de dernière minute.

– Quelque chose vous est-il revenu à propos de la dame, mon brave ?

– Rien de plus que tout à l'heure, monsieur.

– *Bloody bastard !* lui lança Bancroft.

– Ça veut dire « au revoir » dans son pays, traduisit le coiffeur.

– Ah ? dit le cocher. Dans mon pays, ça se dit : « Sale étrangleur d'étrons ! »

Avant de pénétrer dans le jardin, ils se plièrent à l'acquisition de masques en carton ainsi que l'avaient fait leurs prédécesseurs. Puis ils gagnèrent la rotonde en partie occupée par les Variétés amusantes et se rendirent directement au vestiaire pour interroger l'employée, une jeune fille presque translucide à force d'être diaphane.

Léonard désigna Bancroft.

– Avez-vous vu ce monsieur, il y a deux jours, à la représentation de *Rodogune* ? Il était accompagné d'une dame en chapeau.

– Oh, oui, monsieur, répondit la demoiselle.

– Ah ! Bien ! Excellent ! Comment était la dame ?

– Masquée, monsieur.

La jeune femme voulait bien dire qu'elle avait vu le couple, mais il lui était impossible de savoir qui se cachait sous les accessoires avec lesquels les gens se couvraient la face. Pour l'aider à se souvenir, Bancroft ajouta qu'elle avait dû donner son manteau à un tueur qui l'avait rapporté après avoir commis un crime atroce.

Ce n'était pas une façon très diplomatique de mener les interrogatoires. L'employée rétorqua qu'elle évitait généralement de confier les manteaux des clients à des assassins.

Il fallait être né de l'autre côté de l'océan pour imaginer qu'elle allait prétendre le contraire. Rose eut une idée.

– Montrez le manteau ! dit-elle à Bancroft, qui s'en dévêtit pour mieux l'exhiber.

L'employée reconnut immédiatement le vêtement.

– Ah, mais oui ! Une redingote anglaise à la lévite avec trois collets en gradins et des revers fixés par des boutons de corne, je me souviens très bien. Vous l'avez taché, dites-moi ? Qu'est-ce que c'est que ces traces rouges ? Je crains qu'il ne soit difficile à ravoir.

L'identification du manteau n'était toujours pas une preuve de l'innocence de son propriétaire. Par ailleurs, la belle inconnue ayant gardé ses effets sur elle, la demoiselle du vestiaire n'avait guère prêté attention à sa coiffure.

– Elle portait un bonnet avec un *bald eagle* dessus ! clama Bancroft. Un oiseau de proie à tête blanche ! Ça ne se voit pas tous les jours, tout de même !

– Oh, fit la jeune fille, vous m'auriez dit les oies du Capitole ou le hibou de la déesse Athéna… Mais, des aigles impériaux, nous en voyons très souvent, avec la clientèle allemande que nous avons.

Les trois enquêteurs décidèrent de se retirer avant qu'un profond désespoir ne les gagne tout entiers. Rosc baissait les bras.

– Si vous avez tué ce Silas Deane, c'est le moment de nous le dire.

– Mais bien sûr qu'il ne l'a pas tué ! s'insurgea Léonard. Hein ? ajouta-t-il avec un regard qui fit plus de mal à son ami que les soupçons de la modiste.

Celle-ci tenta de rebondir sur leur échec. Parmi tant de gens qui prétendaient ne pas se souvenir de cette dame, il devait bien y en avoir un qui leur avait menti. Restait à découvrir lequel. L'idée qu'un tel couvre-chef avait pu passer inaperçu lui était insupportable. Elle consacrait sa vie à rendre les femmes inoubliables, ce n'était pas pour qu'elles se révèlent invisibles !

8
Le massacre de l'innocent

Quand Léonard longea la devanture du Grand Mogol, le lendemain matin, il traînait après lui un Bancroft fort déprimé, qui lui-même traînait après lui le policier de la veille. Le sang de Rose ne fit qu'un tour, elle lâcha ses tissus pour fondre sur l'exempt comme un *bald eagle* sur une carpe du lac Michigan, toutes serres dehors. Elle le saisit entre ses doigts musclés par des années de travaux d'aiguille et l'entraîna dans son antre pour le déchiqueter à coup de reproches.

– Vous ne pourriez pas trouver un autre coupable que cet innocent ? lui reprocha-t-elle une fois que sa proie fut à sa merci dans son arrière-boutique.

– Pour quoi faire ? répondit l'inspecteur. Il est très bien, ce coupable-là ! Quand on tient un monsieur qui avait l'occasion et le mobile, on ne gagne rien à aller chercher plus loin. Et puis, un étranger, c'est déjà à moitié coupable.

Chardebert Flandard était chargé de la surveillance des étrangers à l'intérieur de la capitale, l'assassinat de Silas Deane l'occupait depuis le début, il connaissait le dossier.

– Entre nous, je veux bien avouer que je le crois innocent, concéda-t-il.

– Ah ! Bien ! dit Rose. Nous avançons ! Et qu'est-ce qui vous amène à cette conclusion ?

– Mon intuition.

Rose fit la tête d'une cuisinière qui s'apprête à sortir du four son poulet rôti et qui s'aperçoit qu'elle avait oublié d'allumer le feu.

– On n'avance plus du tout, là, dit-elle en replongeant le nez dans ses coupons d'étoffes.

Pour Flandard, un homme intelligent comme Mister Bancroft se serait inventé un alibi plus solide que cette invraisemblable histoire de chapeau à laquelle personne ne pouvait croire.

– Et vous, qu'est-ce qui vous fait pencher pour son innocence ? demanda-t-il à la modiste.

– La reine, dit Rose. Son innocence arrange la reine. Et Sa Majesté a toujours raison.

Voilà qui ne les avançait pas beaucoup non plus. A en croire Flandard, Aaron Bancroft était perdu. Ce chapeau ne le sauvait pas, il l'enfonçait. Au lieu de raisonner, de trouver des arguments, de produire des témoins de moralité, le suspect ne pensait qu'au chapeau. C'était un très mauvais point pour lui. Le bon point, c'était qu'en toute logique cette obsession devait avoir une cause. Cette cause pouvait être, par exemple, que ce chapeau existait bel et bien. Restait à faire entrer cette réalité physique dans la réalité judiciaire.

– A moins qu'il ne délire complètement, conclut l'exempt.

– Ce serait le pompon ! dit Rose en rangeant les siens dans un tiroir.

En elle-même, elle pensait : « Enfin un policier perspicace ! » Un policier intelligent pouvait être la meilleure ou la pire des choses, en plus d'être la plus rare. Il fallait s'en faire un allié ou le noyer dans la Seine.

Flandard avait cogité toute la nuit, il désirait leur faire une proposition. Il était las de déambuler en vain toute la journée sur leurs talons. Puisqu'on l'avait affecté à la surveillance de Bancroft, il rentabiliserait son temps s'il les aidait à faire éclater la vérité. Il devait seulement demander l'autorisation à ses supérieurs du Châtelet.

Rose brandit le laissez-passer signé par la reine.

– Autorisation accordée ! déclara-t-elle. Je vous réquisitionne pour le service personnel de Sa Majesté !

Elle arrachait un officier de la Couronne aux forces ténébreuses de la police, elle se sentait l'égale de D'Alembert luttant contre l'obscurantisme.

Elle prit Flandard par le bras et le traîna jusqu'au salon de coiffure voisin, rempli de messieurs qui attendaient pour se faire poudrer et de serviteurs venus chercher les perruques données à rafraîchir. Tandis que ses frères Pierre et Jean-François ajutait les postiches, Léonard torsadait de fausses mèches qu'on venait de blondir à l'urine de cheval.

– Je ne peux prendre personne, prévint-il, j'ai des rendez-vous par-dessus le chignon.

– Nous n'avons pas besoin de rendez-vous, clama la modiste, monsieur est de la police !

L'ambiance dans le salon de coiffure se tendit sensiblement, deux personnes passèrent leur tour et quittèrent les lieux. Tandis que Léonard, ses frères et leurs assistants maniaient le fer à friser et la poire à poudre, Rose fit la liste des suspects susceptibles d'avoir poignardé Silas Deane. Qui trinquait chez Bancroft lorsque son compatriote était arrivé ? Mis à part Léonard, évidemment, si suspect par nature que fût ce dernier.

– Je ne suis pas suspect ! protesta l'intéressé.

– Vous êtes la personne la plus suspecte que je connaisse, insista la modiste. Vous êtes suspect d'avoir de mauvaises mœurs, suspect de ne pas payer vos fournisseurs, suspect d'avoir abandonné votre épouse dans un lieu inconnu de tous nommé Pamiers, et je vous soupçonne personnellement de n'en concevoir aucune honte.

– Vous allez devoir choisir si vous me voulez comme suspect ou comme enquêteur, prévint le coiffeur, tout en passant ses nerfs sur un lot de mèches qui ne lui avaient rien fait.

Il était bien placé pour savoir que tous les messieurs présents chez Bancroft le jour du crime avaient entendu Silas Deane déclarer qu'il transportait des papiers importants très convoités. Or il y avait là, parmi les amis réunis pour dire adieu à Bancroft, un joueur invétéré et perpétuellement endetté, un misanthrope notoire pour qui la vie humaine ne valait pas tripette, un sujet du roi de Portugal, sans oublier le médecin qui avait mis Silas Deane au lit. N'importe lequel d'entre eux avait pu revenir commettre le vol ou en parler à n'importe qui d'autre !

– Donnez-moi votre version de ce qui s'est passé chez Bancroft, dit Chardebert Flandard.

Le coiffeur expliqua que les invités étaient en train de souhaiter à leur ami une bonne traversée de l'Atlantique lorsque son concitoyen avait fait irruption, débraillé et aux abois.

– Il était dans un état épouvantable, conclut le coiffeur.

– Ses vêtements étaient déchirés ? demanda l'exempt. Il portait des traces de coups ?

– Non, ses cheveux étaient ébouriffés, ses rouleaux étaient de travers, la queue de cheval était à refaire, et je suis convaincu que ses pointes étaient fourchues. Un coup de peigne n'aurait pas suffi à réparer les dégâts, il fallait tailler dans la masse et revoir la coupe de fond en comble. Un vrai cauchemar, j'en ai eu mal au cœur.

– Je vois, dit Flandard. Une loque, donc.

– C'est le mot juste.

Le policier se tourna vers l'Américain, le témoignage du Français étant trop subjectif à son goût.

– Ainsi donc, quelqu'un serait entré chez vous en votre absence. A-t-on volé autre chose que ces papiers secrets ?

Bancroft était certain qu'on n'avait rien dérobé d'autre que le portefeuille avec lequel Silas Deane était arrivé. Il ignorait quels documents étaient à l'intérieur. Ne pouvait-on pas le lui révéler pour faciliter les recherches ?

Un silence attentif tomba subitement sur le salon de coiffure, on aurait entendu une mouche de taffetas se coller sur une joue.

– Je n'en ai aucune idée, répondit Flandard. Ce que je sais, c'est qu'il s'agit d'un secret d'Etat qui ne doit à aucun prix être éventé.

– Oh ! fit l'un des frères de Léonard. Dans un salon de coiffure, vous ne risquez rien !

Ce que pouvait leur conseiller Flandard, c'était de retrouver ces documents au plus vite. S'ils échouaient, Aaron Bancroft servirait de bouc émissaire pour étouffer le scandale. La France n'hésiterait pas à le faire exécuter en place publique pour apaiser la colère de ses alliés : elle pourrait au moins leur montrer que le coupable avait payé son crime dans moult souffrances.

– Et croyez-moi, la roue, c'est moult moult, dit Flandard.

Bancroft était dévasté.

– On va me faire porter le chapeau !

– Quelle idée d'enfiler un manteau plein de taches sanglantes, aussi ! dit l'inspecteur.

Les frères de Léonard voulurent savoir comment était ce fameux manteau maculé de sang. L'Américain désigna le policier.

– Un peu comme celui de monsieur.

– Moche, donc, traduisit Rose.

Bancroft ne voulait pas admettre qu'une femme si remarquable que Belle Amie pouvait s'être fondue dans cette ville au point de devenir invisible.

– Dire qu'il y a quelque part, sans doute près d'ici, une femme qui peut me disculper d'un mot en déclarant qu'elle ne m'a pas quitté de la journée !

– Attention, prévint Flandard : le témoignage d'une prostituée n'est pas recevable, ces demoiselles n'ont pas bonne presse auprès des tribunaux.

– Ce n'était pas une prostituée ! s'écria l'Américain. C'était une dame comme il faut ! Avec un beau chapeau !

Rose commençait à s'irriter d'entendre le policier dénigrer les femmes à chapeau.

– On se tue à vous dire que le chapeau fait la femme !

L'exempt se tourna vers Léonard, qui ajustait un monceau de lianes de cheveux blonds sur le crâne d'une dame certainement décidée à ressembler à Raiponce.

– Et vous, vous l'avez vue, cette femme ?

Le coiffeur l'avait vue, mais il l'avait prise pour une courtisane du genre de celles qui traînaient au

Palais-Royal à toute heure du jour et de la nuit. Cette façon d'exercer leur profession ne choquait plus personne, ça ne tirait pas à conséquence, aussi ne l'avait-il guère examinée.

– Vous a-t-il révélé quelque chose qui permettrait de l'identifier ? demanda-t-il cette fois à l'Américain.

Bancroft ne se rappelait une ou deux confidences qu'elle lui avait faites. Ils s'étaient mis d'accord pour n'échanger que des considérations sans importance et s'étaient tenus à ce pacte frivole.

Rose et Léonard firent le tri dans les rares renseignements personnels qu'il avait tiré de Belle Amie. Elle s'était présentée comme une fille cachée de Louis XV. L'idée était plaisante, mais même dans l'hypothèse ou c'était vrai, ça ne les avançait pas beaucoup : il y en avait tant ! Les Bourbons avaient eu tellement de bâtards ! A Paris et dans ses faubourgs, si vous ne pouviez pas suggérer « en toute confidentialité » que vous descendiez de Henri IV ou de Louis XIV par l'escalier de service, vous étiez considéré comme un plouc. Et Bancroft, qui lui avait répondu qu'il comptait accéder un jour aux plus hautes fonctions de son pays ! Comme si n'importe qui pouvait devenir président des Etats-Unis ! Tout ça ne situait pas très haut le niveau de véracité de leur échange.

Ils établirent une liste de personnes que la police n'avait pas interrogées mais qui auraient pu noter la présence de son introuvable compagne. Bancroft se souvenait qu'une cliente du salon de thé avait beaucoup regardé le couvre-chef. Peut-être pourrait-on l'identifier ? Pendant le souper chez La Reynière, Belle Amie avait utilisé les commodités, peut-être avait-elle échangé quelques mots avec la servante chargée de la propreté ? Aux Variétés amusantes, un portier les avait conduits à leur loge – il n'avait pu manquer de voir ce chapeau si imposant. Il y avait aussi les artistes qui jouaient la comédie : la loge surplombait la scène, ils avaient tous vu cet aigle qui les contemplait du haut de son aire. Il y avait aussi un mendiant aveugle à qui ils avaient fait l'aumône en fin de soirée.

– Un aveugle comme témoin, vous voilà sauvé, dit Léonard.

– Ça peut être un faux aveugle, dit le policier. Ils sont plus nombreux qu'on ne croit. L'autre jour, mes collègues ont tenté d'arrêter un estropié qui les a battus à la course !

Léonard venait de finir une cliente dont la chevelure s'étageait désormais sur la hauteur d'un bras tendu. Elle se leva de son fauteuil pour admirer l'effet en pied dans une psyché.

– J'ai surpris involontairement quelques mots de votre conversation, dit-elle bien qu'elle n'en eût pas perdu une miette. Vous aimerez peut-être apprendre que les Variétés amusantes donnent tout à l'heure une représentation spéciale en matinée. Par la même troupe que la semaine dernière.

– L’un d’entre vous devrait y aller, suggéra Flandard.

Rose n’avait jamais vu la *Rodogune* de Corneille, c’était l’occasion de se cultiver, en plus de servir la reine. Elle accepta d’y accompagner Bancroft, elle en profiterait pour interroger le personnel et, si possible, les tragédiens. Aaron Bancroft s’abstint de la prévenir qu’en fait de tragédie, il s’agissait d’une parodie mise en musique. D’ailleurs, en tant qu’Américain, il ne faisait aucune différence. Il lui semblait naturel que n’importe quelle pièce devienne une sorte de fête de village avec des danses et des chansonnettes, plusieurs théâtres de New-York s’en étaient fait une spécialité.

– Donnez-moi cinq minutes pour me changer, dit la modiste.

Elle réapparut une heure plus tard, vêtue d’une de ses nouvelles créations les plus convenables pour une sortie au théâtre, c’est-à-dire voyante au point de briller dans le noir.

Aux Variétés amusantes, les affiches n’annonçaient plus *Rodogune* mais une pièce de circonstance intitulée *Washington ou La Liberté du Nouveau-Monde*.

Dès le lever du rideau, les spectateurs constatèrent qu’il s’agissait d’une comédie avec des refrains qui faisaient « pouët pouët ». La célèbre Mlle Raucourt interprétait une Américaine qui se faisait passer pour un homme afin d'aider les Insurgents à libérer son pays du joug britannique. C'était patriotique à défaut d'être subtil.

Quand l'héroïne du spectacle reprit son habit féminin à l'acte III, Rose vit que la qualité des costumes s'améliorait. L'actrice était notamment coiffée d'un bonnet pas mal du tout, que sa couturière avait orné d'une cocarde américaine. Hélas, le plaisir de Rose à contempler ces beaux vêtements s'évapora quand elle reconnut les modèles. Tout cela sortait de ses ateliers ! Elle était en train de regarder ses créations sautiller sur scène au son de « Ralliez-vous à mon petit youp-lala ! ».

– Bravo, c'est très respectueux de mon travail, marmonna-t-elle.

– Belle femme, n'est-ce pas ? dit Bancroft, qui applaudissait à tout rompre la libération de son pays par les fanfreluches.

– Elle montre ses genoux, dit Rose. Quelle indécence !

Elle songea néanmoins à étudier la possibilité d'une jupe qui remonterait au-dessus du mollet. Mais elle balaya cette idée : la société française ne serait jamais prête. Bonnet, bas, jupons, corset, le vêtement était fait pour couvrir et suggérer, non pour découvrir et montrer.

Une fois la salle vidée, tandis qu'on changeait les décors pour la représentation suivante, Rose et

Bancroft partirent en quête de l'ouvreur, qu'ils dénichèrent en coulisse.

C'était un Breton à long nez et chapeau rond, d'une carrure de bahut en chêne, dont il avait sans doute aussi la solidité. Ils avaient des questions à lui poser. Se souvenait-il d'avoir placé l'autre jour, pour *Rodogune*, un couple dont la femme portait un énorme bonnet orné d'un rapace à tête blanche ?

L'homme fronça les sourcils et plissa le front. Il répondit qu'il ne se souvenait pas très bien de cette soirée, mais son ton laissait supposer que la mémoire lui reviendrait à proportion du pourboire qui pourrait lui échoir. Ce n'était pas le moment de mégoter avec la survie du futur supplicié. Rose fit signe à ce dernier de lui confier sa bourse, qu'elle agita de manière à faire tinter les pièces. Le regard du portier se braqua sur cette manne tandis qu'il demandait :

– Redites-moi quel était cet oiseau, je sens que ça va me revenir.

– Un *bald eagle*, répondit l'Américain.

– Qu'est-ce que c'est que ça ? dit le témoin.

– Une grue cendrée, répondit Rose avant que son comparse n'ait pu ouvrir la bouche.

– Ah, mais oui ! dit l'ancien amnésique soudain guéri. Je me rappelle très bien de la grue, avec son long bec et ses longues pattes ! La dame était très jolie et le monsieur très empressé.

Ayant livré son témoignage, il tendit la main pour recevoir sa récompense.

– *Son of a bitch !* laissa échapper Bancroft.
– Que dit-il ? demanda le portier.
– Que vous venez de canarder votre pourboire, traduisit Rose.

Travailler dans un théâtre vous rendait sûrement l'inspiration très fertile pour inventer des histoires appropriées, mais cet environnement ne vous préparait guère à rendre un témoignage incontestable devant les tribunaux du roi. Ils avaient besoin d'un témoin solide, pas d'un hurluberlu prêt à changer d'avis dès que le bourreau de Sa Majesté lui aurait administré deux claques.

– Vous n'êtes pas un innocent facile, vous, dit Rose à l'Américain quand ils eurent quitté le théâtre des Variétés amusantes. Je me demande si je n'aurais pas préféré devoir disculper un coupable.
– Mon ami Léonard se portera toujours garant de mon honnêteté ! dit Bancroft.
– C'est bien beau, répondit Rose, mais qui se portera garant de l'honnêteté de Léonard ?

9
Le masque et la plume

Si les bien portants parisiens accusés de meurtre n'étaient pas à la fête, la joie régnait chez les malades de Trianon.

Ce joli pavillon de plaisance avait été bâti dans le parc de Versailles pour Mme de Pompadour et étrenné par Mme du Barry : c'était décidément une maison pour les cocottes. Elle était censée permettre aux favorites de se retirer momentanément à l'écart de la Cour pour se reposer et s'y amuser en compagnie de quelques amis choisis. Avec cette différence qu'avant Marie-Antoinette, le roi y était le bienvenu. Depuis que sa femme s'était emparée des lieux, Louis XVI n'y était plus admis que sur invitation, ou à condition d'en demander l'autorisation à l'avance. Il s'abstenait généralement de s'y présenter car il n'osait pas déranger la personne la plus influente de France, la seule qui avait prise sur le roi.

Rose et Léonard s'y rendirent pour coiffer et vêtir la patiente, même si celle-ci n'avait plus de représentations officielles : ce n'est pas parce qu'on n'est pas en forme et que nul ne vient plus vous voir qu'on doit avoir l'air d'une pauvresse hirsute en haillons.

– Nous allons travailler sur les robes de chambres et sur les charlottes[10] ! proposa Rose en montant dans le carrosse qui devait les emmener à Versailles.

Léonard était inquiet. Etait-il bien prudent d'approcher la reine de si près ? Ils risquaient de rapporter sa maladie à Paris !

– Tant mieux ! dit Rose. Vos clientes seront trop heureuses d'attraper la rougeole royale ! Elles pourront exhiber leurs boutons en disant qu'elles portent les mêmes que Sa Majesté !

Elle avait par ailleurs prévu des masques spécialement conçus pour la reine, avec des perles et des brillants.

Ils firent de Marie-Antoinette la recluse la plus resplendissante du royaume. Rose lui arrangea une robe baptisée « à la rougeole », coupée dans un tissu à pois rouges, qui faisait déjà un malheur en boutique. Tandis que Sa Majesté essayait les masques, que Rose cousait et que Léonard peignait en tenant ses instruments à bout de bras, ils lui rendirent compte des progrès de leur enquête. Du traité secret disparu, point de nouvelles. De l'assassin non plus. Et de la dame au chapeau, moins encore.

---

[10] Bonnets de nuit pour femmes ornés d'un volant.

La reine jugea nécessaire de leur donner des conseils sur la marche à suivre. Dans son enfance, quand les pages de la Hofburg ne donnaient pas satisfaction, sa mère l'impératrice leur faisait les gros yeux – et elle finissait toujours par apprendre ce qu'elle voulait savoir. La recette était bonne. S'ils bousculaient un peu ces témoins récalcitrants, avec finesse mais avec ténacité, ils réussiraient là où l'amabilité avait échoué.

Quand ils furent partis appliquer ses directives, Marie-Antoinette se contempla dans le miroir. La coiffure et la vêture ne lui avaient pas remonté le moral autant qu'elle l'avait espéré. Sa mine maussade ne mettait pas en valeur les artifices rutilants qu'ils s'étaient échinés à ajuster.

– Que vous faudrait-il pour vous rendre le sourire ? demanda sa dame d'honneur, la princesse de Chimay.

– Je veux mon Fersen… répondit la reine.

– Oui, mais non. M. de Fersen est aux Amériques, il guerroie contre l'Anglois, il ne voit que des Américaines en coiffe empesée et des squaws vêtues de peaux de castors.

– Elles ont bien de la chance…

Cette réclusion à Trianon n'avait pas que des avantages. La reine ne voyait plus personne, elle s'ennuyait. Elle aurait aimé avoir autour d'elle quelques courtisans qui la distrairaient.

– Il vous faut des garde-malade ! dit Mme de Chimay.

La dame de compagnie eut une grande idée : elles n'allaient engager que des hommes ! Le prétexte était tout trouvé : la rougeole pouvait entraîner de graves conséquences chez les femmes enceintes, or aucune de ces dames ne pouvait être sûre de ne pas avoir entamé une grossesse sans le savoir.

– Il suffirait de ne choisir que celles qui ont passé l'âge… dit la reine.

– Non, non, madame, insista la princesse, ne prenons pas de risques. Il nous faut des hommes ! Des hommes amusants !

Il y avait d'ailleurs un précédent. La reine Marie Leszczynska, épouse de Louis XV, en avait usé de même sans que quiconque y trouve à redire.

– Oui, dit Marie-Antoinette, mais c'était Marie Leszczynska. On aurait pu faire défiler dans sa chambre les troupes royales les fesses à l'air sans que quiconque la soupçonne d'avoir de mauvaises pensées. Tandis que moi, un seul pauvre sourire à un monsieur, et hop ! On croit m'avoir surprise en flagrant délit d'adultère !

Le problème était que la guerre d'Amérique avait vidé Versailles de la plupart des jeunes officiers. Ils étaient tous partis jouer aux cowboys et aux Indiens dans les plaines de la Caroline ! Il ne restait que les autres, ceux qui n'étaient ni jeunes ni officiers. Comment savoir qui d'entre eux serait en mesure de distraire une boutonneuse qui avait du vague à l'âme ?

– Organisons un concours ! dit Mme de Chimay.

Les dames de la reine restées au château furent priées de lancer un concours intitulé « La Cour a un incroyable talent ». Il y avait quatre places d'homme de compagnie à gagner. Elles expliquèrent le principe aux courtisans susceptibles de participer.

– C'est payé ? voulurent-ils savoir.

Ça ne l'était pas, mais la position d'homme de compagnie leur donnerait un accès privilégié à la reine pendant plusieurs semaines. Une telle proximité était de nature à faire avancer n'importe quelle carrière.

La reine étant confinée, ses dames se constituèrent en jury. Elles s'assirent dans les bergères de satin vert qui meublaient le cabinet doré de leur souveraine et firent défiler les messieurs pour voir qui était distrayant. Elles levaient leur éventail pour montrer leur acquiescement.

Ceux qui ne savaient que réciter du théâtre classique lassèrent leur auditoire. On instaura très vite un bonus pour ceux qui n'en récitaient pas.

– Je ne vais pas vous réciter une tragédie classique, annonça l'abbé de Vermond.

exquis, une belle tournure, du bon sens, du calme et une politesse parfaite. Il était l'amant de la comtesse de Châlons, une amie de la reine, qu'il avait promis d'épouser dès que sa femme voudrait bien décéder. En attendant, il vivait avec la princesse de Guéménée, qui était séparée de son mari. C'était l'homme d'une moralité irréprochable que n'importe quel roi voulait voir tenir compagnie à sa femme.

Il n'eut qu'à réciter une fable de La Fontaine, l'avis du jury fut bientôt rendu : la comtesse de Châlons vota pour lui et fit signe aux autres de lever leurs éventails.

Le comte de Vergennes, ministre des Affaires étrangères, n'était pas candidat, mais il fit un saut en coulisse pour promouvoir son protégé.

– J'ai entendu dire que vous recrutiez des messieurs pour se confiner à Trianon ? Prenez le duc de Guînes !

– Pourquoi lui ? demanda Mme de Châlons. C'est un gros jouisseur méchant.

– Oui, c'est pourquoi il sera mieux à Trianon que dans la diplomatie française.

Le duc de Guînes rentrait de son ambassade à Londres, qu'il avait minée d'initiatives calamiteuses qui était autant de fautes professionnelles. Au siècle précédent, le cardinal de Richelieu lui aurait fait trancher le cou. Il avait tenté

– Ah ! firent ces dames.

– Mon petit plaisir, c'est la poésie latine.

– Oh, firent ces dames.

– Connaissez-vous Virgile ? Cela sonne admirablement bien quand on y met l'accent. *Tityre, tu patulae recubans sub tegmine fagi silvestrem tenui musam meditaris avena !* C'est-à-dire, comme vous l'aurez compris : « Toi, Tityre, étendu sous le couvert d'un large hêtre, tu essaies un air sylvestre sur un mince pipeau ! » Quoi de plus divertissant ? J'en ai vingt tomes.

Elles décidèrent de laisser Tityre jouer du pipeau dans les vallées du Latium.

– « Heureux le sage, instruit des lois de la nature, qui dompte et foule aux pieds d'importunes erreurs ! » Je vais vous le redire en latin, ça sonne encore mieux.

– Non, non, ça sonne déjà très bien comme ça. Au suivant !

Imposer un moraliste à Marie-Antoinette, c'était un coup à se voir exiler de la Cour pour outrage.

Le candidat suivant visait la place de poète officiel de la Couronne.

– J'ai préparé un compliment digne d'une souveraine. J'y exprime mon respect profond pour ses vertus, ma réserve éblouie pour sa bonté, pour sa patience, pour son affabilité…

Les éventails se gardèrent bien de s'ouvrir.

– Eliminé ! déclara d'une seule voix le jury.

La comtesse de Châlons conseillait ces messieurs en coulisse pour favoriser leur réussite.

– Vous chantez ? demanda-t-elle au baron de Besenval.

– Comme une casserole.

Le lieutenant-colonel des gardes suisses Pierre-Victor de Besenval entra néanmoins dans le salon avec assurance. C'était un beau monsieur tout de blanc vêtu, imposant, mais cynique, et riche d'un fonds inépuisable d'anecdotes impitoyables.

– Savez-vous que notre lieutenant de police Lenoir a pris pour maîtresse une dame Leblanc ? On dit que c'est pour faire œuvre pie[11].

Elles éclatèrent de rire.

– Une autre !

– Hier, nous nous promenions avec d'autres personnes dans les jardins, le roi, moi et un maréchal hors d'âge – je ne vous dis pas lequel, il y en a tant à la Cour, vous avez le choix ! « Monsieur le maréchal, dit le roi, il court des bruits de guerre. » Pour toute réponse, le maréchal, qui n'avait rien entendu, laissa échapper un pet. « En tout cas, ai-je

[11] « Pie » peut vouloir dire « pieuse » ou « grise ».

dit tout haut, ce ne sont pas des bruits san fondement. »

Le jury s'esclaffa. Voilà le genre de distraction innocente et de bon ton qu'il fallait à une pauvre convalescente couronnée.

– Une autre ! Une autre !

– Chacun le sait, j'ai été au mieux avec Mme de Saint-Janvier. Jusqu'au jour où, entrée chez moi avec trop de précipitation, elle me trouva en délicate posture avec Mlle Raucourt, la célèbre actrice.

– Ciel ! Qu'avez-vous dit à Mme de Saint-Janvier ?

– Que j'étais passé à février !

Elles rirent à qui mieux-mieux.

– Etes-vous toujours avec Mlle Raucourt ? demanda l'une d'elles.

– Oh, non, elle me coûtait trop cher. Elle a voulu avoir son portrait par Fragonard. Mais quand j'ai vu le résultat, j'ai refusé de payer. J'ai dit au peintre : « Vous avez fait une croûte de ma mie. »

Tous les éventails s'ouvrirent et se dressèrent. Besenval allait beaucoup plaire à la reine, c'était l'homme fin et délicat qu'il lui fallait.

Le candidat suivant était François de Coigny, premier écuyer du roi. Riche à millions, il n'était ni extrêmement beau ni doué de beaucoup d'esprit, mais il avait mieux : un excellent maintien, un tor

de compromettre la France dans un conflit entre l'Espagne et le Portugal au sujet de leurs colonies respectives. Il avait fait de son propre chef des promesses aux Anglais au nom de Louis XVI. Et, dans le même temps, il avait trahi l'Angleterre en annonçant à l'Espagne une attaque britannique sur le Mexique, ce qui en plus était faux. Puis il avait juré aux Anglais que jamais Louis XVI ne soutiendrait les Insurgents. Il y avait de quoi mettre le feu à l'Europe entière. Vergennes avait été contraint de le rappeler en catastrophe et de démentir toutes ses allégations. Comme De Guînes avait des soutiens à la Cour, au lieu de le décapiter on lui avait offert un titre de duc pour le consoler d'avoir perdu son ambassade. Vergennes sauta sur l'occasion d'en faire un amuseur pour reines qui s'ennuient, ce qui semblait une carrière bien plus à la portée de l'ancien diplomate. Afin de renforcer les chances de son candidat, le ministre glissa à la sélectionneuse une bourse d'écus à partager entre les votantes. C'était faire un bon emploi des crédits diplomatiques de la France.

Au reste, le duc de Guînes n'était pas sans talents. Il chantait et jouait de la flûte. Il recueillit des votes sonnants et trébuchants.

– Et moi ? se plaignit le comte Esterházy. Personne ne me veut ?

– Vous avez une voix de crécelle, dit Mme de Châlons, vous ne savez pas le moindre poème, vous racontez mal et vous n'êtes pas drôle. Je suis sûre que vous ne voudriez pas de vous-même pour vous distraire.

– Mais j'ai cinquante mille livres de rentes et je suis célibataire ! se défendit Esterházy.

La comtesse de Guermantes, qui avait une fille à marier, leva son éventail.

– Je prends !

A la fin des auditions, les lauréats étaient les ducs François de Coigny et Adrien de Guînes, le comte Valentin Esterházy et le baron Pierre-Victor de Besenval. Les quatre hommes se voyaient ministres à la saison prochaine. Mme de Chimay jugea nécessaire de les mettre en garde.

– Méfiez-vous. Homme de compagnie n'est pas un métier sans risque. Rappelez-vous M. de Lauzun, qui est si amusant. Pourquoi croyez-vous qu'il ne soit pas là pour divertir la reine ?

Irrité par les rumeurs selon lesquelles sa femme avait des faiblesses pour ce Lauzun, Louis XVI l'avait envoyé conquérir le Sénégal pour la Couronne pendant que tous ses amis participaient à la prestigieuse guerre d'indépendance américaine, cette grande aventure qui passionnait les foules. Le roi était bon et compréhensif, mais il y avait des moments où ce qu'il comprenait gâtait sa bonté.

En réalité, Marie-Antoinette n'avait pas eu pour Lauzun de si grandes faiblesses que ça, bien qu'elle l'appréciât, pas plus que pour Coigny, qu'elle aimait beaucoup. Elle ne couchait qu'avec Louis XVI, le seul qui lui répugnait.

10
Le jeune homme et l'amer

Rose était convaincue qu'il y avait au moins un menteur parmi les témoins qui prétendaient n'avoir pas vu la dame au chapeau qui s'était pour ainsi dire promenée sous leur nez. Elle était décidée à appliquer la méthode de l'impératrice d'Autriche recommandée par Marie-Antoinette : elle allait les secouer jusqu'à ce que la vérité tombe de son arbre comme un fruit mûr. La technique marchait très bien avec les peuples de l'Empire.

Rose décida de commencer par la serveuse du salon de thé. Il était impossible que cette femme se rappelle si bien l'Américain et pas du tout la personne coiffée d'un aigle à tête blanche qui l'accompagnait. N'aurait-elle pas été payée pour oublier ? On allait lui faire retrouver la mémoire. Rose ne la lâcherait plus, elle serait sur elle comme les fermiers généraux du roi sur le petit commerce.

Elle se coiffa de son bonnet le plus extravagant, dont le thème était « le paradis perdu » : il était décoré d'un petit Adam et d'une petite Eve dont la pudeur était à peine sauvegardée par deux feuilles de vigne en papier crépon.

De retour au salon de thé, elle s'assit à une table où son couvre-chef la rendait très voyante. La présence d'une femme attablée seule et coiffée de personnages nus ne faisait pas très bon effet, d'autant qu'elle lançait, depuis son poste d'observation, des œillades aux messieurs qui déambulaient sous les arcades. Tout cela risquait de donner une fâcheuse réputation à l'établissement. Rose ne doutait pas de terminer l'enquête avant la fin de journée, à moins de finir elle-même dans un cachot pour filles publiques.

La serveuse devina tout de suite son petit manège.

– Madame désire ? demanda-t-elle en lui remettant la liste des thés.

– La vérité. J'aimerais bien. Figure-t-elle au menu ?

– Pardon ?

– Je sais ce que vous avez fait, dit la modiste en posant sur la serveuse un regard lourd de sous-entendus.

Son interlocutrice la somma de déguerpir vite fait. Comme la cliente ne bougeait pas, on la menaça d'appeler le juge de paix du quartier.

– Faites donc. Je lui dirai que votre salon sert de couverture aux activités d'une proxénète. Je prétendrai que vous me chassez parce que j'ai refusé de vous remettre la moitié de mes gains.

La serveuse s'étouffa d'indignation au point d'en perdre la parole. Rose en profita pour tirer une deuxième salve accompagnée d'un louis d'or qu'elle fit miroiter dans la lumière venue du dehors.

– Je suis prête à parier que vous avez été stipendiée pour perdre la mémoire, mais sachez que Mister Bancroft peut vous payer, lui aussi. Il est disposé à dépenser une partie des fonds alloués par le Congrès de Philadelphie afin de restaurer son honneur et de sauver les chances de la diplomatie américaine.

La serveuse hésita. Elle lorgna le louis d'or quelques instants, puis l'empocha.

– Il n'y a pas que l'argent. Qui me protégera du commanditaire si je le trahis ?

Rose exultait. Il y avait donc bien un commanditaire. Comment faire comprendre à cette femme qu'elle prendrait moins de risques en avouant la vérité ?

– Avez-vous envisagé d'ouvrir un salon de thé de l'autre côté de l'Atlantique ? demanda-t-elle. Je suis sûre que les gens de Philadelphie seront ravis de découvrir l'art de la pâtisserie à la française.

La serveuse fit la moue. Pas question de s'installer chez ces sauvages, elle avait trop peur d'être scalpée. Et puis elle se jugeait trop âgée pour changer de vie, de langue, voire de religion.

– Passé quarante ans, il est difficile de modifier ses habitudes, expliqua-t-elle.

« Oui, surtout quand on a passé les cinquante », songea Rose en évaluant l'âge réel du témoin.

– Vous risquez d'être convoquée au procès de Mister Bancroft, la prévint-elle. Oserez-vous prétendre en salle d'audience que vous n'avez pas vu l'inconnue au chapeau ?

– Je sais mentir, vous savez. Fut un temps, je pouvais faire avaler aux hommes n'importe quelle histoire !

– Oui, nous nous rappelons toutes quels étaient les avantages d'avoir vingt ans, répondit la modiste.

La serveuse se mit à la bouder, elle s'occupa de son commerce sans plus prêter attention à la gêneuse, ce qui n'empêcha pas celle-ci de poursuivre son manège. Ledit manège attira dans la boutique un monsieur fort bien vêtu : frac à rayures jaunes, tricorne aux galons assortis, souliers à boucle d'or, tout fut approuvé par l'œil intransigeant de la modiste. Il était âgé d'une trentaine d'années, bien de sa personne, certainement rentier, et noble si l'on en jugeait par la chevalière armoriée qu'il portait à son auriculaire. Il montrait bien sûr un peu trop d'intérêt pour les personnes du beau sexe, mais c'était une manie dont une future épouse se faisait fort de le guérir une fois passés devant monsieur le curé. Rose avait emporté le philtre censé lui gagner l'amour d'un bon parti.

Cet homme-ci semblait un excellent candidat pour une expérience pharmaceutique.

Il avait pris place à la table la plus proche de la sienne, ce qui leur permit d'échanger des regards, des saluts et des sourires tous plus remplis de promesses les uns que les autres. Quand le thé du monsieur arriva, Rose laissa tomber son mouchoir sur le sol et s'arrangea pour vider sa fiole dans la tasse du galant homme qui s'était baissé pour le ramasser. Après lui avoir rendu son mouchoir avec un sourire aimable, il remplit sa tasse d'un breuvage rougeâtre sans remarquer le liquide transparent au fond de la porcelaine. Rose sentit qu'elle était sur le point de débuter une grande histoire d'amour qui la ferait comtesse ou marquise. Son futur époux allait porter la boisson à ses lèvres lorsqu'une autre femme lui fit signe à travers la vitre. Rose enragea. « De la concurrence ! » pensa-t-elle.

Il apparut que la concurrence avait beaucoup d'avance sur elle.

– Je viens, Mimine ! répondit le bel inconnu en reposant le thé brûlant.

Il jeta quelques pièces sur la table, abandonna son siège et s'en fut rejoindre sa femme/geôlière/éleveuse, quel que soit le moyen qu'avait trouvé cette personne pour s'attacher sa proie et la souffler aux oiseaux de passage.

Quelle déception ! On ne pouvait plus faire confiance aux petits messieurs pour être célibataires ! Cette ville était une jungle ! Au moins, dans les forêts des Indes, les tigres ne se baladaient pas avec une étiquette « Déjà tiré par un autre chasseur, passez votre chemin ! ».

Elle eut la consolation de voir Léonard venir l'épauler dans son œuvre de sape du petit commerce. Ce serait au moins un bon dérivatif, elle allait pouvoir le traiter d'imbécile, ça lui calmerait les nerfs.

Il paraissait épuisé. Il avisa la chaise abandonnée par son prédécesseur.

– Il ne faut pas laisser une chaise vide, déclara-t-il. Il paraît que M. Lavoisier, qui est un grand savant, a démontré que la nature a horreur du vide.

– Elle vous tolère quand même, dit Rose.

Il haussa les épaules et parcourut la salle des yeux à la rechercher d'une serveuse.

– Je ne suis pas le dernier des imbéciles, vous savez, répondit-il.

– Non, dit Rose, mais vous êtes le seul sur qui j'ai pu mettre la main.

Il laissa glisser l'injure, il était content de souffler un peu, il avait couru Paris pour tenter de rassembler des preuves susceptibles de sauver ce pauvre Bancroft du déshonneur et de l'échafaud.

– Vous pourriez certifier que cette femme existe, vous ! dit la modiste. Vous l'avez vue ! Vous lui avez parlé !

Un vif déplaisir se peignit sur la figure parfaitement coiffée de l'artiste capillaire.

– A peine. Je les ai quittés tout de suite. Je ne sais rien de ce qui s'est passé après.

Quand il s'agissait de côtoyer la police et la justice, Léonard était comme Lao Tseu : il n'avait rien vu, rien entendu, et n'avait rien à dire. Rose n'avait pas l'intention de lui cacher à quel point elle le jugeait pathétique.

– Votre Bancroft aurait été plus chanceux de tomber sur un sourd-muet ! Vous rendez-vous compte à quel point vous êtes pleutre ? Dieu vomit les tièdes, c'est dans l'Apocalypse de Saint Jean.

– Mais je vous supporte, rétorqua le coiffeur, la bouche pleine après avoir englouti un biscuit du client précédent, il me sera beaucoup pardonné.

Il se mit à éructer des miettes, il s'étouffait avec la pâtisserie, à moins que ce ne soit avec sa lâcheté, ce que Rose prit pour une punition immanente. Elle le vit tendre la main vers la tasse abandonnée par son voisin, qui avait refroidi. A peine eut-elle deviné ce qui allait arriver, déjà le coiffeur portait à ses lèvres le joli récipient.

– Ne buvez pas ! cria-t-elle alors que le contenu disparaissait dans le gosier encombré de miettes.

– Ah, ça va mieux ! dit le coiffeur en reposant la tasse.

Rose ne pouvait pas en dire autant. Elle le dévisageait avec une expression d'horreur.

– Qu’est-ce qu’il y a ? demanda-t-il. J’ai du gâteau dans les cheveux ?

Il fit à son tour la grimace. L’arrière-goût de ce thé était fort déplaisant.

– Berk ! C’est amer ! Que mettent-ils là-dedans ?

– Beaucoup d’amour, répondit sombrement Rose.

– Ils devraient plutôt y mettre du savoir-faire !

Elle ne put réprimer un mouvement d’humeur.

– Vous avez encore tout fait rater !

– Pardon ?

– C’est un don, chez vous ! Il vous suffit d’un rien pour faire naufrager les plus beaux rêves !

Une pensée abominable la frappa soudain. Si le philtre était aussi efficace qu’on le lui avait affirmé, elle allait avoir un problème. Elle ne pouvait imaginer cet ahuri amoureux sans avoir des visions de singe en rut. Elle le surveilla du coin de l’œil tandis qu’il se livrait à cette infinité de petits actes virils qui occupent les hommes quand ils prennent le thé dans un salon décoré de lambris roses et de nappes de dentelle : il utilisa sa cuiller en argent pour vérifier la symétrie des rouleaux de cheveux qui surmontaient ses oreilles, humecta son doigt pour lisser ses sourcils et tira sur sa veste, qui faisait un mauvais pli. Quand la série des travaux d’urgence fut terminée, il tourna vers elle un visage apaisé et satisfait.

– Tiens, il n’est pas mal, votre corsage. Vous devriez le décolleter un peu pour mettre en valeur votre gorge. C’est tout de même votre argument de séduction le plus certain.

Rose fut tétanisée. Il venait de lui faire un compliment. Le premier.

– Vous sentez-vous bien ? demanda-t-elle avec inquiétude.

– Ça va, merci. Le mauve vous va décidément à merveille, ma chère.

– Avez-vous pris du vin avant de venir ?

– Pas une goutte. Je suis sobre comme une chèvre de Gobi.

« Et aussi excité qu’un bouc », se dit la modiste. S’il n’était pas soûl, il était envoûté. Elle se leva d’un bond.

– Sortons d’ici. Il ne s’y produit que des horreurs. J’ai besoin de respirer l’air frais.

– C’est ça, partez ! dit une voix dans son dos.

C’était la serveuse menteuse acquise à l’ennemi. Rose se souvint qu’elle ne devait pas quitter cet endroit tant que cette mauvaise femme ne serait pas revenue sur son faux témoignage.

Puisqu’ils refusaient de s’en aller, la serveuse monta le ton, elle s’emporta.

– Trognons à faire chier de peur ! Bande-à-l’aise ! Enseignes de cimetière ! Mangeurs de chrétien !

Une femme qui devait être sa patronne accourut de l’arrière-boutique, les mains pleines de farine.

– Que se passe-t-il, ici ?

– Je ne comprends pas, dit Léonard, on m'avait dit qu'on était le bienvenu dans cette maison pour rencontrer des filles. Mais je trouve les tarifs un peu élevés.

– Qui vous a dit ça ? demanda la patronne.

Le coiffeur désigna la serveuse, qui s'empourpra.

– Chut, dit Rose, on vous a dit que c'était un secret.

– Mais j'ai payé d'avance ! dit Léonard.

– C'est faux ! se défendit la serveuse. Race à potence !

– Elle a empoché sa part ! dit Rose. Regardez dans son tablier !

La patronne plongea la main dans le tablier et en retira le louis d'or.

– Je vous chasse ! déclara-t-elle à son employée en lui montrant la porte.

Celle-ci jeta son tablier sur le sol et s'en fut en furie, poursuivie par Rose et par Léonard.

– Je sais ce que vous avez fait ! continuait de crier la modiste.

La pauvre femme ne pouvait que céder bientôt, cette méthode autrichienne d'interrogatoire était aussi efficace à Paris que sur les patriotes hongrois emprisonnés.

De fait, la serveuse n'en pouvait plus. Fatiguée de courir dans la foule, elle s'arrêta sur le trottoir d'en face pour réfléchir. La somme qu'elle avait reçue pour se taire ne couvrait pas la perte de son emploi, cette histoire était allée trop loin. Qu'allait-elle encore perdre, à présent ? Son logement ? Tout cela pour un chapeau trop voyant qu'elle n'était pas censée avoir vu !

Elle abdiqua. Elle quitta son trottoir pour les rejoindre. Rose se réjouit de toucher au but, aucun témoin récalcitrant ne lui résistait, la formation de modiste était plus redoutable que celle des policiers de Paris !

Au moment où la serveuse mettait le pied sur la chaussée, elle trébucha, fit un curieux bond en avant, et fut aussitôt renversée par un attelage qui arrivait à toute allure. Les roues garnies de métal de la voiture lui passèrent dessus. Le cocher s'arrêta un peu plus loin tandis que les témoins se penchaient avec horreur sur les restes de la malheureuse, dont les yeux vides contemplaient le ciel.

Comme les portières de la voiture étaient armoriées, les badauds scandalisés se répandirent en imprécations contre ces nobles fortunés qui se croyaient sur un champ de courses en plein Paris. Rose n'était pas en colère, elle était dépitée. Elle ne pouvait croire à un accident, ce décès tombait à point nommé pour empêcher la serveuse de leur révéler qui était la personne qui l'avait couverte d'or pour qu'elle se taise.

Tandis qu'un passant se chargeait de fermer les yeux de la morte, la modiste sentit quelque chose de mou et de froid glisser à l'intérieur de sa main. C'était celle de Léonard. Le coiffeur la regardait avec commisération.

– Ma pauvre amie, vous êtes toute pâle. Voilà un affreux spectacle, ne restons pas là.

Il la prit par le bras comme si elle avait besoin d'être soutenue et l'entraîna vers leurs commerces de la rue Saint-Honoré. Elle avait l'horrible impression d'être empêtrée dans les tentacules d'un poulpe. Une créature gluante et doucereuse s'était emparée d'elle et ne comptait plus la lâcher. Rose ne pouvait se cacher une vérité qui rendait cette emprise encore plus désagréable : c'était entièrement sa faute.

11
Cent jours de solitude

Au petit Trianon, où la reine était confinée le temps que toute trace de sa rougeole ait disparu, le personnel de service était réduit à deux femmes de chambre et deux gardes chargés d'empêcher les curieux d'envahir le jardin. D'ordinaire, les dames du palais venaient souper les mercredis et samedis, qu'on appelait « jours de palais ». Mais la peur de la contagion avait éloigné tout le monde.

Durant ses séjours ordinaires à Trianon, Marie-Antoinette prenait plaisir à se réveiller dans une chambre que nul courtisan ne venait encombrer. Elle était aussi dispensée de faire sa toilette en public, elle s'habillait presque toute seule, elle n'était pas tenue de recevoir des cohortes de solliciteurs et ses matinées lui appartenaient. Ses familiers se présentaient vers une heure, pour le dîner, et restaient en général pour le souper.

Dès les premiers jours de son confinement, une terrible solitude avait remplacé cette confortable intimité. Aussi reçut-elle comme des cadeaux de Noël les quatre bonshommes en costumes chatoyants que ses dames lui envoyaient.

Les quatre heureux élus considérèrent immédiatement la chambre de la reine comme un territoire conquis. Ils y faisaient irruption dès sept heures le matin pour y demeurer jusqu'à onze heures le soir, et n'en sortaient que pour les repas. Le reste du temps se passait à distraire la malade.

Le comte Esterházy avait fait un saut dans la bibliothèque de la reine, la seule pièce du château que celle-ci ne fréquentait pas.

– J'ai une bibliothèque, moi ?

– Mais oui, madame. La feue reine Marie Leszczynska l'a garnie de beaux ouvrages.

– Je ne parle pas le polonais.

Il avait sous le bras l'un des gros livres qu'il avait choisis. C'était le *Décaméron* de Boccace, un roman de la Renaissance. Des jeunes gens des deux sexes s'enfermaient dans une luxueuse villa de la campagne florentine pour attendre que cesse l'épidémie de peste qui sévissait au-dehors.

– L'inverse de nous, donc, nota la reine.

Pour passer le temps, ces jeunes Florentins se racontaient des histoires un peu lestes qui formaient le corps du *Décaméron*.

– Bonne idée, dit la reine, racontez-moi des histoires, mais pas tirées de ce vieux bouquin, inventez votre *Décaméron* à vous.

– Voulez-vous que je vous raconte le mariage du baron de Charlus ? dit Esterházy. Pressé par sa famille de faire une fin – il avait tout de même la quarantaine – le baron a annoncé ses fiançailles avec une demoiselle qui présentait selon lui toutes les qualités requises : riche, noble et vierge. Les fiancés venaient de s'agenouiller devant l'autel pour la bénédiction nuptiale, la promise sous son voile, quand un capitaine de la maréchaussée est entré dans l'église en criant : « Arrêtez tout ! C'est un homme ! »

– Et c'était vrai ? demanda la reine.

– Oh oui. Mais la vraie cause du scandale, c'est que le baron fut le seul à ne pas sembler tellement surpris.

Ce *Décaméron* était un sujet glissant, la reine préféra interroger quelqu'un d'autre.

– Et vous, que lisez-vous ? demanda-t-elle au duc de Guînes.

– De petits romans légers. Je les lis avec un plaisir coupable qui est parfois plus coupable que plaisant.

Quand il entendit qu'on lisait à la reine du Jean-Jacques Rousseau, le baron de Besenval, qui était suisse, en profita pour placer un mot sur son compatriote :

– Il est bien dommage que ce Rousseau ne soit pas mort sans *Confessions* !

Il laissa passer les rires et au duc de Coigny de leur lire une des comédies qu'il avait écrites. Ce dernier refusa.

– J’ai décidé de ne plus les lire aux gens d’esprit, ils sont trop critiques. Je ne veux plus les lire qu’à des gens simples, un peu idiots si possible : ils ont le jugement sûr.

– Je vous remercie ! s’écria le comte Esterházy. Vous m’en avez lu un acte hier !

On n’avait pas fini de rire lorsque les tantes de Louis XVI se présentèrent à l’entrée du domaine pour rendre visite à leur nièce. Un garde suffisait à repousser les importuns à la grille, mais, pour faire barrage aux princesses, il fallait au moins une duchesse. Mme de Chimay leur répondit que la reine n’était hélas pas en état de les recevoir.

– Oh mon Dieu ! La pauvre ! Est-elle si mal ?

De l’étage où était l’appartement privé leur parvinrent de grands éclats de rire au milieu desquels perçait une voix féminine.

– A un point qui défie l’imagination, madame, répondit la dame d’honneur.

– Je vois. On l’entend râler d’ici. Faites part à Sa Majesté de la part que nous prenons à ses souffrances.

Elles se retirèrent outrées. De retour au château, elles demandèrent autour d’elles quelles seraient les quatre dames appelées à tenir compagnie au roi s’il tombait malade.

A Trianon, les joyeux lurons avaient entrepris de faire la liste des nouveautés littéraires de la saison qu'il fallait lire. Les pièces de Beaumarchais tenaient le haut du pavé, mais leur auteur avait été blâmé pour ses attaques contre la noblesse. Le comte Esterházy s'inquiéta des conséquences.

– Si on apprend que vous lisez Beaumarchais, on risque de juger que vos lectures ne conviennent pas à une reine.

– Il n'y a pas de reine ici, dit Marie-Antoinette. Quand je suis chez moi, je suis moi.

Ils s'étaient procuré des exemplaires des mauvais livres qui pullulaient au château. Les escaliers intérieurs étaient encombrés de petites boutiques où l'on débitait ces ouvrages à deux pas des appartements royaux. Les nobles recommandaient à leurs valets d'ôter leur livrée avant d'aller les leur acheter.

Le duc de Guînes avait été l'âme damnée du duc de Choiseul, ancien premier ministre qui intriguait pour revenir au pouvoir. Entre deux bons mots, De Guînes faisait la publicité de son ancien maître.

– Je suis sûr que Votre Majesté n'oublie pas que M. de Choiseul a fait votre mariage, disait-il à la reine, qui croyait entendre siffler sa langue fourchue.

– Oh, je ne l'oublie pas ! répondit Marie-Antoinette. Reconnaissance éternelle ! Gratitude infinie ! Comment va-t-il, ce cher homme ?

– Il est toujours exilé sur sa terre de Chanteloup.

– Très bien. C'est bientôt la saison des prunes, nous lui ferons parvenir des pots, il nous enverra des confitures.

Le duc de Guînes avait apporté la partition d'un concerto pour flûte et harpe qu'il avait commandé à un jeune compositeur de passage à Paris. La reine déchiffra la partie de harpe tandis que de Guînes tenait la flûte. Le compositeur se nommait Amédée Mossart, il était autrichien.

– Il est de chez vous, dit de Guînes.

– Ah, mais je le connais ! dit la reine. Il est venu jouer chez nous, à Vienne, quand j'étais petite. Il n'avait que six ou sept ans, je crois. Comment va-t-il ?

– Mieux que moi en ce moment, dit de Guînes, qui peinait à déchiffrer. Je ne suis pas enchanté de sa flûte.

Le duc avait prié Amédée Mossart de donner des leçons de composition à sa fille.

– J'ai dû mettre fin à ces leçons. Je croyais le langage de la musique universel, mais M. Mossart n'a fait que lui apprendre à dire des gros mots en allemand. Il a aussi prétendu que le français ne se prêtait pas à l'opéra.

– Parce que, l'allemand, oui ? dit Coigny.

– *Wer fremde Sprachen nicht kennt, weiß nichts von seiner eigenen*[12], récita la reine.

– Quand Votre Majesté parle, c'est déjà de la musique, dit Coigny.

Lorsqu'ils estimaient que la reine avait assez fatigué ses méninges, ils lui proposaient des jeux de société, principalement le loto, le billard ou colin-maillard. Mais rien ne valait les cartes. Des parties de quinze furent organisées. Le quinze était un jeu de hasard ruineux : on augmentait sa mise chaque fois que l'on tirait une carte, le premier joueur à atteindre le chiffre quinze raflait tout. Marie-Antoinette perdait souvent, ce qui permettrait à ces messieurs de se rembourser de leur temps dès qu'elle aurait transmis sa facture au trésorier du roi.

Ils étaient forts contents d'être utiles à Sa Majesté. Une partie de colin-maillard avec la reine méritait bien un portefeuille de ministre. Le comte Esterházy avait de grandes prétentions. Il était déjà

---

[12] « Celui qui ne connaît pas les langues étrangères ne connaît rien de sa propre langue. » Goethe.

colonel d'un régiment de hussards à son nom, le Hussard-Esterházy. En mars 1770, la Cour l'avait chargé de porter à Marie-Antoinette, à Vienne, le portrait du Dauphin qu'elle devait épouser. Depuis lors, le jeune et brillant colonel convoitait le prestigieux cordon bleu de l'ordre du Saint-Esprit. Depuis des mois, il s'astreignait à venir à Versailles aussi souvent que possible, à chasser une fois par mois avec le roi, et à se faire inviter aux séjours de Leurs Majesté dans leurs châteaux de Choisy et de Marly. Le Saint-Esprit était la plus haute récompense honorifique que pouvait décerner le roi, l'ordre était limité à cent récipiendaires. Jusqu'à présent, Louis XVI avait tenu bon, mais Esterházy était persuadé qu'il n'y avait plus que la convalescence de la reine entre le cordon et lui.

Pour les soupers de Trianon, on avait remis en usage la table mécanique créée du temps de Louis XV. Elle surgissait du sol toute chargée de plat et disparaissait à volonté dans les profondeurs de l'office, tandis qu'une marguerite aux pétales d'argent prenait sa place pour obturer l'ouverture. Cela permettait aux convives de continuer à plaisanter librement sans être dérangés par le va et vient des domestiques. De même, des miroirs montaient du plancher grâce à des contrepoids pour obturer les fenêtres.

Les quatre garde-malades se proposaient de veiller aussi la reine pendant la nuit. Ils étaient prêt à instituer un roulement par tranches de deux heures.

– Je prends le premier quart, dix heures-minuit, dit Besenval.

– Mais, à cette heure-là, la reine ne dort pas, protesta Coigny. Elle joue aux cartes, elle est capable de perdre une fortune.

– Tant mieux ! dit le Suisse.

Il n'en était pas question, la première dame d'honneur mit fin à ces beaux projets.

– Mais qui va la distraire la nuit ? demanda de Guînes.

– Pas vous, en tout cas.

La reine aurait voulu qu'on lui envoie sa Polignac pour les nuits.

– Mme de Polignac a la rougeole, madame, dit la princesse de Chimay.

– Oh, quel manque de chance ! C'est décidément la maladie de la saison ! Si elle m'avait consultée, je lui aurais dit de ne pas m'imiter sur ce point.

Mme de Chimay s'abstint de suggérer que c'était peut-être justement de Mme de Polignac que lui venait cette « mode ».

– Ce n'est pas grave, dit la reine. Envoyez-moi M. de Lauzun, alors.

– Madame, il est au Sénégal.

– Mais quelle idée ! Il aime mieux aller rencontrer des Noirs armés de sagaies plutôt que moi, qui n'ai que mon éventail !

Fersen en Amérique, Lauzun au Sénégal ! Tout le monde l'abandonnait ! Comment allait-elle pouvoir occuper ses nuits ?

Il lui restait les bévues de la diplomatie française. Elle réclama de quoi écrire et rédigea une longue lettre de directives à l'intention des agents secrets sur qui elle comptait pour sauver la France et pour la sauver elle-même de l'ennui : son coiffeur et sa modiste.

12
Un cours de miracles

En dépit des directives que Sa Majesté avait la bonté de lui adresser pendant ses insomnies, Rose décida de suspendre ses investigations un jour ou deux, le temps de se remettre d'avoir vu la serveuse du salon de thé se faire écraser en plein Paris par un carrosse. Quand elle s'était engagée au service de la reine, on l'avait bien prévenue que ce travail ne serait pas de tout repos. Elle avait imaginé de longues soirées à terminer des robes en toute hâte ; elle n'avait pas pensé que les morts violentes et les fins tragiques deviendraient son quotidien autant que la couture et la broderie. Pour se sortir de l'esprit cette horrible vision, elle fabriqua un bonnet « à l'accident de la circulation », avec une petite calèche et une figurine coincée dessous.

Alors qu'elle avait posé son ouvrage sur le comptoir pour aller aider ses vendeuses, elle fut tout étonnée de voir une cliente s'en emparer et demander le prix. Voilà donc ce qu'était l'art : les gens achetaient vos sentiments, vos doutes et vos souffrances pour faire joli chez eux ! Elle se sentit incomprise et exploitée. Mais comme c'était elle qui encaissait le produit de cette exploitation, elle rangea l'argent dans un tiroir et s'en fut composer un bonnet « à la noyée du Pont-Neuf » dont elle allait exiger une somme encore plus consistante.

Léonard avait lui aussi reçu la missive royale, il vint chercher la modiste pour continuer leurs recherches. Celle-ci lui annonça qu'il allait devoir se débrouiller seul, pour une fois.

– Je vois que êtes encore secouée, dit le coiffeur, je n'insiste pas, remettez-vous tranquillement.

L'horrible impression qu'il était devenu gentil depuis qu'il avait bu le philtre d'amour se confirmait. C'était odieux.

– Arrêtez d'être aimable, vous me navrez ! dit-elle en lui indiquant la porte.

Ces changements de comportement étaient encore plus pénibles que d'avoir à supporter son mauvais caractère habituel. Egoïste, Léonard était irritant ; attentionné, il devenait écœurant. Elle s'approcha de sa première fille de boutique et chuchota à son oreille.

– Dites-moi, elle n'a pas un philtre de haine, votre sorcière ? Ce serait pour rétablir l'équilibre.

– Pas besoin, répondit Mlle Maillot. Agissez comme à l'ordinaire, la haine viendra toute seule.

Rose ressentit une immense lassitude.

Léonard se résigna donc à prendre le relais. Il détestait enquêter seul, ça ne lui laissait personne pour faire le travail à sa place. Aussi se décida-t-il à enrôler le policier placé à la surveillance d'Aaron Bancroft. Faute de bécasse, on mange du poulet.

– Vous n'allez pas vous carapater en Amérique pendant que je tenterai de vous sauver ? s'enquit Chardebert Flandard avant d'accepter de quitter l'Américain des yeux.

– Vous avez ma parole de gentleman, répondit le suspect.

Tandis qu'il s'éloignait avec le coiffeur, Flandard se demanda si ces Insurgents si soucieux de rompre avec les traditions britanniques pouvaient être considérés comme des gentlemen.

Le témoin que les deux hommes se proposaient de retrouver était ce mendiant à qui Bancroft disait avoir fait la charité en compagnie de la dame au chapeau. Léonard persistait à ne pas voir l'intérêt de faire témoigner un aveugle, mais le policier avait une meilleure connaissance de la faune parisienne. Paris était la ville qui avait vu naître la cour des miracles, on y croisait des manchots capables de faire le coup de poing et des sourds amateurs de chant, alors pourquoi pas un aveugle pour identifier un chapeau ?

– Comment comptez-vous le retrouver ? dit Léonard. Il peut être parti faire la manche sur l'autre rive de la Seine, la ville est grande !

– Les mendiants du Palais-Royal ne sont pas les mêmes qu'aux halles ou qu'à Notre-Dame, expliqua Flandard. Ils défendent jalousement leur territoire et n'hésitent pas à tirer le couteau s'il le faut. Ils sont hargneux en plus d'être pauvres.

« Contrairement aux policiers, qui ne sont pas pauvres », se dit Léonard.

Flandard interrogea tous les mendiants qu'ils rencontrèrent. A chacun il demandait où était l'aveugle qui faisait la sortie du jardin la nuit. L'un d'eux eut l'audace de lui tendre la main avec ces mots :

– Vous participerez bien à nos repas, monseigneur ?

– Je vais même faire mieux, répondit le policier, je vais vous offrir le logement dans un endroit frais et tout meublé, ça s'appelle les caves du Grand Châtelet. Vous pourrez rester autant que vous voudrez, j'ai des locataires qui y sont depuis six mois, on ne les entend pas se plaindre.

Son interlocuteur ne se fit pas prier davantage pour lui indiquer le nom et l'adresse de son compagnon de misère. Léonard songea à regret qu'il avait troqué la rude élégance de la modiste contre l'effroyable efficacité de la force publique. Il n'était pas certain d'avoir tellement gagné au change.

Le taudis où vivait le nommé Hilarion était situé aux Batignolles. Plus ils s'enfonçaient dans ce labyrinthe de ruelles crasseuses, plus Léonard jugeait les rôles mal répartis. Rose s'était contentée d'enquêter autour d'une tasse de thé, tandis que lui pataugeait en souliers vernis dans la bouillasse. Après avoir demandé plusieurs fois leur chemin à travers ce cloaque, ils aboutirent à une porte de planches mal équarries que Flandard martela du poing.

– Qui c'est ? demanda une voix éraillée.

– C'est le Grand Saint Nicolas ! Ouvrez ! J'ai des cadeaux !

Comme rien ne bougeait à l'intérieur, le policier glissa une pièce dans l'embrasure pour accréditer son rôle de Saint Nicolas. Ils entendirent quelques frôlements sur le sol, et on finit par leur ouvrir. Le témoin providentiel portait sur les yeux un chiffon malpropre en guise de bandeau.

– Vous êtes chez vous, messeigneurs, dit-il en s'écartant.

– Heureusement, non, dit Léonard à la vue du dégoûtant capharnaüm.

Le mobilier était un entassement de vieilleries ramassées dans les rues au hasard des pérégrinations. On avait l'impression que cet homme s'était fait un devoir de rapporter tout vieux panier, toute bouteille ébréchée qui avaient pu le faire trébucher sur son parcours.

– Que puis-je pour complaire à messeigneurs ? demanda l'aveugle.

– C'est pour reconnaître un chapeau de femme, dit Léonard.

– Ah. Je vous avouerai que je ne suis pas spécialiste en vêtements féminins, celles qui les portent me laissent rarement les froisser.

Le policier abattit son poing sur une pile de vieux paniers qui explosa.

– Je sais que tu y vois parfaitement ! La pièce argentée que je viens de te faire passer a la même dimension qu'une en cuivre qui vaut trente fois moins. Or tu ne t'es pas trompé un instant.

– Elles n'ont pas le même poids, répliqua l'aveugle.

L'exempt ne parut guère troublé par cet argument monétaire.

– Tu permets que j'allume ma pipe ? demanda-t-il.

Il tira de sa poche un briquet et l'approcha d'un tas de vieux papiers qui s'enflammèrent aussitôt. L'aveugle bondit sur ses pieds, courut saisir un broc et le renversa très exactement sur le début d'incendie, qui n'émit plus qu'un vilain filet de fumée grise et une odeur de roussi.

– Vous êtes des fous dangereux ! s'exclama l'ancien éclopé.

– En tout cas, nos actes restent légaux, nous ne flouons pas les gens sous couvert de charité.

L'aveugle se laissa tomber sur le grabat et les engagea à se choisir un siège. A la vue des détritus branlants qu'on lui proposait, Léonard aima mieux rester debout. Leur hôte tira de sa poche une blague à tabac fatiguée où il prit de quoi chiquer.

– La police fait des contrôles à domicile, maintenant ? demanda-t-il aux intrus.

– Heureusement pour toi, je ne suis pas chargé de la répression des escroqueries de rue, dit Flandard.

– C'est une chance que vous ne soyez pas aveugle, dit le coiffeur, vous allez pouvoir nous dire ce que vous savez du chapeau.

Flandard était allé fouiner dans un coffre ouvert, dont il retira un fatras d'accessoires divers.

– Il n'est pas plus aveugle que manchot ou estropié, dit le policier en agitant ce qui avait tout l'air d'être un arsenal d'outils professionnels : une jambe de bois, une veste aux manches nouées à mi-bras, ainsi que des bâtons, béquilles et couteaux de toutes les tailles.

– Il faut bien se défendre contre les collègues prêts à se servir dans votre sébile, dit Hilarion. Sans parler des badauds malintentionnés ou de la police. Ce n'est pas un métier de tout repos.

– Certes, dit Léonard. La mendicité n'est pas un travail pour les paresseux.

– Parfaitement ! On devrait nous laisser nous constituer en guilde ! Trop de velléitaires incompétents s'installent à leur compte !

Léonard haussa les épaules. Les Français avaient la folie de l'administration. Voilà que les mendiants prétendaient s'organiser à l'égal des artistes en coiffure, poudre et frisure !

Flandard voulut savoir si Hilarion se souvenait de Bancroft et de la femme qui l'accompagnait. Il lui rappela que ces deux personnes lui avaient fait l'aumône à la sortie du Palais-Royal : la femme lui avait offert une fleur artificielle.

– Non, je ne vois pas du tout, répondit l'aveugle.

Hélas pour lui, sur le rebord de la fenêtre, un soliflore ébréché contenait une rose en tissu qui conférait à la pièce une touche de fraîcheur bienvenue.

– Et celle-ci ? demanda Léonard.

– Je l'ai ramassée par terre.

Elle était parfaitement propre et semblait neuve, c'était un article onéreux, la Bertin en avait rempli sa boutique avec la ferme intention de s'acheter une maison de campagne avant la fin de l'année. Flandard proposa au mendiant de la lui faire manger pour voir si cet aliment lui rendrait la mémoire. Il lui aurait aussi volontiers prescrit vingt coups de fouets qu'on pourrait lui infliger dans la cour du Châtelet, c'était salutaire contre l'amnésie.

Léonard décida de s'inviter dans les débats sans attendre de devoir interroger un témoin étendu sur l'estrapade, quand ce dernier aurait un entonnoir dans le gosier et le ventre gonflé d'eau. Il lui montra le croquis du bonnet tracé par la modiste.

– Ce serait un chapeau dans ce genre là. Il est bouffant et conçu pour être vu de loin. A mon avis, même un aveugle le remarquerait.

– Oh, mais c'est une bonnette à la Thérèse en satin gaufré ! s'écria le non-voyant.

Il apparut que le témoin faisait fréquemment la manche sur les trottoirs de la rue Saint-Honoré où s'alignaient les boutiques de modes les plus huppées. Il confirma avoir vu une dame coiffée de la sorte, accompagnée d'un étranger à l'accent britannique vêtu d'un long manteau qu'il reconnaîtrait s'il le revoyait.

– Dans une salle d'audience, par exemple ? demanda Léonard.

Le mendiant hésita, mais le regard que lui lança le policier ne laissait guère d'échappatoire.

– Mieux vaut une salle d'audience qu'une oubliette, répondit-il à regret.

Léonard se tourna vers Flandard.

– Croyez-vous que le témoignage d'un tel individu soit de nature à convaincre les magistrats ?

– S'il affirme avoir discuté avec l'accusé au moment où l'assassinat se commettait, je pense que son témoignage sera de nature à innocenter Mister Bancroft. Avec un bon avocat. Au besoin, nous lui ferons subir quelques tortures préalables pour démontrer qu'il ne raconte pas de sottises.

Le mendiant ne parut pas emballé par la perspective de ces tortures préalables. Jusqu'à présent, on lui avait beaucoup parlé de gifles et peu d'argent.

– Mais pourquoi n'interrogez-vous pas directement la propriétaire de ce bonnet ? demanda-t-il.

– Si nous savions où la trouver, nous ne traînerions pas nos guêtres dans ce taudis, répondit Léonard.

– Mais moi, je sais où elle est, dit faux aveugle, du ton de quelqu'un qui va bientôt recevoir un don substantiel tombé des cieux.

Il avait le don d'irriter l'exempt au plus haut point.

– Tu te fiches de nous ? lui postillonna ce dernier à la figure après l'avoir agrippé par le col de sa chemise.

L'aveugle affirma que non. Il avait revu la dame au chapeau et savait dans quel quartier elle habitait. Deux heures plus tôt, il clopinait sur le pavé malgré sa jambe de bois pour quêter en faveur des militaires esquintés dans les combats. Il avait repéré l'aigle à tête blanche alors que cet oiseau planait près d'une fontaine. Hilarion avait aussitôt décidé de foncer vers cette belle grande femme qui s'était montrée si généreuse la fois précédente. Hélas, avec sa jambe de bois qui se prenait dans tous les trous du sol, il ne pouvait pas foncer pas très vite. Le temps qu'il traverse la chaussée, la dame au chapeau avait disparu à l'intérieur d'une maison.

– Vous savez donc où elle vit ! dit Léonard

– Mais oui, mon bon seigneur, Hilarion le sait.

Et Hilarion fit ce qu'il savait le mieux faire : il tendit la main. Une fois qu'on y eût déposé deux ou trois pièces aussi argentées que leur petite sœur, il se proposa de leur indiquer l'adresse.

Flandard fronça le sourcil.

– Pas si vite, mon coco. Tu nous prends pour des idiots ? Tu vas nous envoyer au diable, et dès que nous aurons tourné le dos tu iras t'enivrer dans le premier cabaret venu sans te soucier du lendemain. On ne me la fait pas, mon ami ! Tu vas nous accompagner sur place. Je te jure que si tu as menti je te recommanderai en personne au bourreau et à Belzébuth !

– Je n'ai pas menti ! protesta l'informateur.

– Attendons de voir si nous retrouvons cette dame à l'adresse que tu dis. S'il n'y a ni dame ni chapeau, je te jure que tu ne reverras pas de sitôt la lumière du jour ! Je te ferai regretter de n'être pas aveugle !

Lorsqu'ils quittèrent la maison, le soleil disparaissait. Cinq minutes plus tard, il ferait nuit.

– C'est un peu loin, les prévint l'aveugle. Une dame de cette classe n'habite pas dans ces parages.

– Il passera bien un fiacre dans l'avenue, dit Flandard.

Ils aperçurent une voiture publique qui avançait au rythme lent de son cheval et coururent de ce côté en agitant les bras. Hélas, quand ils eurent réussi à attirer l'attention du cocher, ils constatèrent que le mendiant s'était encouru dans la direction opposée. Il y avait peu de lanternes publiques dans les quartiers pauvres, on y voyait comme dans un four.

– C'est ennuyeux, dit Flandard, ce rat connaît le coin mieux que nous !

– Oui, répondit Léonard qui, pour sa part, ne connaissait pas du tout les lieux. Ce n'est pas mon genre de coin.

– Séparons-nous, nous aurons plus de chances ! déclara le policier en s'élançant dans la ruelle de droite.

– Plus de chances de quoi ? demanda le coiffeur.

Il espéra que le policier ne voulait pas dire « plus de chances d'en sortir vivants ». Il était seul, sa voix résonnait contre ces murs vides et décrépis. Il s'engagea d'un pas peu rassuré dans la ruelle de gauche, qu'il aurait aimée moins puante, moins ténébreuse et surtout moins déserte.

Il profita d'un rayon de lune pour aviser des cochonneries entassées en vrac dont il retira un vieux manche à balais qu'on avait dû briser sur le dos de quelqu'un et qui pouvait encore servir à cet usage.

– Monsieur le mendiant ? appela-t-il dans l'obscurité. Vous êtes là ? Approchez, ne craignez rien, promit-il en brandissant le bâton.

Il avait parcouru deux rues de cette manière lorsqu'il trébucha sur une saleté plus épaisse que les autres qui le fit trébucher. Cette saleté était molle, emballée dans du tissu et, à force de tâtonner pour récupérer son arme, Léonard s'aperçut que ce détritus était pourvu de mains.

Un corps était étendu dans la boue. Le coiffeur s'apprêtait à courir avec bravoure à la recherche de secours quand le policier le rejoignit en sens inverse. Il s'était muni d'un flambeau de fortune fabriqué avec des ordures, qu'il avait allumé à l'aide de son briquet.

L'homme allongé sur le sol était Hilarion. Une tache de sang s'élargissait autour de sa tête, dont les yeux grands ouverts ne regardaient rien.

– Il sera tombé en nous fuyant, dit Léonard. C'est ma faute, je n'ai cessé de l'appeler avec ma grosse voix. Croyez-vous qu'un chirurgien ait son échoppe près d'ici ?

Le policier tâta le fuyard avant de livrer son diagnostic.

– C'est un croque-mort qu'il lui faut.

Le mendiant avait cette fois une vraie blessure capable d'attendrir les badauds : son crâne était défoncé. Flandard regarda autour d'eux en hauteur.

– Que cherchez-vous ? demanda le coiffeur.

– Je cherche si on a pu lui balancer quelque chose depuis l'une de ces fenêtres.

Léonard se plaqua contre le mur, puis il songea à la crasse environnante et ne sut plus où se mettre. Le policier examinait les lieux.

– A mon avis, nous étions suivis, on nous épiait. Notre adversaire a saisi l'occasion de faire taire cet homme pour de bon.

Léonard frémit.

– Vous pensez donc que…

Il était trop terrifié pour terminer sa phrase.

– Oui, dit le policer. L'assassin se sert de nous pour effacer sa piste.

– Non, je voulais dire : vous pensez donc que nous ne sommes en sûreté nulle part ?

Chardebert Flandard se redressa et entraîna son compère loin de ce tableau macabre.

– Je pense que toutes les personnes liées de près ou de loin à cette affaire courent un risque mortel et imminent.

Léonard se sentit défaillir sous ses rouleaux de cheveux presque vrais. Il était lié à cette affaire de tout près. Cette proximité sonnait tout à coup avec la dureté d'un horrible compte à rebours au bout duquel l'attendait une brute impitoyable armée d'un gourdin sanguinolent.

Ce n'était pas le moment d'hésiter, une mesure énergique s'imposait. Il n'y avait qu'une résolution à prendre. Les tâches dangereuses et dégoûtantes devaient être laissées aux connaisseurs. Il allait lancer la modiste dans la bataille et s'en éloigner lui-même le plus possible !

13
Entre la peste et le colérique

Le perfide comte de Provence, frère de Louis XVI, était toujours à l'affût de ce qui pourrait contrister sa belle-sœur. Sa position enviable d'héritier du trône ne pouvait perdurer qu'en l'absence d'un bébé mâle dans le berceau royal. Toute occasion de semer la bisbille entre Marie-Antoinette et son mari était bonne à prendre. S'il arrivait à insinuer de la défiance, du mépris, voire même un peu de haine entre les époux, ce ne serait pas demain qu'on entendrait vagir dans les grands appartements royaux.

Provence avait le nez assez fin pour renifler de loin le parfum du scandale. Et d'abord, qu'est-ce que c'était que cette reine qui s'enfermait jour et nuit dans un pavillon de plaisir avec quatre messieurs choisis parmi les plus fringants de la Cour ? Il décida d'en toucher un mot à son épouse, cette comtesse de Provence dont il n'était pas encore parvenu à déterminer l'utilité.

On l'annonça dans les appartements de la princesse, ce qui donna tout juste le temps à celle-ci de faire disparaître verres et bouteilles tandis que ses visiteuses brassaient l'air avec des sachets d'herbes odorantes. Quand l'héritier entra, les quatre dames se tenaient assises sur le bord des sofas avec la raideur de personnes qui n'étaient pas avachies dessus l'instant d'avant.

– Voici Mmes Molinard, Fragonard et Galimard, dit la princesse. Elles sont venues me présenter les nouveautés de Grasse pour parfumer le linge, ajouta-t-elle en désignant de petits sachets de lavande, de jasmin et de rose cousus dans de jolis tissus bariolés, qu'on avait éparpillés sur la table.

– Cela embaume, dit son mari. Je vois qu'ils ont mis au point une senteur « liqueur de prune ».

Ces dames ramassèrent leurs échantillons, firent la révérence et sortirent continuer les tractations commerciales avec la lectrice de la princesse, qui avait besoin de leurs livraisons pour faire parvenir à sa maîtresse toute une série d'alcools provençaux destinés à pénétrer au château en toute discrétion.

Marie-Joséphine était mal à l'aise, comme chaque fois que son gros mari venait la voir sans motif établi. Il avait tout du chat Raminagrobis de la fable, la griffe tapie dans sa manchette de dentelle, prêt à croquer la belette, le petit lapin ou la princesse italienne qui lui tomberait sous la patte.

Il se mit à parler de leur belle-sœur, ce qui ne pouvait être bon signe. Il y mit des trémolos. Combien la malheureuse devait s'ennuyer, toute seule à Trianon !

– Vous devriez aller la voir, conclut l'ami des reines esseulées.

– Moi ? dit sa femme. Et pourquoi n'y allez-vous pas vous-même ?

– Il me semble plus décent que vous y alliez d'abord.

Ce qu'elle traduisit par : « On verra si sa maladie est si contagieuse que ça. »

Marie-Joséphine n'avait aucune envie de se retrouver confinée elle aussi. Elle voulut se lancer dans un plaidoyer.

– On dit que la rougeole est nuisible aux dames qui pourraient être grosses[13]…

– Réjouissez-vous, dans ce cas : vous ne craignez rien.

Certes, le cahier dans lequel elle cochait les nuits passées dans le même lit que son mari contenait moins de croix que son missel.

– Je fermerai les yeux sur vos livraisons de lavande, promit le comte de Provence avec une magnanimité de despote.

Puisqu'ils étaient d'accord, il la quitta pour retourner à ses activités de lecture et de traduction qui l'amusaient plus qu'elle.

Se dévouer pour aller distraire sa belle-sœur autrichienne n'était pas chez Marie-Joséphine un mouvement naturel. On ne pouvait pas dire que leurs positions de princesses royales aient beaucoup rapproché les deux femmes. Non seulement elles ne s'appréciaient guère, mais on aurait pu dire qu'elles

---

[13] Enceintes.

se méprisaient royalement. Marie-Antoinette était tout le contraire de l'Italienne. Elle était grande, blonde, belle, fraîche, soignée, délicate, elle avait du goût et s'exprimait avec une pointe d'accent germanique chantant qui donnait du charme à toutes ses phrases. Tandis que la comtesse de Provence était tassée, boudinée, très brune, voire velue, avec deux gros sourcils jamais épilés qui se rejoignaient pour former une barre horizontale ; son goût se limitait à celui qu'elle entretenait pour les alcools forts, et nul n'avait jamais prétendu que son baragouin teinté d'italien, prononcé d'une voix rogue, avait la douceur du chant mélodieux des rossignols turinois. Marie-Antoinette vivait dans un bouillonnement continuel d'artistes, d'amis, de fournisseurs pleins d'imagination. Marie-Joséphine vivait dans une solitude peuplée de serviteurs grincheux et s'ennuyait à cent sous de l'heure. Et voilà qu'on lui demandait d'aller s'exposer aux maladies contagieuses pour rapporter quelques ragots au serpent qu'elle avait épousé !

La seule idée qui lui donnait du courage, c'était qu'au premier bouton elle pourrait courir embrasser Mme de Balbi, l'horripilante favorite de son mari. Elle se résigna donc à monter en carrosse pour se faire conduire au domaine de Trianon, accompagnée de quelques dames chargées de la soutenir dans cette épreuve.

Le garde posté à la grille ne pouvait que s'effacer devant une princesse du sang. La dame d'honneur qui l'accueillit dans le vestibule n'était pas non plus de taille à lui faire barrage. Mme de Chimay tenta bien de s'interposer au nom de la médecine et de la prophylaxie, mais c'était sans espoir.

– Je viens voir la reine, dit Marie-Joséphine sur un ton qui n'admettait pas de réplique.

– C'est que la reine suppure, l'informa la dame d'honneur

En fait, la reine elle-même ne pouvait interdire sa porte à sa belle-sœur, c'était une des vicissitudes de la vie de Cour. Les suivantes poussèrent la porte et trouvèrent, de l'autre côté, quatre messieurs qui se levèrent à leur entrée, ainsi qu'une Marie-Antoinette qui s'empressa de cacher son visage derrière un éventail.

– Je ne voudrais pas vous contaminer, ma chère sœur, expliqua-t-elle.

– C'est si charitable à vous, ma chère sœur, répondit l'Italienne en se laissant tomber dans la bergère qu'on avait avancée pour elle.

Elle fut immédiatement persuadée que cette rouée de Marie-Antoinette utilisait l'éventail pour masquer l'absence du moindre bouton. Les quatre chevaliers servants debout derrière elle composaient une véritable garde rapprochée. Marie-Joséphine s'impatienta tout de suite d'avoir à s'exprimer devant un mur en habits de soie.

– Comme vous êtes bonne d'avoir fait tout ce chemin, dit la malade.

– Moi, quand j'ai eu la variole, on m'a enfermée au château de la Muette, rappela la visiteuse. C'était beaucoup plus loin de Versailles. On m'y a complètement oubliée.

– Dieu merci, dit la reine, je n'ai qu'une rougeole.

– La Muette, c'est là qu'on envoie les bavardes, murmura l'un des messieurs à l'oreille de la reine, qui gloussa derrière son éventail.

– J'espère que vous aviez aussi des amis pour vous distraire, à la Muette, dit Marie-Antoinette.

– Oh, non ! dit Marie-Joséphine. Cela m'aurait paru indigne de mon rang !

Le silence brutal qui s'abattit sur la pièce aurait permis à une mouche asthénique de faire le même effet qu'un grondement de tonnerre.

– Mais je le fais bien, moi qui suis reine de France, objecta l'intéressée.

– C'est que vous êtes reine, tandis que moi je ne suis que digne de l'être, dit l'Italienne sur le même ton que si elle avait réclamé du chianti à un valet.

Marie-Antoinette prit un ton écarlate qui ne devait rien à la rougeole. Elle abaissa son éventail et s'efforça de souffler en direction de sa belle-sœur.

– Vous embrasserez votre mari pour moi, dit-elle en crachouillant.

Mais l'autre avait aussitôt dégainé son propre éventail. « J'en étais sûre ! » se dit la comtesse de Provence en découvrant que le teint de sa belle-sœur avait la fraîcheur des roses.

– Vous ne suppurez pas tant que ça, fit-elle observer.

– Je n'oserais pas suppurer devant vous, ma chère sœur, dit la reine, je me retiens tant que vous êtes là, il sera toujours temps de suppurer tout à l'heure.

– Ah, il est de mon devoir de rester longtemps, dans ce cas.

Comme elles n'avaient guère d'autre trait commun que de posséder de très longs arbres généalogiques, la conversation porta bientôt sur ce sujet, ce qui donna lieu à une dispute sur l'ancienneté des maisons de Habsbourg en Autriche et de Savoie dans le Piémont, leurs deux familles d'origine. Le baron de Besenval, qui était suisse, issu d'un pays coincé entre ces deux royaumes, s'estima tout désigné pour servir d'arbitre.

– Mesdames, je puis vous mettre toutes deux d'accord. La famille la plus ancienne est celle à laquelle vous appartenez toutes les deux : c'est celle de Bourbon !

– Peu m'importe ! clama Marie-Joséphine. La maison de Savoie a deux siècles de plus que les Habsbourg ! Mon ancêtre Humbert aux Blanches Mains combattait déjà avec Charlemagne quand vous autres, Habsbourg, étiez assignés au nettoyage des écuries de Vienne, armés de balais ! Humbert a son tombeau dans la cathédrale Saint-Jean-de-Maurienne !

– Qu'avez-vous donc mis dans ce tombeau ? dit le duc de Coigny. On prétend qu'Humbert est une légende inventée par vos généalogistes.

– Mensonge ! C'est un mensonge allemand répandu par des Teutons jaloux !

– Quoi qu'il en soit, votre maison n'a jamais été si puissante que celle des Habsbourg, dit le comte hongrois Esterházy, féal de l'Impératrice mère de Marie-Antoinette.

La comtesse de Provence bouillait. Ses dames estimèrent qu'il était temps de montrer le petit cadeau qu'elle avait apporté, elles se hâtèrent de déposer un paquet sur la table.

– Je vous offre ce présent, dit la princesse.

– De la lavande ? s'étonna Marie-Antoinette à la vue des sachets dont l'emballage était plein.

Une bouteille était cachée au milieu des sachets. Marie-Joséphine de Savoie expliqua qu'elle faisait venir de Turin du vin de Piémont « par l'intermédiaire de l'ambassadeur de papa ». La reine remercia, mais indiqua qu'elle ne buvait pas de vin pendant sa convalescence – à part bien sûr du champagne, qui contenait surtout des bulles.

Marie-Joséphine fit tout de même ouvrir la bouteille, et on servit tous ceux qui n'avaient pas la rougeole. Elle se mit à écluser le barbaresco à la vitesse d'un évier qui fuit. Marie-Antoinette se demanda si cette visite aux malades n'était pas un prétexte pour biberonner hors de portée de son mari.

Le vin ne réussissait guère à la comtesse de Provence. Elle se mit à conter ses malheurs. Chaque année, la rumeur la disait grosse, c'était cruel.

– Jamais je n'ai été grosse !

– Savez-vous qui répand ces bruits ? demanda Marie-Antoinette.

Elle répondit que c'était son mari, pour faire croire qu'il se passait quelque chose dans leur chambre à coucher.

Marie-Antoinette songea que c'était tout à fait son genre. Son beau-frère ne se privait pas de faire courir des rumeurs sur le roi et sur elle dès qu'il y voyait son intérêt. C'était le premier point commun aux deux femmes.

Marie-Joséphine avait au moins un problème dont Marie-Antoinette était exempte. Elle se plaignit abondamment de la préférence que montrait son mari pour Mme de Balbi, née Anne de Caumont

La Force, une des plus vieilles familles de la grande noblesse française.

– Une demoiselle que j'ai recueillie à la mort de son père ! dit Mme de Provence. Elle n'avait rien ! Je lui ai offert une pension ! Je lui ai donné une charge dans ma maison ! Je l'ai mariée au descendant d'un doge de Gênes !

– Tiens, il y a donc des doges à Gênes ? dit Marie-Antoinette avec l'espoir de changer de sujet.

Mais sa belle-sœur était partie sur une lancée que rien ne pouvait arrêter.

– Tout ça parce qu'elle était distrayante ! Méfiez-vous des gens amusants !

Les quatre messieurs debout derrière la reine prirent des mines innocentes. Mme de Balbi avait fini par trouver intéressant de distraire le comte de Provence plutôt que sa femme.

– A présent, tout le monde apprécie Mme de Balbi plus que moi ! dit Marie-Joséphine en tendant son verre à remplir. Même mon mari !

Deux rasades plus tard, les jérémiades reprirent de plus belle.

– J'ai outragé ma dame d'atours pour donner sa place à la Balbi !

– Ce n'est pas bien, dit la dame d'atours de Marie-Antoinette.

Après s'être fait nommer « dame pour accompagner la comtesse de Provence », Mme de Balbi était devenue dame d'atours, ce qui était mieux payé. La princesse s'empara la bouteille qui passait et la vida dans son verre.

– La Balbi est spirituelle, énergique, française ! Je la hais !

Les quelques Français présents autour de Marie-Antoinette firent grise mine – pas Mme de Chimay, née Anglaise et qui était belge par mariage, ni le baron de Besenval, suisse, ni le comte Esterházy, hongrois, mais il y avait tout de même quelques Français dans le boudoir de la reine.

– Cette Balbi est une petite personne impolie, impatiente et marquée de la vérole, dit le duc de Coigny.

– On dit que Monsieur et elle sont juste « amis », dit le duc de Guînes.

Marie-Joséphine agita son verre au risque de faire pleuvoir du vin rouge.

– Il la loge ! Il paie ses dettes de jeu ! Il dépense plus pour elle que pour moi ! On dirait qu'elle est l'épouse et moi la maîtresse !

Marie-Antoinette commençait à trouver que ces propos ne convenaient pas à sa convalescence, même en l'absence de boutons. Elle fit remarquer qu'il n'y avait plus de barbaresco dans la lavande.

– Ça ne fait rien, j'ai du barolo dans le mimosa ! dit la comtesse de Provence avec un signe de son éventail.

Une bouteille émergea d'un nouveau paquet. C'était Noël.

– Je ne sais pas ce qu'il lui trouve ! Elle est légère jusqu'à l'insouciance ! Elle aime séduire les hommes ! Elle a eu cette horrible maladie à boutons qui laisse des traces sur la figure, elle est toute grêlée !

– Mais madame ! s'exclama le duc de Coigny.

Marie-Antoinette plongea de nouveau derrière son éventail, elle sentait les bubons éclore sur son visage à la simple audition de ce récit.

– Vous savez, dit sa belle-sœur, d'une voix qui devenait pâteuse, mon mari se moque de vous parce que vous n'avez pas de fils. Mais, à moi, il ne s'est jamais avisé d'en faire un. Il n'a même pas essayé un peu pour voir !

Considérant sans doute qu'elle ne pourrait pas aller plus loin, Marie-Joséphine se leva. Elle ne tenait pas bien droite. Quand elle insista pour embrasser la reine, il fut évident qu'elle était complètement cuite.

– Voyons, madame ! dit le comte Esterahazy. La contagion !

– Ah, c'est vrai, vous avez la vérole, dit-elle à la reine. Mais vous les embrassez bien, eux ! ajouta-t-elle en désignant de la pointe de son éventail les quatre messieurs, qui eurent des expressions scandalisées.

On la poussa vers la sortie.

– Portez-vous bien, ma chère sœur, lui lança la reine comme si c'était elle qui avait visité une malade.

Marie-Joséphine se retourna *in extremis* que les portes ne se referment.

– Vous savez, Marie-Antoinette est le prénom de ma mère, elle est née Marie-Antoinette d'Espagne. Je ne l'ai plus revue depuis que je suis ici. Et c'est pour la vie ! Je suis condamnée à vivre entourée de Français ! *Porca miseria !* Que le Bon Dieu rappelle au moins la Balbi auprès de lui ! Ou le diable, si Dieu n'en veut pas !

On l'emmena toute geignante.

– Maussade et ivrognesse ! dit Coigny quand elle fut loin. Le joli divertissement qu'on nous a envoyé là !

Marie-Antoinette restait songeuse.

– Est-il vrai que mon beau-frère et Mme de Balbi…

– Il l'appelle « sa Fersen », madame, dit sa dame de compagnie.

– Je pense que nous devrions faire quelque chose pour ma chère sœur, dit la reine.

– Lui offrir une épilation des sourcils ? suggéra Besenval.

Quand ils eurent fini de pouffer, Marie-Antoinette annonça son projet.

– Nous allons jouer à un jeu intitulé : « Sauvons la comtesse de Provence »

C'était à qui aurait une idée pour aider la pauvre femme. Ces messieurs promirent d'y consacrer leur journée et s'en allèrent voir ce qu'ils pouvaient rabibocher les époux. Ce qui permit à la reine de se reposer de cet exténuant programme de convalescence.

Quand ses chevaliers servants revinrent pour le souper, ils racontèrent leur lutte contre les patachonneries du comte de Provence. Coigny avait tenté de pousser le prince dans le lit de la princesse. Hélas, Monsieur[14] était sur le point de partir pour son château de Brunoy, où sa femme n'allait jamais. Il y entretenait ce qu'on avait décrit à Coigny comme une « cour de garçon assez peu épurée ».

---

[14] Titre de « Monsieur, frère aîné du roi ».

De Guînes avait appris que Mme de Balbi avait des amants. Il avait entendu Monsieur se disputer avec elle à ce sujet. « La femme de César ne doit pas être soupçonnée ! » s'était exclamé le prince. Elle lui avait rétorqué : « Vous n'êtes pas César et vous savez bien que je n'ai jamais été votre femme » ! Monsieur lui avait alors conseillé de se méfier. « Si vous vous trouvez grosse, ne comptez pas sur moi pour reconnaître l'enfant, ni sur votre mari, puisque nous l'avons fait enfermer chez les fous ! »

Esterházy était certain que Monsieur ne couchait pas avec sa maîtresse : il ne fréquentait aucun des deux lits de ses compagnes, l'officielle et l'autre, il préférait le sien. Un serviteur lui avait affirmé que Madame, deux jours plus tôt, avait tenté de le surprendre au lit avec la Balbi, mais qu'il était seul.

Besenval suggéra que Monsieur avait d'autres préférences.

– Quand le comte de Provence a vu qu'on reprochait à son frère aîné de ne pas avoir de favorites, il s'en est trouvé une dans la semaine. Mme de Balbi n'est pas une maîtresse, c'est un encart publicitaire ambulant chargé de vanter sa virilité. La Balbi parle fort, on la remarque partout où elle passe et on murmure : « C'est la favorite du comte de Provence. »

Voyante et bruyante comme elle l'était, il fallait être sourd pour ignorer qu'elle avait les faveurs du prince. Elle était si démonstrative qu'on pouvait se demander s'il y avait vraiment quelque chose à cacher. La vérité sur les patachonneries du comte de Provence, c'était qu'il ne patachonnait pas. En tout cas pas avec les personnes citées.

La reine poussa un soupir. Contre cela, il n'y avait rien à faire. Marie-Joséphine ne serait jamais la femme de son mari, et ce dernier aurait toujours besoin d'une maîtresse comme paravent. Elle se dit qu'elle avait bien de la chance, en fin de compte. Mieux valait avoir la rougeole que d'être l'épouse du comte de Provence.

14
Canard aux pruneaux

Depuis que la France avait remporté une bataille navale contre l'Angleterre, sa clientèle harcelait Rose pour qu'elle lui fasse des chapeaux « à la marine française », avec drapeaux et canons. Pendant que ses ouvrières cousaient à tour de bras, elle voyait sortir de chez Léonard des bataillons de femmes coiffées de navires voguant sur leurs cheveux, une véritable flotte de guerre avait son port d'attache rue Saint-Honoré.

Pour une fois, elle considéra sans agacement ces opérations de coiffure et d'opportunisme. Depuis qu'elle avait empoisonné ce pauvre homme avec le genre de philtre d'amour qui avait perdu Tristan et Iseut – leur histoire s'était terminée par un double drame rien moins que glamour ! – Rose devenait nerveuse chaque fois que le coiffeur d'à côté débarquait chez elle, elle le préférait dans son environnement naturel : à côté.

– Comment va ma modiste préférée ? lança-t-il à la cantonade en pénétrant au Grand Mogol.

Il était à la recherche de rubans bleus pour figurer des vagues dans les cheveux de ses clientes. Tout en fouillant dans les tiroirs, il se permit de lancer à la patronne de petites pointes, des agaceries, des mignardises tout à fait indécentes.

Rose avait beau s'irriter de le voir lui faire la cour en public, elle était décidée à supporter les conséquences de ses erreurs. Qu'aurait-elle dit si elle avait su qu'il tâchait simplement de se montrer aimable parce qu'il s'était mis en tête d'obtenir d'elle une faveur ?

– Dites-moi. Entre deux commandes pour les duchesses, vous ne voudriez pas faire une robe pour moi ?

Rose poussa un soupir.

– Quelles sont vos mensurations ?

– Ah, ce n'est pas exactement pour moi, c'est pour une amie à moi. Elle adore ce que vous faites. Je lui ai promis…

Rose fut soulagée. Cet idiot avait une bonne amie, il allait mieux, il fallait encourager cette liaison.

– Je suppose que vous connaissez par cœur les mensurations de votre amie ? A vue de mains ?

– Eh bien… Un peu comme vous, dit-il en la détaillant du regard.

Un doute inquiétant étreignit Rose.

– Avez-vous choisi un thème pour la décoration de cette robe ?

– Le cheveu, c'est possible ? Ainsi elle pensera à moi en la portant !

Il lui faisait son regard de loutre avec ses gros yeux ronds et son sourire benêt. Le doute se mua en certitude. L'abruti voulait l'habiller, elle, selon son goût à lui pour lui faire sa demande ! Il était à ses pieds, elle le tenait en son pouvoir !

– Comme vous voudrez, mon pauvre, dit-elle avec tristesse à l'idée qu'elle avait changé un prétentieux horripilant en amoureux horripilant.

– Comme vous êtes bonne ! dit le coiffeur.

– Mais après, promettez-moi d'aller vous coucher, hein ?

– Ah, oui ? fit l'acheter de la robe en cheveux. Pourquoi ?

– Il ne faut pas déambuler toute la journée, dans l'état où vous êtes.

Il la considéra d'un œil nouveau.

– Vous n'êtes pas si méchante, dans le fond.

« Ah ! Ce philtre est une horreur ! pensa Rose. Le voilà au stade de la passion furieuse ! »

Elle s'en voulait d'avoir enflammé le cœur desséché de cette masse de boucles, de frisotis et de taffetas qui avait pris le nom d'homme. Comment aurait-elle pu se douter que quelque chose palpitait à l'intérieur de cet épouvantail ébouriffé ?

Léonard avait par ailleurs de bonnes nouvelles pour leur enquête. Aaron Bancroft s'était rappelé un détail de la représentation à laquelle l'inconnue et lui avaient assisté aux Variétés amusantes. L'un des chanteurs n'avait pas quitté sa voisine des yeux pendant un acte entier. L'Américain s'était dit que c'était à cause de la similarité des chapeaux, celui de la spectatrice et celui de sa partenaire sur scène : les deux couvre-chef se ressemblaient étrangement.

Mais peut-être cet artiste avait-il le béguin pour la dame sous le chapeau ? Pouvait-on pousser l'espérance jusqu'à imaginer qu'il la connaissait ? qu'il l'avait revue par la suite ? qu'il savait où elle habitait ?

– Qu'ils avaient élevés ensemble, que c'est sa petite sœur chérie enlevée par les gitans, poursuivit Rose sur le ton extatique employé par le coiffeur.

Ce dernier avait échafaudé un plan.

– Nous devrions lui envoyer une belle femme un peu aguichante qui le séduise.

– Vous voulez que j'aille faire la prostituée avec ce chanteur ?

– Non, non, pas vous, bien sûr.

– Vous trouvez que je ne suis pas assez bien pour le séduire ?

– Si, si.

– Vous venez de me traiter d'aguicheuse ?

– J'ai mal au crâne, se plaignit le coiffeur.

Tandis qu'il massait ses tempes mises à mal par ce débordement de suspicion, Rose admit que c'était effectivement une mission pour elle. Dans ce cas, il fallait mettre tous les atouts de son côté. Chez une femme, ces atouts passaient par une robe bien ajustée, décolletée autant que possible de manière à mettre les atouts en valeur. C'était la spécialité de Rose, elle était assez habile pour se poster sur la ligne très fine qui sépare la belle personne bien mise de la fille facile débraillée.

– Quel chanteur était-ce ? demanda-t-elle. Il ne faudrait pas que je perde mon temps avec un baryton si nous cherchons un ténor.

Selon Bancroft, leur témoin occupait un petit rôle, mais il s'était très souvent trouvé sur scène.

Rose fonça à l'atelier de l'entresol et tendit le dessin du chapeau qu'elle avait reconstitué sur les indications de Bancroft.

– Mlle Blanche, faites-moi en vitesse un bonnet dans ce genre-là avec l'oiseau qui est dessus.

– Le gros canard ? demanda Mlle Blanche.

– C'est un aigle d'Amérique. Je crois que les gens de là-bas vous brûlent comme sorcière quand vous le traitez de canard. J'ai lu qu'il s'était passé un incident de ce genre dans une ville nommée Salem.

Son croquis n'était pas très précis et nul n'avait jamais vu d'aigle à tête blanche sur les toits de Paris, aussi l'imitation créée par sa couturière évoqua-t-elle plutôt le palmipède cancanant que le fier seigneur du ciel qui jetait la consternation chez les carpes du lac Ontario.

Ainsi parée, féminine en bas, canardeuse en haut, Rose se rendit aux Variétés amusantes, non sans avoir fourré dans son sac à ouvrage un de ces minuscules pistolets dont l'intendance de la reine armait ses agents. Elle loua un fauteuil au premier rang de la même loge où s'étaient assis Bancroft et sa compagne. Non seulement elle jouissait d'une vue plongeante sur la scène, mais les acteurs, chanteurs et danseurs qui évoluaient en contrebas n'avaient qu'à lever les yeux pour l'apercevoir.

Elle n'eut pas de mal à repérer le chanteur au petit rôle souvent présent sur scène. De là où il était posté, il la voyait très bien, lui aussi. Il ne la quitta pas des yeux. Soit cet homme était facilement obnubilé par les dames du public, soit il aimait vraiment les gros chapeaux avec des oiseaux blancs dessus. Puisqu'il était déjà à moitié ferré, elle lui fit des mines à toute occasion, lui adressa des sourires complices afin de lui faire avaler l'hameçon. La représentation à peine terminée, elle fonça vers l'entrée des coulisses pour voir ce qui était accroché au bout de sa canne à pêche.

– Je suis une amie du hallebardier, déclara-t-elle au bonhomme qui gardait la porte.

– Méfiez-vous, la prévint le gardien en lui cédant le passage : il en vient beaucoup, mais elles ne s'attardent jamais.

Quand elle eut rejoint la pièce où le chanteur terminait de se démaquiller, elle crut deviner pourquoi. Il était plutôt adipeux, avait la peau moite et le sourire plein de sous-entendus salaces.

L'artiste vit quant à lui surgir une petite femme à qui les multiples couches de voiles blancs dans lesquelles elle s'était enveloppée donnaient un air de Salomé prête à réclamer la tête de Saint Jean Baptiste. L'espèce de gros canard qui surplombait sa coiffure fondit sur lui comme s'il avait été un appétissant limaçon. Pour être si richement vêtue, elle devait appartenir au grand monde. Il se sentit flatté.

– J'aime beaucoup vos trilles, déclara son admiratrice.

– Et encore ! Vous ne connaissez pas mes trémolos !

– J'entendrais volontiers vos vocalises.

– Il faudrait vous lever très tôt. Je ne répète que le matin.

– Le mieux serait de ne pas se coucher, dans ce cas.

– Mais alors où serait le plaisir ? demanda-t-il en l'attirant à lui.

Elle lui infligea de petits coups d'éventail – cet instrument faussement inventé pour se donner de l'air avait de multiples usages. Le chanteur se demanda d'ailleurs si cet objet n'était pas en fer, vu l'efficacité des coups.

– Faisons connaissance, dit la belle visiteuse. Vous savez, je n'ai pas l'habitude de me confier à des étrangers.

– Où ça, un étranger ? Un étranger vous convierait-il à souper chez des amis ?

– Sûrement pas, reconnut-elle. Allons-y donc !

Tandis qu'elle cheminait à son bras, il s'intéressa au bonnet qu'elle portait : il en avait vu un tout pareil la semaine précédente.

– Un peu moins bien que celui-ci, sûrement, dit Rose, qui avait fait coudre le sien par ses meilleures ouvrières d'après un patron né de son inspiration quasi divine.

– Non, dit-il, tout pareil, ça aurait pu être son jumeau. J'ai d'abord cru que c'était la même dame qui était revenue.

– Et à quoi faites-vous la différence ?

– Vous… Vous êtes plus belle, dit-il avec un large sourire.

Il avait hésité un instant qui suffisait à priver sa réponse de naturel. A nouveau, il la serra de près. Il était trop galant, cela n'arrangeait pas Rose. Et puis il avait tendance à réclamer tout de suite le prix de sa galanterie. Elle s'apprêtait à remettre la conversation sur le sujet de la chapellerie quand il s'écria :

– Aimez-vous danser ? Aimez-vous la fête ? Aimez-vous la joie ?

Elle répondit « oui » afin de n'avoir pas l'air soupe-au-lait. L'enclos de la foire Saint-Germain n'était pas loin, il l'entraîna au Wauxhall d'hiver. C'était une belle salle en bois décorée de colonnes et de stucs. Un concours de tir s'y était tenu cet après-midi-là, l'air sentait fortement la poudre. Un public mêlé s'y pressait. Escamoteurs, joueurs invétérés, aigrefins, aventurières ou prostituées côtoyaient les bons bourgeois et les nobles désireux de s'encanailler. On y chantait, on y jouait de la musique, on y dansait des bacchanales au rythme de menuets endiablés, quand ce n'était pas une gigue échevelée ou une gavotte à embraser les parquets.

Rose fut contrainte de se déhancher au son infernal des fifres et des violons lancés dans des improvisations sans fin sur des thèmes de chaconnes qui viraient à la passacaille !

« Si la reine me voyait ! » se disait-elle. Marie-Antoinette n'aurait pas été contente de voir sa modiste se commettre dans lieux interlopes où elle se dandinait sur de la musique de sauvages. Elle aurait voulu participer.

Toutes sortes d'alcools coulaient à flot et le chanteur avait une bonne descente. Il était déjà à moitié cuit quand Rose acheva une sarabande qui l'avait essoufflée.

– Je crois qu'il est temps d'arrêter de danser, dit son compagnon.

– Bonne idée, dit Rose en cherchant à reprendre haleine.

– Allons chez moi !

– Moins bonne idée, répondit Rose.

Il l'entraîna dehors et ils sautèrent dans un fiacre à l'intérieur duquel elle passa le voyage à repousser ses avances et à se dire : « Je suis folle ! »

La voiture les déposa à l'entrée d'une ruelle obscure dans un quartier excentré. L'absence de rue pavée faisait bien la différence avec le faubourg Saint-Germain. C'était boueux et des odeurs suspectes agressaient les narines.

– C'est un peu rustique, dit le chanteur.

– Pensez-vous, c'est charmant, dit Rose, occupée à viser entre les flaques douteuses pour ne pas noyer ses jolis souliers.

– Dans la journée, c'est presque coquet, lui assura son compagnon.

– C'est sûrement le mot juste, répondit la modiste alors que deux gros rats se poursuivaient parmi les déchets entassés contre les murs.

Ce fer de lance de l'art lyrique contemporain habitait une maisonnette bancale et décrépite. Rose se fit l'effet de Gretel pénétrant dans la masure d'une sorcière qui aurait oublié de donner un coup de peinture, et elle n'avait pas amené Hansel pour le faire passer devant quand on ouvrirait le four.

Lorsqu'il eut allumé trois bougies enfoncées dans des bouteilles, elle constata que le décor était aussi sordide dedans que dehors. Elle avait eu tort de s'habituer aux lustres de la Galerie des glaces. Les sièges étaient crevés et un relent de mauvais vin s'attardait dans l'air. Elle posa son arrière-train sur un sofa défoncé qui avait dû en voir de belles. Son hôte lui servit un petit remontant qu'elle voulut refuser.

– Allez donc ! insista-t-il. Il faut terminer cette soirée en beauté !

Elle prit le verre avec la désagréable impression qu'il comptait sur elle pour fournir la beauté. Il approcha un tabouret pour s'asseoir à portée de lui souffler au visage son haleine alcoolisée. Elle leva son verre pour trinquer à cette soirée pleine de promesses et, tandis qu'il buvait, elle remit la conversation sur le thème du chapeau afin que la soirée tienne lesdites promesses.

– Tu t'intéresses vraiment à la couture, toi ! rétorqua-t-il en remplissant à nouveau son verre vide et celui de sa visiteuse pourtant à moitié plein.

– Un peu, dit la modiste en écartant une main qui s'égarait dans ses jupes. C'est mon métier. Moi aussi, je tripote dans le tissu.

Si elle avait su l'effet qu'aurait cette révélation sur son hôte, elle aurait inventé autre chose.

– Ah, tu es couturière ! Dire que je t'avais prise pour une dame ! s'exclama le goujat en essayant de la main gauche ce qui avait été interdit à sa main droite.

– Ce n'est pas incompatible, répondit Rose, un peu vexée.

– Décidément, je n'arriverai jamais à rencontrer quelqu'un de bien, dit-il en se laissant tomber sur la chose qui devait avoir été un sofa.

Rose commençait à le trouver franchement désagréable.

– C'est la qualité des chapeaux, qui m'importe, dit-elle en se déplaçant d'une coudée sur sa droite. J'aime les histoires de chapeaux. Elles suscitent en moi un renversement de tous les sens qui m'ôte la maîtrise de mes actes.

C'était une phrase qu'elle avait lue dans un roman assez leste, du temps de son apprentissage à Abbeville. Les demoiselles avec qui elle apprenait les arts du vêtement s'échangeaient ce genre de lectures, ça leur permettait de rêver tandis qu'elles préservaient leur pureté pour le fiancé bien sous tout rapport que leur cherchait leur maman.

Son soupirant ne fut pas insensible à l'effet qu'avaient sur elle les chapeaux.

– Quel dommage qu'on m'ait payé pour oublier ce chapeau-là ! dit-il avec le soupir du canonnier en panne de poudre devant la forteresse qui se défend.

– On donne de l'argent pour oublier des chapeaux ? s'étonna la modiste. Quand je pense à tout ce que je suis capable d'oublier ! Je serais riche !

Le chanteur parut estimer qu'à cette heure de la nuit les vœux de silence n'avaient plus d'importance. Et puis il était à moitié ivre, et puis que pesaient encore ces trente deniers face à la perspective d'obtenir les faveurs du monceau de satin en forme de femme assis à côté de lui ?

Il lui raconta la plus étonnante aventure qu'il lui fût arrivé cette année. Un inconnu lui avait remis cinq louis pour oublier qu'il avait vu une dame coiffée d'un gros chapeau décoré d'un aigle à tête blanche. Il lui était tombé dessus dans la ruelle, alors qu'il rentrait chez lui très tard après le spectacle. Il n'avait pas vu les traits de son bienfaiteur, qui portait sa lanterne très bas. Cet homme avait dû le suivre et savait donc où il habitait. Il était riche, inquiétant, et n'avait que des requêtes bénignes.

Pourquoi le contrarier ? Le chanteur avait empoché l'argent et promis d'oublier le chapeau.

– Je vois, dit Rose.

Elle se dit qu'elle venait d'entendre l'explication du silence de quelques autres témoins amnésiques. Eux aussi avaient dû recevoir cinq louis. A commencer par la serveuse du salon de thé. Quelqu'un distribuait de gros pourboires pour faire rouer Mister Bancroft en place de Grève !

– Heureusement que votre mémoire résiste au soudoiement, dit l'enquêtrice.

– En fait, je ne me rappelais déjà presque plus cette femme ni son chapeau quand il m'a payé pour l'oublier. S'il ne m'avait pas remis cet aigle en mémoire, j'aurais été bien incapable de m'en souvenir par la suite.

– Pensez-vous que vous vous en souviendriez devant une cour de justice ? demanda Rose.

Son hôte reposa son verre et tourna lentement la tête vers elle. Ses yeux étaient devenus froids et inquisiteurs.

– Comment ça, devant une cour de justice ?

– Ce n'est pas pour moi, c'est pour un ami, dit la modiste, qui eut l'impression de s'être pris les pieds dans le chapeau.

– Un ami ? répéta le chanteur.

Il paraissait toujours à moitié soûl, mais la moitié de son esprit qui était sobre et celle qui baignait dans la liqueur semblaient d'accord pour éclaircir les véritables motivations de sa conquête d'un soir. Il empoigna le joli petit sac à ouvrage qu'elle avait posé près d'elle et le renversa sur le plancher, où son contenu forma un petit monticule. Sur ce tas trônait une feuille de papier pliée en quatre dont il se saisit. C'était le certificat à montrer aux autorités si sa détentrice rencontrait des problèmes dans le cadre de ses missions. Il était tamponné d'une fleur de lys à l'encre rose. Rose crut que les yeux du chanteur allaient sortir de leurs orbites.

– Qu'est-ce que ça veut dire, « service de la reine » ? Tu travailles pour la police royale ?

– Eh bien, euh, non, on ne peut pas le dire comme ça, d'ailleurs c'est un secret, bredouilla la modiste en rassemblant ses affaires pour les enfouir dans le sac.

Le chanteur donna un coup de pied rageur dans un tabouret qui fut propulsé à l'autre bout de la pièce.

– Encore une qui se moque de moi !

Elle lui trouva l'air plus menaçant que sa déception ne le justifiait. Le « encore une » lui donna à penser qu'elle n'était pas la première à l'avoir roulé dans la farine, même si elle était certainement la seule à l'avoir fait au nom de la reine.

Il se dressait devant elle. Elle connaissait ce regard, dans son enfance elle avait vu des coqs dans les basses-cours, quand on l'envoyait chercher des œufs à la ferme. C'était l'expression qu'ils avaient juste avant de charger les gamines venues fouiller les nids.

Il était temps d'utiliser le petit pistolet que les services de la reine lui avaient confié pour sa protection. Hélas, le problème des armes dont on n'a pas l'habitude, c'est qu'on ne sait pas les manier. Quand elle parvint à le saisir par le bon bout, elle appuya inopinément sur la gâchette et une balle se ficha dans une poutre du plafond. La prochaine fois, elle s'en tiendrait à ses aiguilles à tricoter et aux ciseaux de couture perçants et tranchants, dont elle maîtrisait au moins le maniement.

Pour l'heure, elle ne pouvait plus compter que sur ses jambes pour se tirer de ce mauvais pas. Elle repoussa de toutes ses forces le malappris saisi de stupeur, qui tomba à la renverse, et en profita pour quitter la maison. Dieu merci, il n'avait pas verrouillé la porte. A leur arrivée, il était plus imbibé que pernicieux ; à présent c'était le contraire.

Une fois dehors, un problème se posa : où aller ? Elle ne connaissait pas les lieux, elle avait oublié par où elle était arrivée et on n'y voyait rien. L'autre ne lui laissa pas le temps de réfléchir, il se lança à sa poursuite avec des imprécations moins harmonieuses que celles dont il gratifiait son public des Variétés. Elle se mit à courir à travers les ténèbres d'un quartier désert. Au lieu de repérer son chemin, elle ne cessait de se répéter « Je suis folle, je suis folle », ce qui n'aidait en rien. A bout de souffle, elle se plaqua dans une embrasure, mais ce fichu satin lyonnais de premier choix chatoyait sous la lune comme un phare breton.

– Tu ne m'échapperas pas, gueusasse ! cria la brute avinée.

C'était une idée sur laquelle ils n'étaient pas loin d'être d'accord, elle ne voyait pas d'échappatoire. Elle maudit son imprévoyance qui l'avait détournée d'amener son coiffeur : elle aurait pu le jeter au-devant du butor et en profiter pour s'enfuir ! Comment avait-elle pu oublier qu'on a toujours besoin d'un plus crétin que soi, comme disait La Fontaine ?

– T'as chié dans ma malle jusqu'au cadenas ! rugit son poursuivant.

Il n'était décidément pas poli, elle se donna raison d'avoir mis fin à cet entretien. Il était sur le point de la rejoindre lorsque deux détonations retentirent. La brute s'effondra la face la première dans la boue. Il y eut un petit gargouillement qui s'éteignit bientôt. Son corps massif gisait, inerte, dans un silence effrayant. Le bruit de souliers qui approchaient sur ce sol humide avec des « floc floc » rompit cette paix morbide. Rose aurait voulu s'en aller, mais ses jambes refusaient d'obéir. L'ombre qui avançait sur elle était celle d'un homme coiffé d'un tricorne et couvert d'un long manteau. Elle se sentit perdue. Tous les fous pochetronnés de la capitale s'étaient donné rendez-vous ici.

La lumière se fit tout à coup dans son esprit quand elle reconnut le manteau. C'était celui de Chardebert Flandard. Elle n'était pas si perdue qu'elle l'avait cru, peut-être même était-elle sauvée. Elle quitta son recoin tandis que le policier retournait le corps de l'agresseur. Ce dernier avait reçu l'une des balles en pleine tête. Le policier lui avait ôté le goût de s'en prendre aux demoiselles en détresse.

– Méfiez-vous, dit Rose, il me semble qu'on a tiré deux fois. J'ai entendu siffler une balle tout près de moi.

– C'est moi qui ai tiré les deux, dit Flandard.

Elle ôta l'énorme bonnet pour lequel n'importe quelle élégante parisienne se serait battue à coups d'ongles. Il y avait un trou dedans. L'aigle à bec de canard était farci de plomb.

– Mais vous êtes détraqué ! s'écria-t-elle. Regardez ce que vous avez fait à mon chapeau !

– Entre sauver votre chapeau ou vous, j'ai dû choisir très vite.

– Mon chapeau C'EST moi ! déclara la modiste.

Elle le replaça sur sa tête et baissa le ton.

– Ne nous attardons pas, vos coups de feu auront sans doute alerté les gens.

– Ça m'étonnerait, dit Flandard.

De fait, la nuit était toujours aussi tranquille. Le voisinage n'était pas du genre à s'inquiéter de savoir qui tirait sur qui, il serait toujours temps de ramasser les cadavres au petit matin. Seuls les rats et les hiboux avaient été dérangés dans leurs courses nocturnes.

Le policier et la modiste s'éloignèrent en direction d'une artère plus fréquentée où ils auraient une chance de trouver une voiture.

– J'ai une bonne et une mauvaise nouvelle, dit Rose, soucieuse de faire la conversation pour chasser le souvenir du corps étendu dans le ruisseau. La bonne, c'est que cet homme avait vu la femme au chapeau. La mauvaise, c'est que le troisième œil que vous lui avez fait au milieu du front ne va pas l'inciter à nous révéler qui elle était.

– Je présenterai mes excuses à Mister Bancroft, dit Flandard, sa déception sera terrible.

– Je n'en doute pas, dit la modiste. Moi-même, je ne m'en console pas. Vous n'imaginez pas combien cet interrogatoire m'a coûté.

– Je sais en tout cas que sans moi vous n'en seriez pas sortie intacte.

Flandard arrêta un fiacre.

– Rue Saint-Honoré, cocher !

Rose n'était pas équipée pour risquer sa vie dans la nuit froide, elle frissonna.

– Vous aviez plus chaud quand vous dansiez la gigue entre des bras musclés, fit remarquer le policier.

Elle se figea. Les émotions l'avaient empêchée d'additionner deux et deux. De toute évidence, l'apparition providentielle de son sauveur n'avait rien de fortuit.

– Vous m'avez donc suivie toute la soirée ?

– Pardonnez-moi, ma chère, mais dans la police nous ne faisons guère confiance aux amateurs pour mener l'enquête correctement. J'ai voulu m'assurer que nos efforts communs ne se traduiraient pas par un décès supplémentaire.

– Eh bien, c'est réussi ! dit Rose.

Elle devait bien admettre qu'il n'avait pas tort. C'était le problème de travail avec un coiffeur : impossible de compter sur lui pour la protection rapprochée, il n'était bon qu'à brosser et peigner.

Avec tout ça, ils avaient perdu un témoin qui aurait pu corroborer l'alibi de Bancroft.

– Je pourrai toujours témoigner l'avoir entendu dire qu'il avait été payé pour se taire, suggéra la modiste.

– Voilà qui va beaucoup émouvoir les juges, dit Flandard. Et plus encore ces messieurs du ministère qui réclament leurs précieux documents à cor et à cris. Si vous voulez éviter les ennuis, nous ferions mieux de dire que vous n'avez jamais mis les pieds chez ce mauvais sujet. Les témoignages des belles demoiselles qui fréquentent les garçonnières ne pèsent pas lourd en justice.

Elle ne s'offusqua pas de s'être entendue comparée à une traînée car il l'avait appelée « belle demoiselle ».

15
Dix Petits Nècres

A Versailles, un conseil restreint réunissait quelques ministres concernés au premier chef par la crise en cours : cette guerre d'indépendance que menaient les Insurgents d'Amérique avec l'argent de la France, soutenus par une « coalition » où ne figurait pratiquement que la France.

– Madrid craint la contagion, annonça, la mine soucieuse, M. de Vergennes, ministre des Affaires étrangères.

– La contagion de la rougeole de la reine ? s'étonna M. de Maurepas, qui présidait.

– Non, monsieur. La contagion des idées d'indépendance. Voyez-vous, juste au sud des treize Etats de peuplement anglais qui réclament aujourd'hui leur liberté, il y a la Floride. Or, voici peu de temps, la Floride était encore espagnole. Les Espagnols espèrent la récupérer, ils ne veulent pas la voir basculer dans le giron indépendantiste de M. Washington.

Le traité de Paris qui avait mis fin à la guerre de sept ans en 1763 avait permis aux Anglais de s'arroger la Floride à la barbe des Espagnols. Ces derniers comptaient bien remettre la main sur ce territoire. Ils voulaient donc éviter à tout prix que les Insurgents ne l'incluent dans leur « union d'Etats indépendants » dont le simple intitulé semblait à Madrid d'une indécence folle.

– L'indépendance des colonies, c'est bien, mais chez les autres, expliqua le ministre de la Guerre. Il ne saurait en être question en ce qui concerne les sujets du roi d'Espagne. Les Espagnols pensent que Dieu est catholique et qu'il a inventé l'indépendance pour punir les hérétiques protestants.

Les Français étaient plus pragmatiques. Si Dieu avait décidé de lutter en personne contre les hérétiques, les volumes de l'*Encyclopédi*e qui circulaient en France se seraient enflammés d'eux-mêmes, sans que la police royale ait besoin de les saisir et d'allumer des bûchers.

Le projet de M. de Vergennes était d'appâter les Espagnols en leur faisant miroiter la perspective de reprendre Gibraltar, que leur avaient aussi ravi les Anglais. Le premier ministre s'étonna.

– Mais dites-moi, c'était en 1704, si je me souviens bien. Ça ne date pas d'hier.

– Les Espagnols ont la mémoire longue, monsieur.

Le ministre de la Marine rappela qu'il y avait aussi Minorque, en Méditerranée, pris par Anglais en 1708.

– Ces Anglais passent leur temps à grignoter des bouts de territoire à tout le monde, c'est une plaie, ils sont pires que les pirates.

Les Espagnols étaient si enthousiastes au sujet de Gibraltar qu'ils proposaient d'organiser tout de suite un débarquement conjoint en Angleterre, en commençant par l'île de Wight. M. de Maurepas s'effraya.

– Ils veulent retenter le coup de l'Invincible Armada !

– Ça va faire plouf, prédit le ministre de la Marine.

La France avait elle aussi des plans d'agrandissement. Elle comptait se faire rendre la Louisiane en récompense de ses efforts en faveur des Insurgents. La Nouvelle Orléans ! Bâton Rouge ! Les noms de ces villes montraient bien que ce sol était français !

Seulement, pour faire la guerre, on manquait d'argent. C'était pourquoi le banquier qui dirigeait les finances royales, Jacques Necker, qu'on appelait « Nècre », souhaitait réformer les impôts. Il s'agissait de faire payer les nobles et l'Eglise, qui possédaient l'essentiel des propriétés foncières ; et aussi de supprimer les trésoriers de la Cour pour mettre fin au train de vie dispendieux de Versailles.

Les ministres, qui étaient tous nobles et propriétaires terriens, ne virent pas la réforme d'un bon œil.

– Dites donc, il va nous courir longtemps, le parpaillot ? dit le ministre de la Marine.

– M. Nècre avait prévenu avant d'accepter ce portefeuille, dit Maurepas : son objectif a toujours été la refondation de l'impôt royal.

– Mais je croyais que ce discours s'adressait aux pauvres !

– Vous n'imaginez pas jusqu'où est monté le prix de la brioche ! se plaignit le ministre de la Guerre.

– Bon, dit Vergennes, je tiens la solution. Nous allons endetter la France pour gagner cette guerre, nous ferons une grande fête pour célébrer la victoire, et personne ne pensera plus au déficit de l'Etat !

– Vous êtes merveilleux, dit Maurepas, vous avez toujours des solutions pour tout.

A Trianon, Marie-Antoinette avait ouï dire que sa mère l'impératrice s'inquiétait de la voir s'isoler si longtemps, loin de son mari, en compagnie de beaux jeunes gens. Pour la tranquilliser, elle fit écrire à Vienne qu'elle trompait sa solitude avec de petites fêtes toutes simples, qu'elle profitait de la douceur de la saison pour s'autoriser des promenades en calèche ou en barque sur le canal. Point d'intrigues à Trianon, point d'affaires, point de gros jeu. On aurait pu croire qu'elle était entrée au couvent.

En réalité, rien ne la divertissait davantage que la lecture des libelles du jour que le duc de Coigny se faisait envoyer depuis les alcôves du château. Les plus virulents venaient d'Angleterre. Ils émanaient de Grub Street, une rue de Londres peuplée d'écrivains du deuxième ordre et d'aspirants poètes qui mouraient de faim. Pour survivre, ces écrivaillons noircissaient des feuilles de chou avec des ragots sur la Cour de France. Le reste du temps, il rédigeaient des articles de dictionnaires, composaient de tristes vers, et parfois même ils publiaient des romans historiques à énigmes.

– Vous voyez le genre, dit le duc de Coigny. C'est la fange de la littérature.

Les libelles s'interrogeaient beaucoup sur la question de savoir qui couchait avec qui, mais ils parlaient aussi d'argent et de politique. Jacques Necker en rédigeait lui-même à l'occasion de très ennuyeux, bourrés de chiffres censés justifier sa politique. Ses écrits étaient certainement des succès de librairie, mais pas à Trianon.

Il avait eu la peau de son prédécesseur, Turgot, grâce à une guerre de libelles qu'il avait gagnée. Hélas pour lui, les libelles n'avaient pas pour autant cessé de pulluler. Depuis lors, Necker menaçait de recourir aux lettres de cachet pour enfermer ses détracteurs à Bicêtre. Le lieutenant de police Lenoir avait inquiété Antoine Bourboulon de Bonneuil, qui avait imprimé un monceau d'ordures contre le ministre, mais ce Bourboulon était l'intendant du comte d'Artois, deuxième frère du roi. Lenoir ne pouvait aller plus loin sans une autorisation formelle de Louis XVI, qui rechignait à la lui donner.

Jaloux de la popularité de son grand argentier suisse, le premier ministre Maurepas orchestrait lui-même la diffusion de pamphlets qui traitaient Necker de mystificateur.

– Nous voilà un point commun, dit la reine. Les pamphlets font de lui un Suisse grincheux et de moi une dépensière écervelée. Imaginez-vous cela ! Qui le croira ?

Le duc de Coigny se dit qu'il valait mieux ne pas demander l'opinion de Necker sur ce point.

Les personnes visées par ces brûlots avaient intérêt à rentrer la tête dans les épaules en attendant la fin de l'averse : plus Versailles protestait, plus ces écrits passionnaient le public, qui voulait connaître l'origine de la tempête.

Pendant que la reine soignait à Trianon cette rougeole qui tournait à la louis-seizole, à Versailles l'ambassadeur Mercy et l'abbé Vermond se lamentaient en chœur. Le premier ne savait comment rendre compte de tout ça à l'impératrice qui l'employait, le second craignait pour la pension que lui versait l'Autriche en remerciement pour avoir initié la jeune Marie-Antoinette à une culture française dont elle n'avait retenu, en fin de compte, que la frivolité.

– La reine vient quasiment de divorcer du roi ! se plaignit l'abbé. Ils habitent séparément, ne voient plus les mêmes gens, ne font plus rien ensemble !

– Même pas coucher ! renchérit l'ambassadeur.

C'était contrariant, on ne leur demandait pourtant pas grand-chose ! Ne pouvant leur refuser audience, Marie-Antoinette leur avait fait dire qu'elle les verrait du haut de son balcon. Ces messieurs se rendirent donc à Trianon pour la presser de renouer avec son époux. La pluie commençait à tomber lorsqu'ils présentèrent leurs doléances depuis le jardin.

– Faites donner des parapluies à Son Excellence et à monsieur l'abbé, dit la reine.

– J'ai de tristes nouvelles de Versailles à vous transmettre, annonça Mercy depuis l'abri de son parapluie fleurdelisé.

Marie-Antoinette se demanda ce que ça pouvait être. Le château était au bout de l'allée : s'il avait été en feu, elle aurait vu l'incendie depuis ses fenêtres.

Depuis qu'elle était confinée à Trianon, les courtisans faisaient la queue devant les Grands Appartements pour présenter des femmes au roi. Certains allaient même jusqu'à lui présenter la leur, pourvu qu'elle ne fût pas farouche. A défaut, leur fille, leur nièce, leur cousine ou leur voisine de palier faisaient aussi l'affaire. C'était un défilé de carrosses qui amenaient des péronnelles. On se serait cru dans ce conte de *Cendrillon*, où toutes les filles à marier du royaume défilent devant le prince pour chausser la pantoufle de verre.

– Mais qu'est-ce qui leur prend ? dit Marie-Antoinette.

– Il leur prend que vous n'êtes pas là, madame.

Mercy craignait que certains ne se soient mis en tête de profiter de la circonstance pour pousser le roi dans les bras d'une maîtresse qui ferait leur fortune.

Marie-Antoinette gloussa. M. de Mercy haussa un sourcil.

– Je vous demande excuse, dit-elle, c'est ma rougeole qui me reprend.

Comme il fallait bien exprimer ce que lui inspirait ce conte de fée plein d'enchanteurs et de sorcières, elle ajouta : « Croyez-moi, je ne cours pas grand risque. »

Un autre péril la guettait. Mercy avait une lettre à lui remettre. La dame d'honneur fit glisser un panier en osier au bout d'une cordelette afin que l'ambassadeur pût y déposer son courrier. La missive émanait de l'impératrice. De toute évidence, les nouvelles de Versailles parvenaient plus vite à Vienne qu'au pavillon de Trianon. Ayant déplié le papier, Marie-Antoinette lut cette inscription tracée en grands caractères au milieu de la page :

« Qui va à la chasse perd sa place ! »

Marie-Thérèse d'Autriche possédait le français jusque dans ses proverbes les plus populaires.

– Je ne vais pas à la chasse, se défendit la reine, je suis malade. Je ne vais tout de même pas transmettre la rougeole à mon mari pour conserver son affection !

– Ce n'est pas de son affection qu'il est question, madame, répondit l'ambassadeur, mais de votre exclusivité.

En vieux diplomate qu'il était, Florimond de Mercy-Argenteau avait une vision très nette de ce qui attendait la fille de sa souveraine.

– Si le roi mourait, vous pourriez vous remarier. Tandis que s'il ne vous aime plus, vous ne jouerez plus aucun rôle à la Cour, vous ne serez plus rien nulle part. Souvenez-vous de Marie Leszczynska !

Marie-Antoinette avait entendu parler des quarante ans de solitude qu'avait vécus l'épouse de Louis XV dans l'ombre de Mme de Châteauroux, puis de Mme de Pompadour, et de la ribambelle de maîtresses royales qui avaient dominé la Cour à sa place. Certes, Louis XVI n'était pas Casanova, mais s'il s'amourachait d'une intrigante, la reine en titre aurait des problèmes autrement plus pénibles que de devoir choisir sa robe et sa coiffure du jour.

L'abbé et l'ambassadeur la décidèrent à écrire une lettre « pleine de gentillesse » qui ferait patienter son mari. Ils attendirent quelques minutes, puis le courrier demandé descendit du balcon par le retour de la nacelle.

De fait, pendant qu'un affreux doute inquiétait Trianon, à Versailles le roi passait son temps à fuir les ambitieuses que des courtisans bien intentionnés plaçaient sur son chemin dans le moindre corridor, dans les allées du parc, près des fontaines, derrière les buissons, et jusqu'à la chasse. Il s'en allait chevaucher dans la forêt à la recherche d'un cerf ou d'un sanglier et rencontrait des calèches débordant d'oies blanches, de poulettes et de dindes pomponnées et parfumées qui faisaient fuir le gibier.

– Elle se termine quand, la rougeole de ma femme ? demanda-t-il à son premier gentilhomme.

– Eh bien… Sa Majesté pense en avoir encore pour une ou deux semaines.

Louis se dit que la chère enfant exagérait sûrement. Elle devait éprouver de la panique à l'idée de mettre en péril la santé de son royal époux qu'elle aimait tant. Il devait la rassurer. Il ordonna d'envoyer son propre médecin l'examiner à Trianon.

– C'est justement ce qui est impossible, Sire, dit le premier gentilhomme. Aucune personne attachée à Votre Majesté ne doit approcher la reine à moins de cinq pas. C'est la distanciation royale.

Louis se rembrunit. Ce n'était plus une rougeole, c'était un alibi. A qui profitaient ces mesures d'exception ?

– Elle a trois boutons et j'ai l'impression d'être veuf !

Alors qu'ils quittaient le domaine de Trianon, l'abbé et l'ambassadeur eurent la surprise de rencontrer le destinataire de la lettre dont ils étaient porteurs. Le roi avait pris une décision tout seul – événement remarquable ! Ils lui remirent les amabilités que sa femme avait rédigées « spontanément » à son intention. Louis brisa le cachet et déplia le message.

Elle lui avait écrit « qu'elle avait beaucoup souffert de sa rougeole, mais que ce qui la contrariait le plus était de se voir privée encore plusieurs jours du plaisir de le voir. »

– C'est une gentille façon de me dire de rester chez moi, déclara-t-il à la lecture de ces gracieusetés. Où peut-on voir ma femme ?

Vermond et Mercy le menèrent au balcon sous lequel ils s'étaient eux-mêmes postés. Louis XVI appela.

– Ouh, ouh ! Chère amie !

Une dame ouvrit une fenêtre.

– Qu'est-ce que c'est encore ? Si vous nous harcelez sans cesse, nous nous plaindrons au roi !

– Profitez-en, je suis là ! répondit Louis tandis que son gentilhomme levait le parapluie pour qu'on pût voir son visage.

Mme de Chimay pressa la reine d'accourir en toute hâte. Sur le point de sortir sur le balcon, elle se retourna pour dire quelque chose aux messieurs derrière elle et on entendit des rires.

Puisqu'il avait enfin l'honneur de voir sa femme, même avec un étage d'écart, Louis XVI s'enquit de son état. Elle répondit qu'elle allait mieux et se mit à toussoter.

– Ma pauvre amie ! Auriez-vous attrapé une pneumonie par-dessus votre rougeole ?

– Non, non, c'est quelque chose qui ne passe pas, je crois.

Elle toussait parce qu'il était difficile de feindre la rougeole de loin.

– J'ai l'impression que vos boutons sont partis, dit le roi.

– Pas du tout, j'en suis couverte, vous êtes trop bas pour les voir.

– Vous devriez pouvoir revenir bientôt, on m'a assuré que la rougeole n'est plus contagieuse au bout de trois semaines.

– Etes-vous sûr que ce n'est pas plutôt un mois ?

– Mes médecins m'annoncent chaque semaine qu'il y en a encore pour huit jours, dit le roi. Eux se portent très bien. Je ne leur ai jamais vu autant de bagues aux doigts.

– La mode est aux brillants, dit Marie-Antoinette.

– Ah, dit son mari. Dans ce cas je crains de ne pas être à la mode cette année. Je suppose que, si vous décidez de rester longtemps ici, ils se couvriront de colliers et de bracelets.

– Teuf, teuf, pardonnez-moi, je sens que je vais avoir une crise de rougeole, dit la reine, je dois m'aliter.

Elle disparut à l'intérieur, laissant sa dame d'honneur exécuter une révérence et refermer la fenêtre au nez d'un roi de plus en plus convaincu que « rougeole » rimait avec « faribole ».

– Je crois que cette rougeole rend la reine frivole, dit-il à son premier gentilhomme en regagnant son carrosse. Plus elle s'isole et moins j'en ai le monopole. Je devrais lui offrir une camisole.

– Ou la priver du Grand Mogol dont elle raffole ? suggéra son premier gentilhomme.

– Tout pour éviter que mon mariage ne dégringole, conclut Louis XVI.

Après tout, sa femme avait peut-être eu tort de s'attacher quatre gentilshommes pour la distraire : il était tout à fait capable de faire des jeux de mots, même dans les cas désespérés.

16
Coiffeur pour drames

Par les fenêtres du Grand Mogol, Mlle Maillot, la première vendeuse, vit un gros monsieur grisonnant, chauve et sans perruque, qui campait dans la rue, un cerf-volant sous le bras.

– C'est Benjamin Franklin, dit Rose, un Américain qui fait des expériences sur les éclairs pendant les orages.

– J'espère qu'il ne va pas faire pleuvoir ! M. Léonard m'avait promis de me faire un petit chignon !

A ce propos, elle rapporta à sa patronne que le voisin n'était pas toujours aimable à son égard.

– Quand il parle de vous, ce coiffeur frise l'insolence.

– Ne faites pas attention, dit Rose, il est fou de moi.

– Ah bon ? Ça ne se voit pas tellement.

– Tant mieux. Cela doit rester un secret en moi et ma conscience.

Vu les péripéties qu'elle avait vécues chez l'affreux chanteur des Variétés amusantes – gestes déplacés, beuverie, agression, injures, poursuite dans les rues désertes et, pour finir, destruction d'un couvre-chef – Rose avait décidé de laisser Léonard aller seul chez la vedette de ce spectacle, Mlle Raucourt. A son tour de se faire malaxer le postérieur par des obsédés ! Elle avait donné !

Le coiffeur se rendit donc au domicile de la jeune comédienne en se disant qu'il tenait une occasion en or de prendre l'avantage. Il allait damer le pion à la modiste. L'actrice avait vu le chapeau, elle possédait paraît-il un exemplaire identique, elle en savait long, elle allait se faire un plaisir de démêler cette intrigue. Après quoi il suffirait à Léonard d'aller parader chez la reine avec la solution, et la couturière en chef Bertin en crèverait de jalousie !

Curieusement, cette idée ne le réjouissait pas autant qu'elle l'aurait fait une semaine plus tôt. Il se surprenait à ressentir pour sa voisine un sentiment qui pouvait s'apparenter à de la compassion ; à de la compréhension ; voire à de l'amitié. Il se donna deux gifles pour chasser cette idée malsaine. Il avait dû manger quelque chose de gâté.

Il s'était muni de la trousse dans laquelle il transportait ses lames, peignes, fer à friser, fausses tresses et poire à poudrer. Un coiffeur ne devait pas se déplacer sans ses instruments, pas plus qu'un violoniste sans son violon ou un exorciste sans crucifix.

L'actrice occupait une confortable propriété située rue Royale-Montmartre[15]. Un vestibule d'un luxe criard témoignait d'un mélange de bon et de très mauvais goût, comme souvent chez les personnes qui disposent tout à coup de grandes ressources après avoir été élevées dans la gêne. Les murs étaient tapissés d'un coûteux papier peint, agrémentés de larges glaces, et le plafond en forme de dôme avait été peint d'un faux ciel où voletaient des angelots fessus. Une camériste dont la robe laissait voir sa cheville s'enquit du motif de la visite.

– Vous n'avez pas rendez-vous ? Posez vos livraisons sur cette table et laissez votre facture, mademoiselle enverra quelqu'un vous payer.

– Je ne suis pas livreur, je viens voir mademoiselle.

La camériste lui jeta un regard qui voulait dire : « Encore un petit crevard qui vise plus haut que ses moyens. »

– Donnez-moi vos pralines, je les lui remettrai de votre part.

– Je n'apporte pas de pralines.

– Ce sont des fleurs ? demanda la camériste en regardant s'il les cachait dans son dos. Vous avez laissé une corbeille dehors ?

---

15 Du côté de l'actuelle place Pigalle.

Il tendit son catalogue de coiffure ainsi que sa carte où l'on pouvait lire : « Artiste capillaire au service de la reine de France »

La caméristе sembla penser : « Il y en a qui inventent vraiment n'importe quoi pour voir ma maîtresse. »

– Vous ne venez pas ennuyer mademoiselle avec des déclarations d'amour intempestives, j'espère ?

Il lui assura que non.

– Ni pour réclamer le paiement d'une note ?

Non, non.

La caméristе ouvrit une porte. On entendait de la musique, une femme chantait. Ils furent dépassés par deux serviteurs qui apportaient des plateaux de friandises.

– Mademoiselle répète ? supposa-t-il.

– Non, elle ne fait rien de particulier.

– Elle reçoit ?

– Non, vous pouvez entrer, il n'y a personne.

En réalité le salon était plein de monde. Mlle Raucourt avait besoin d'être très entourée pour ne rien faire. Des compositeurs lui présentaient leurs nouvelles mélodies, on les lui fredonnait, on lui faisait répéter des pas de danse, elle essayait des tenues de scène, il y avait aussi quelques messieurs d'âge mûr assis sur des chaises, leur chapeau sur les genoux. Léonard supposa qu'il s'agissait d'admirateurs et autres soupirants.

La pièce aux dimensions démesurée était lambrissée de boiseries sculptées et pourvue de trois immenses miroirs en pied. Le mobilier se composait d'un canapé, de six chaises, d'une méridienne, de quatre fauteuils couleur lilas et argent et d'une commode à dessus de marbre blanc surmontée d'une statue. Trois hautes fenêtres ouvraient sur le jardin. Deux bouquets de lys odorants égayaient la cheminée.

Mlle Raucourt se déclara fatiguée. Elle se laissa tomber sur la méridienne et regarda qui venait d'entrer.

– Je vous en prie, monsieur, prenez un siège. Vous n'avez qu'à vous mettre à côté de Bibi, Coco et Lulu.

Les trois intéressés dévisagèrent le concurrent qui s'apprêtait à les rejoindre. Ce dernier reconnut le baron de Tournehem, le premier président de Rosambo et le banquier Greffulhe.

Si fatiguée qu'elle fût, Mlle Raucourt dut néanmoins se lever tout de suite : sa couturière arrivait pour les retouches. La jeune femme passa derrière un paravent et réapparut vêtue comme une duchesse, avec double panier et petits nœuds de haut en bas.

– C'est très joli, ce que vous portez là, dit Léonard.

– Uniquement du Rose Bertin ! dit la coquette en faisant voler sa jupe.

Les serviteurs qu'elle envoyait au Grand Mogol faisaient croire qu'ils étaient diligentés par une marquise, sinon on ne la fournissait pas. S'ils disaient que c'était pour habiller une chanteuse des Variétés amusantes, la modiste les envoyait promener. Il n'y avait plus de respect pour les artistes !

Tout en disant cela, Mlle Raucourt exigeait des retouches aux vêtements de la Bertin pour les rendre plus cintrés, plus courts en haut et en bas, et il fallait y ajouter des accessoires très colorés qui brillent à la lumière des bougies. Le respect qu'elle réclamait pour les artistes de la scène ne s'étendait pas jusqu'aux artistes de la mode.

Tandis qu'elle se changeait à nouveau, Léonard eut le temps d'admirer le jardin à l'anglaise, vaste d'un demi-arpent et doté d'un bassin qu'il apercevait par les fenêtres. Les allées étaient semées de bancs verts, de statues en marbre et de pots où poussaient une cinquantaine d'orangers et d'arbustes rares, parmi lesquels il reconnut un baobab et un frangipanier. Trois énormes chiens noirs évoluaient librement sur les parterre : la propriétaire était sous la protection d'un Cerbère à trois têtes.

Quand elle eut repris position sur sa méridienne, elle daigna enfin consulter la carte du visiteur que lui avait transmise la camériste. La mention « fournisseur de la reine » l'émoustilla, et la vue du catalogue lui donna une idée.

– « Artiste capillaire », quelle différence avec un coiffeur ?

– Le prix, répondit l'artiste.

– « Au service de la reine de France », cela signifie que vous ne coiffez que la reine ?

– Non, non, toutes les beautés de Paris ont vocation à rencontrer mes peignes.

– Ça veut dire que la reine ne se fait coiffer que par vous ?

– Non plus. Je la coiffe deux fois la semaine, pour les bals et les grandes occasions. Je laisse les autres jours à mes assistants.

Ce n'était pas une façon très aimable de désigner ses frères.

Mlle Raucourt n'était pas contre le fait d'arborer une coiffure créée spécialement pour elle. Dans son métier, il importait de se démarquer. Cela lui ferait oublier son faux pas de l'autre jour, quand une dame du public s'était permis d'assister à la représentation avec, sur la tête, le même chapeau qu'elle. Elle avait cru en faire une jaunisse.

– Mais ça doit coûter cher, sans doute ? s'inquiéta-t-elle.

Léonard répondit que coiffer une personne de sa qualité serait pour lui un honneur sans prix. Il ne connaissait à Paris que deux femmes en vue : la reine et elle.

Il se fatiguait inutilement à la flatter, il l'avait convaincue dès l'expression « honneur sans prix ». Elle lui abandonna sa chevelure. Tandis qu'il dénouait les rubans et ôtait les épingles pour laisser se répandre librement un flot de boucles châtaines, elle entreprit de lui raconter sa vie. Elle perdit ses airs de marquise et prit un accent populaire pour regretter la simplicité de sa vie d'avant, si tranquille qu'elle se demandait pourquoi elle y avait renoncé.

Un bijoutier lui apporta un écrin qui contenait un bracelet en diamants. C'était un cadeau du prince d'Hénin. Mlle Raucourt répondit à l'émissaire qu'elle aurait plaisir à voir le prince dans la soirée, après la représentation.

– Ils sont beaux, ces tableaux, dit Léonard en désignant du peigne trois œuvres accrochées aux murs.

– Je veux, mon p'tit ! dit la Raucourt. C'est un Poussin, un Carrache et un Corrège !

– Mais il y en a pour une fortune ! s'exclama le coiffeur.

– Ça oui. Je les ai eus pour 7200 livres. Dommage que je me sois fait refiler des copies.

– Ça a dû vous faire mal !

– Je pense bien ! Et encore plus à mes amis qui avaient réglé la facture ! Il a fallu que j'en change !

Comme les tableaux étaient toujours là, le coiffeur supposa qu'elle avait changé d'amis.

– Heureusement que tout le monde vous aime, dit l'un des trois nouveaux, Coco, Bibi ou Lulu.

Mlle Raucourt soupira.

– Je suis trop naïve, mon bon cœur me perdra.

Entre la tresse et les bouclettes, un apothicaire livra des sirops pour la voix, puis la caméristе laissa entrer trois toutous à poils longs qui firent du ramdam entre les chaises.

– Ma vie n'a pas toujours été un rêve, reprit l'actrice. Qui n'a pas connu la prison pour dettes n'a rien connu.

– Vous ? La prison pour dettes ?

– J'avais commis une erreur. J'ai cru que l'amitié de la reine me protégerait de tout.

Léonard fit un faux mouvement, son peigne sauta en l'air et exécuta une pirouette avant de tomber sur le tapis.

– L'amitié de la reine ne protège pas de tout ? dit-il d'une voix horrifiée.

– C'est ce qu'on croit, mais non. Si vous êtes un marquis ou une comtesse, elle s'arrangera toujours pour vous obtenir des passe-droits. Mais pour les autres, ça va moins bien. Je me suis crue hors d'atteinte, du coup j'ai signé des lettres de change sans provision, j'ai injurié mes créanciers, j'ai giflé les huissiers qui prétendaient saisir mon mobilier, j'ai juré contre la religion, j'ai brisé des scellés... Je me suis conduite en dame du monde, quoi !

« Ou en poissarde », songea Léonard tandis que Lulu, Coco et Bibi riaient de bon cœur pour montrer qu'ils la trouvaient très spirituelle.

– Bref, le lendemain je me suis retrouvée à For-l'Evêque, la prison des endettés et des comédiens. Comme j'étais les deux, vous imaginez ma tronche…

Léonard se demanda dans quel vieux donjon on le mettrait, lui, si la reine lui retirait son soutien. Les enquêtes qu'il menait pour lui plaire lui faisaient courir le risque de froisser un puissant personnage qui n'hésiterait pas à l'envoyer à l'ombre pour longtemps !

– Ma pauvre demoiselle ! déclara-t-il sur un ton d'autant plus piteux que ce n'était pas à elle qu'il pensait. Vous avez couché sur la paille humide des cachots !

– Oh, je m'y suis à peine assise. Mon avocat a interjeté appel et la reine m'a fait libérer dans la journée. Mais quand même ! J'ai entendu tirer le verrou derrière moi ! C'est moins gracieux qu'un air de flûte !

La perspective du vieux donjon s'éloigna un peu dans l'esprit de Léonard.

– J'étais jeune et innocente, reprit Mlle Raucourt avec un soupir. J'avais vingt ans.

– Oh ! Ce devait être hier ! dit Coco tandis que Bibi et Lulu ouvraient la bouche trop tard.

– Flatteur, va, dit Mlle Raucourt avec un sourire, tout en mimant une petite tape dans sa direction.

Enfin, ça ne risque pas de m'arriver cette année, le prince d'Hénin paye les factures rubis sur l'ongle.

Léonard remarqua, dans le jardin, une dame qui les guettait à travers la vitre. Il indiqua sa présence à Mlle Raucourt.

– Traînée ! entendit-on cette personne dire de l'autre côté du carreau.

La Raucourt haussa les épaules.

– Ne faites pas attention, c'est un jeu entre elle et moi, nous nous taquinons. C'est la princesse d'Hénin.

La princesse fit le geste d'égorger quelqu'un, puis elle quitta la fenêtre car les trois corps du Cerbère accouraient vers elle en aboyant. Mlle Raucourt baissa la voix.

– Je crois que la reine l'envoie chez moi se renseigner sur l'art de recevoir ses amis sans chichis, dit-elle tout bas.

– Oui, c'est sûrement ça, dit Léonard en fixant des mèches sur le haut de ce crâne vide. Au moins, en vous habillant chez la Bertin, vous êtes certaine de ne pas rencontrer une autre dame vêtue comme vous. On m'a affirmé que cette modiste garantissait l'exclusivité de chaque modèle.

Mlle Raucourt se rembrunit.

– Je le croyais aussi. Hélas.

Elle se mit à s'agiter, elle ne tenait plus en place, il avait du mal à manier son fer à friser.

– Une contrariété, chère mademoiselle ? dit-il en tâchant de lui bloquer la tête.

Elle lui raconta comment, en pleine représentation, elle avait aperçu dans une loge une gourgandine qui arborait le même chapeau.

– A la place où elle était, on ne voyait qu'elle ! Vous n'imaginez pas comme il est difficile d'interpréter une pure princesse de l'Antiquité pendant qu'on vous nargue à l'époque moderne !

– Ciel ! Mon Dieu, mon Dieu ! Qu'avez-vous fait ?

– J'ai pris sur moi. J'ai des nerfs d'acier. J'ai fait semblant de rien et j'ai continué à jouer avec calme et dignité.

– Bravo ! la félicita Léonard, qui se souvenait avoir entendu un récit avec cris, fureur et tentative pour grimper jusqu'à la loge en plein spectacle.

Il voyait bien que la simple évocation de l'incident faisait à la comédienne l'effet d'un tas de fagots sous une marmite de Denis Papin : elle n'était pas loin d'exhaler assez de vapeur pour actionner n'importe quel piston. Aussi attendit-il son refroidissement pour continuer sur ce sujet.

– Il se trouve que j'aimerais retrouver cette femme, dit-il en prenant garde qu'une sursaut de sa cliente ne provoque pas une catastrophe.

– Si je la connaissais, je l'aurais fait bannir à vie des théâtres parisiens ! rétorqua l'artiste. Qu'est-ce que vous lui voulez, à cette insolente ?

Léonard déclara que l'insolente était recherchée pour des indélicatesses. La Raucourt poussa un cri.

– Ah ! Une voleuse ! Je n'en suis pas surprise ! Elle m'a volé l'exclusivité de mon chapeau !

Hélas, elle n'avait aucune idée du moyen de retrouver la criminelle.

– Elle était en compagnie d'un Américain, précisa Léonard.

Mlle Raucourt ne se rappelait même pas qu'il y ait eu quelqu'un à côté d'elle.

– Il y a toujours un homme, n'est-ce pas ? dit-elle avec fatalisme en faisant un geste en direction de Coco, Bibi et Lulu qui lui souriaient.

Ces messieurs n'avaient pas entendu la moitié de ce qui s'était dit, ils étaient occupés à admirer.

– Il faut bien quelqu'un pour payer le chapeau, dit Léonard.

– Une création unique de chez Rose Bertin ! dit la Raucourt, qui enrageait. Tu parles ! Je n'ai plus osé le sortir de son carton ! Au prix où cette femme vend ses nippes, je pensais que la maison était sérieuse ! Je ne paye pas pour retrouver mes acquisitions sur la tête de la première comtesse venue !

La coiffure finie, elle se contempla avec satisfaction dans la psyché posée devant elle. Les essayages reprirent aussitôt, et elle se retrouva en sous-vêtements devant ses soupirants qui n'en perdaient pas une miette. Tout en passant une robe, elle expliqua depuis le paravent qu'elle avait été tentée d'aller faire un esclandre au Grand Mogol. Mais elle s'était retenue. D'abord, cette horrible Bertin aurait appris qu'elle habillait une comédienne à son corps défendant, or la Raucourt désirait que cet arrangement se perpétue. Ensuite, elle avait entendu dire que la princesse de Lamballe avait osé critiquer un des modèles de la modiste. Celle-ci l'avait mal pris, il avait fallu l'entremise de la reine pour qu'elle accepte de continuer à la fournir. Cette Bertin avait la réputation d'une petite personne dont le talent n'avait d'égal que son orgueil et sa susceptibilité.

– Je vous aime, dit Léonard.

Mlle Raucourt ne prêta nulle attention à ces paroles qu'elle entendait tous les jours. Elle lui recommanda de ne pas la nommer chez la Bertin s'il avait le malheur de s'y rendre.

– Faites-moi confiance, répondit-il. Je ne voudrais pas que ses créations cessent de participer à de si beaux succès chantants, dansants et sautillants, ce serait dommage pour l'art du vêtement.

– Vous êtes chou ! dit la Raucourt.

Elle déposa un baiser écarlate sur la joue poudrée du coiffeur.

– Et ce maudit chapeau, vous l'avez toujours ? demanda ce dernier d'une voix innocente, tandis qu'il rangeait ses instruments.

– Je l'ai brûlé ! Déchiqueté ! Eparpillé à tous les vents ! répondit l'actrice.

Le coiffeur s'inclina, prit congé, et la caméariste le reconduisit vers la sortie. Quand ils furent seuls dans le vestibule et que la porte eut été soigneusement refermée derrière eux, la jeune femme prit des airs de conspiratrice.

– Vous y tenez vraiment, à ce chapeau ? demanda-t-elle tout bas.

– J'y tenais, mais paix à ses cendres.

– C'est moi que mademoiselle avait chargée de le brûler. Un si beau chapeau ! Qui avait coûté si cher !

– Ah, fit le coiffeur, convaincu que le chapeau n'allait pas tarder à ressusciter de ses cendres.

– Je n'ai pas voulu gâcher un travail si remarquable... Je lui ai évité le bûcher des... comment dit-on, déjà ?

– Le bûcher des vanités ? Ainsi donc, vous l'avez gardé pour vous ?

– Voilà. Seulement je ne peux pas le porter, mademoiselle le reconnaîtrait tout de suite.

– Merveilleux ! dit Léonard. Donnez-le-moi !

La caméariste resta de marbre. La trahison avait un prix. Elle avait sauvé la relique, il fallait lui montrer qu'elle n'avait pas pris ces risques pour rien. Léonard ouvrit sa bourse et en retira une petite pièce.

– C'est un bonnet de chez Rose Bertin, lui rappela la jeune femme.

Le coiffeur changea la petite pièce pour une plus grosse et plus brillante, que la marchande de chapeaux d'occasion se hâta d'enfouir au fond d'une poche de son tablier.

Cinq minutes plus tard, alors que Léonard se tenait sur la chaussée, une fenêtre s'ouvrit au-dessus de lui et un chapeau miraculeusement apparu à une fenêtre sauta dans le vide pour atterrir sur sa tête.

17
Les invasions mogholes

Le fier conquérant des chapeaux se présenta au Grand Mogol coiffé de son trophée en guise de couronne de laurier. L'énorme bonnet de femme orné d'un cygne se balançait au rythme d'un pas de gavotte sous le nez de Rose.

– Ça vous va très bien, dit la modiste. Si vous m'aviez dit que vous aimiez tant mes bonnets, je vous en aurais fait un pour vous.

– J'ai éclairci une partie du mystère ! déclara l'enquêteur pour dames. Je sais qui a créé le couvre-chef après lequel nous courons depuis le début de cette affaire !

– Très bien, dit Rose. Livrez-moi le nom de cette tâcheronne !

– C'est vous ! répondit-il en retirant l'objet de sa tête pour qu'elle le voie de plus près.

L'ayant examiné sous toutes les coutures, la modiste dut se rendre à l'évidence : ce travail portait la marque de ses ateliers. Elle reconnut la façon, les étoffes et l'équilibre exceptionnel qui signait chacune de ses créations. Elle y avait mis un cygne et non un aigle, ce qui expliquait sa méprise.

– Où l'avez-vous déniché ? demanda-t-elle.

– J'ai promis de ne rien dire.

Rose s'approcha des règles en fer qui servaient à mesurer le tissu et en prit une avec des intentions de toute évidence funestes à l'égard du messager récalcitrant. Ce dernier s'enfuit de salon en salon en clamant qu'il ne parlerait pas et qu'il était une tombe.

– Continuez comme ça et il y aura un cadavre dans votre tombe ! promit la modiste.

Ayant atteint le bout du magasin, il se réfugia à l'intérieur d'un placard plein de cintres. Rose se dit qu'après tout, ce secret ne devait pas être bien compliqué pour que cet idiot ait réussi à l'éventer. Elle réfléchit tout haut.

– Il n'y a que deux possibilités : soit ce chapeau est celui de notre inconnue, mais dans ce cas vous auriez claironné sur tous les toits de Versailles que vous avez résolu l'affaire. Donc c'est celui qu'arborait la Raucourt sur scène. Mais comment a-t-il pu exister deux bonnets identiques ? Je les fabrique à l'unité, aucune de mes clientes ne me payerait pour ressembler à sa voisine.

– C'est ce qu'on m'a dit, admit Léonard depuis son placard.

Il vint à Rose une pensée déplaisante.

– Apprenez-moi par quel stratagème cette actrice s'est retrouvée avec mes vêtements sur le dos et je vous laisse sortir.

– Je crois qu'elle les rachète à certaines de vos clientes quand elles n'en veulent plus, mentit le coiffeur.

Rose se rembrunit. Ces duchesses n'avaient plus aucun sens moral. C'était avec de tels principes qu'on menait un royaume à sa perte. Elle était si déprimée qu'elle laissa le merlan quitter sa boîte de conserve.

Voilà donc pourquoi ce pouf lui rappelait vaguement quelque chose depuis le début : c'était elle qui l'avait créé ! Et elle y avait mis un cygne, animal plus gracieux et moins féroce qu'un oiseau de proie. Et puis elle n'avait jamais vu d'aigle américain à tête blanche, elle n'aurait pas eu l'idée d'en représenter un. Et puis on le lui avait mal décrit.

– On m'avait dit que ce chapeau portait un ruban noir ! Comment aurais-je pu reconnaître mon œuvre ? Ceci est un ruban aile de corbeau ! Je n'utilise jamais de « noir », je fais teindre mes étoffes en brou de noix, cassis, charbon, jais, encre de Chine, réglisse..

Léonard était peu soucieux d'entendre la liste des cinquante nuances de noir.

– Ah, oui, dit-il, c'est comme moi avec les mèches : on me réclame du blond, mais il y a le blond vénitien, le blond des blés, le blond doré, le blond bébé…

– Oui, on s'en fiche, dit Rose, restez concentré.

Ils devaient identifier la cliente qui avait acquis le deuxième bonnet, le bonnet du scandale, celui orné d'un aigle que Rose n'avait jamais commandé.

– Ce n'est sûrement pas chez moi qu'elle a trouvé ça, je n'ai pas d'aigle dans mes registres.

Léonard la trouvait bien à cheval sur ses convictions.

– Ecoutez, notre mission est de récupérer des documents d'intérêt primordial afin de sauver M. Bancroft : ça vaut bien une petite recherche dans votre boutique.

La modiste se renfrogna. Il lui était désagréable de voir rejeter ses sublimes créations au même niveau que de vulgaires secrets d'Etat qui n'exigeaient aucun talent.

– Je vous en prie, dit le coiffeur, faites cet effort, vous qui êtes si bonne et si conciliante !

Un frisson d'angoisse la parcourut. Ce forcené la gratifiait à nouveau de son horrible sourire béat. Il retombait en crise amoureuse. Elle devait mettre fin à cette abomination au plus vite. Dieu sait à quoi ce délire pouvait le conduire. A une proposition de fiançailles ? Quelle horreur ! Il était déjà ridicule debout, alors un genou à terre avec une bague ! Elle se résigna à mener l'enquête sur le seul terrain où elle n'aurait jamais cru devoir le faire : chez elle, entre les murs couverts de miroirs de son cher Grand Mogol.

Il fallait remonter le circuit par lequel passait tout chapeau conçu par elle, depuis le dessin qu'elle en faisait jusqu'au présentoir où on l'exposait. La modéliste était hors de cause : cette fille grassement payée se ferait du tort à elle-même si elle s'autorisait à répéter les ouvrages de la maison. Restaient les couturières, les plumassières, les brodeuses, les façonneuses et les simples ouvrières en passementeries.

– Eh bien, dit Léonard, ça en fait du monde pour des chiffons !

– Encore un mot et je vous les fais manger, le prévint la modiste.

L'atelier était situé à l'entresol. Elle parcourut les rangs des couseuses et des brodeuses, les mains dans le dos, tel un général qui passe en revue ses troupes. Où était la traîtresse ? la voleuse ? la catin sans scrupule ? la Judas en jupons ?

Les ouvrières les plus jolies avaient d'autres ressources pour arrondir leurs fins de mois que de copier les patrons de leur bienfaitrice : il ne manquait pas de beaux messieurs pour courir après les grisettes à la sortie des commerces de fanfreluches. On voyait aux coûteux colifichets offerts par des admirateurs qu'elles n'avaient pas besoin de se livrer à de honteux trafics de chapeaux. Rose élimina aussi les vertueuses à crucifix et les trouillardes. Restaient les envieuses mal fagotées. Ces dernières se sentirent guettées par un regard digne d'un aigle à tête blanche américain.

La modiste prit à part Mlle Maillot qui la secondait. Elle lui fit le portrait psychologique de la coupable : une fille pauvre, pas très jolie et qui avait besoin d'argent. Mlle Maillot lui donna immédiatement un nom.

– Vous parlez de Bernardine ?

– Laquelle est-ce ? demanda son employeuse en scrutant l'atelier de son œil de couleuvre sur le point d'avaler une grenouille.

Justement, Bernardine n'était pas venue travailler ce jour-là. Mais on avait son adresse.

Rose se dit que la tentation devait être grande pour ses ouvrières. Un authentique bonnet du Grand Mogol se vendait très cher au rez-de-chaussée. Une fille capable de le reproduire pouvait certainement négocier la copie au tiers du prix, ce qui faisait encore une belle somme quand on est une petite main payée à la pièce.

Elle descendit au magasin, où Léonard l'attendait en grignotant les biscuits réservés à la clientèle.

– On y va ! déclara-t-elle sur un ton qui aurait convenu pour annoncer une hécatombe.

Elle choisit sur les présentoirs un parapluie de sa confection, le grand modèle garanti contre les plus fortes bourrasques.

– Vous croyez qu'il va pleuvoir ? demanda le coiffeur.

– Non, je le prends parce qu'il est solide.

Elle l'empoigna comme un gourdin. La traîtresse allait leur dire à qui elle avait vendu la copie du chapeau. Après quoi elle allait prendre une grande baffe.

A l'adresse indiquée par Mlle Maillot, ils frappèrent au carreau de la loge, qui s'ouvrit sur un museau grêlé, une chevelure enrobée d'une charlotte et une odeur de chou. La gardienne les informa que la locataire avait fait son ballot en catastrophe la veille au soir. Elle avait réglé son dû et s'en était allée sans dire où. Léonard jugea cette disparition précipitée.

– Ça vous arrive souvent, que vos ouvrières vous quittent comme si le feu avait pris à leurs jupes ?

– Ce n'est pas un départ, dit Rose, c'est une fuite !

Qu'est-ce qui avait pu provoquer cette panique ? Elle se remémora les événements récents. Deux jours plus tôt, au Grand Mogol, elle avait mentionné ce bonnet décoré d'un aigle à tête blanche, elle l'avait décrit à ses ouvrières pour savoir si cela leur évoquait un souvenir.

– Ça a dû affoler cette Claudine ! conclut-elle.

– Bernardine, rectifia le coiffeur.

– Elle a reconnu le chapeau qu'elle avait copié, elle savait qu'elle allait avoir de gros ennuis avec moi, et hop ! plus de Géraldine à l'horizon !

– Dites donc, nota Léonard, vous savez vous faire craindre de votre personnel, vous !

Il ne restait qu'à espérer que la fugitive n'était pas allée jusqu'à mettre un océan entre elle et la colère de la Bertin.

La fenêtre de la logeuse se rouvrit.

– Dites donc, je ne sais pas où s'est installée Bernardine, mais j'ai un objet qu'elle a laissé.

C'était une boîte en fer blanc plein de papiers sans importance. L'un d'eux était imprimé au nom du Théâtre-Français. Que pouvait-elle être allée faire là ?

– Peut-être a-t-elle voulu voir *Polyeucte* ? suggéra Léonard.

– Vous voyez mes ouvrières à une tragédie de Corneille ? dit Rose. Avec ce que je les paye ?

Le coiffeur admit que lui-même s'était beaucoup ennuyé à étudier cette pièce en classe de rhétorique.

– Non, reprit Rose. Si elle est allée au Français, il ne peut y avoir qu'une seule raison. Nous devons nous y rendre sans tarder. Allez ! Sus à la voleuse !

La modiste partit bille en tête et parapluie en éperon. Léonard n'était pas certain qu'elle fût en état de négocier calmement avec la fuyarde.

– Je devrais peut-être y aller sans vous, j'ai l'impression que cette affaire vous contrarie.

– Contrariée, moi ? J'ai l'air contrariée ? On verra si je suis contrariée !

Elle continua de bougonner, les mains crispées sur le manche de son parapluie : « C'est peut-être qu'on me contrarie, aussi. Se voir piller, c'est contrariant. »

Le Théâtre-Français était installé dans la salle des machines du palais des Tuileries. Ce n'était pas l'heure des représentations, mais Rose n'était pas d'humeur à patienter. Elle s'adressa au gardien sur le ton gracieux d'une modiste contrariée.

– Vous me reconnaissez ? Je suis Mlle Bertin, la modiste de la reine.

– Oh mon Dieu ! dit le gardien. Et ce monsieur doit être l'illustre Léonard, l'artiste perruquier !

Tandis que Léonard se félicitait de faire la connaissance d'un si aimable portier, Rose reprit en main les rênes de la conversation.

– L'illustre Léonard aimerait accéder aux coulisses afin de répandre l'art du choucroutage parmi les actrices !

– Mais bien entendu ! répondit le gardien, qui leur ouvrit toute grande la porte.

Ils s'engouffrèrent dans les couloirs de plus en plus étroits qui menaient aux tréfonds du théâtre.

– Il est bien, ce portier, dit le coiffeur, on voit qu'on est dans une maison de grande classe.

– C'est l'avantage d'être connu de la piétaille, répondit Rose, qui fonçait derrière les décors sabre au clair.

A force d'ouvrir à la volée des portes derrière lesquelles des figurantes se changeaient pour les répétitions, Rose finit par apercevoir de loin la sacrilège.

– Caroline ! rugit-elle. Fille de rien !

– C’est « Bernardine, fille de rien », lui souffla le coiffeur tandis que l’apostrophée posait sur eux un regard terrifié.

Voilà donc où elle s’était recasée : elle était devenue habilleuse de théâtre.

– Je vois qu’on n’hésite pas à engager des voleuses, dans cette grande institution ! s’écria la modiste outragée.

– J’ai dit que j’avais travaillé chez vous, on m’a prise tout de suite, dit Bernardine d’une petite voix en se protégeant derrière la robe qu’elle venait de retoucher.

Elle avait fui le Grand Mogol, et voilà que les Huns surgissaient !

Rose examina avec attention les vêtements pendus sur les portants. La traîtresse ne faisait-elle pas profession de piller ses modèles ?

– Comme tu viens de chez moi, on attend sûrement de toi des miracles, déclara la grande moghole.

– Hélas, les miracles sont bien difficiles à accomplir, répondit Bernardine.

Elle était débordée. Elle avait passé la matinée à couper des toges pour la tragédie de *Cinna*, et cet après-midi elle devait coudre des chasubles pour *Le Roi Lear*.

– Là où je t’envoie, tu pourras faire des chemises de lin pour les bagnards ! dit la modiste.

L’accusée plaida les circonstances atténuantes. On la payait si mal, au Grand Mogol, qu’elle n’avait plus seulement de quoi régler le loyer sa chambrette. Il était bien dur de voir son travail partir pour des sommes extravagantes quand on était rétribué à la pièce. Les exigences de la maison étaient si hautes que chaque bonnet lui prenait une journée, et le moindre ourlet était vérifié par la cheffe d'atelier : à la moindre erreur, il fallait tout reprendre.

– C'est la rançon de l'excellence ! dit son ancienne patronne. Mais tu ne connais pas encore tous mes secrets, laisse-moi parfaire ton apprentissage. Je vais t'enseigner le point d'étranglement, dit-elle en choisissant un cordon de soie qui semblait d'une résistance à toute épreuve.

Bernardine était tétanisée. Léonard crut bon d'intervenir avant de finir la journée au Châtelet sur une inculpation de meurtre.

– Vous n'allez tout de même pas assassiner cette malheureuse !

– Crime passionnel, ça se défend, répondit Rose en vérifiant que son nœud coulissait bien.

Le coiffeur se tourna vers la condamnée.

– Donnez-nous le nom de la dame qui vous a payé le chapeau avec un aigle à tête blanche, ça ira comme ça. Après, nous vous laisserons tranquille.

– Mademoiselle aussi ? demanda la couturière.

Le coiffeur eut du mal à faire promettre Rose, qui essayait d'attraper la pauvre fille pour l'essayage du nœud coulant. Elle accepta finalement de commuer la peine de strangulation en simples coups et blessures.

– Deux-trois taloches et on n'en parle plus.

Après que Léonard eut promis qu'il n'y aurait pas non plus de voies de fait, la jeune femme griffonna à la hâte le nom et l'adresse de la cliente qui lui avait commandé la copie du chapeau. Elle remit d'une main tremblante le papier à Léonard, qui le tendit à la modiste.

– Bien, dit celle-ci en empochant le précieux document. J'accorde ma grâce à Micheline.

– Je transmettrai à Bernardine, dit le coiffeur.

18
Le bal des hypocrites

A Versailles, les ministres continuaient de s'inquiéter de leur traité d'alliance internationale parti en goguette on ne savait où. Nouer des liens diplomatiques entre les monarchies d'Europe pour contrer l'expansion du royaume britannique, c'était fort bien, mais la pensée que leurs plans pouvaient être révélés à tout moment ne les mettait pas d'humeur joyeuse. D'autant que les nouvelles du conflit américain n'étaient pas bonnes. Soutenir cette guerre d'indépendance était plus difficile que prévu. Le général anglais Clinton avait pris la ville de Charlestown, près de Boston. Depuis quelques mois, la France ne subissait que des revers. Au point que M. de Vergennes, ministre des Affaires étrangères, regrettait d'avoir engagé son pays dans cette aventure.

– Les Américains disent qu'ils ont commis une faute quand ils ont déclaré leur indépendance : celle de s'être alliés à nous !

Encore ces piètres résultats coûtaient-ils une fortune en matériel. Et les Insurgents manquaient de liquidités pour payer. Contrairement aux colonies espagnoles comme le Pérou, ils ne disposaient pas de mines d'or et d'argent. Ils avaient lâché la livre sterling, mais personne ne voulait de la monnaie de singes qu'ils avaient créée en remplacement.

– Ils prétendent nous payer avec leurs dollars, dit le ministre de la Guerre.

– Pas question ! s'écria le ministre des Finances. Qu'est-ce que c'est que ça, le dollar ?

Outrage suprême, faute de disposer d'une monnaie d'or comme le louis français ou le doublon espagnol, ils avaient eu l'étrange idée d'imprimer des billets de banque, innovation audacieuse à laquelle les gens sérieux ne prédisaient aucun avenir. C'était la banqueroute assurée.

– Ils ont inventé une monnaie papier, dit un ministre. Ça ne vaut rien et ce n'est pas près de changer ! Le louis, la guinée et le ducat seront toujours les monnaies fortes du monde occidental !

Au château de Versailles, l'ambiance était encore plus sombre que dans les banques de Philadelphie. Jacques Necker, ce Suisse que Louis XVI avait chargé d'assainir les comptes de l'Etat, avait établi un Bureau général des dépenses pour contrôler les frais de la Cour. Plusieurs milliers d'offices inutiles allaient être supprimés, par exemple ceux qui consistaient à présenter les pantoufles à Sa Majesté quand elle se mettait au lit, ou à moucher les chandelles dans le cabinet du roi. La Galerie des Glaces retentissait de la clameur des nobles dont on avait supprimé les charges de portemachin et d'allume-truc. « Ah ! ça n'ira pas ! ça n'ira pas ! » entendait-on crier.

– Que se passe-t-il ? demanda Louis XVI, qui percevait une vague rumeur depuis son atelier de serrurerie. C'est une révolution ?

– Non, Sire, répondit son professeur de serrurerie, c'est une révolte.

Jacques Necker était par ailleurs persuadé qu'il fallait associer la nation au gouvernement du royaume. Ce fut au tour des ministres de pousser les hauts cris.

– Associer le peuple au pouvoir ! Nous voilà devenus suisses !

Le ministre des Finances expliqua à ses collègues qu'il s'agissait en réalité d'une finesse très habile destinée à faire porter la responsabilité de l'augmentation des taxes sur les édiles de province. Tant que tout allait bien, le pouvoir central dirigeait tout ; quand la situation se gâtait, l'heure était venue de déléguer les problèmes aux autorités locales.

Cette explication calma les ministres. Ce Necker avait donc un plan ! Ouf ! Ils avaient cru un instant qu'on leur parlait de démocratie !

Les nouvelles venues d'Espagne n'étaient pas non plus merveilleuses. Le ministre des Affaires étrangère dut annoncer que la nouvelle politique de la couronne espagnole consistait à faire du chantage à la France. En échange de son soutien, Madrid demandait aux Français de contribuer de leurs deniers à une attaque conjointe sur la Jamaïque, que les Espagnols entendaient reprendre aux Anglais, ces voleurs de colonies.

– Rappelez-moi à quelle date les Anglais leur ont pris la Jamaïque ? demanda le premier ministre Maurepas.

– En 1655, monsieur, répondit son secrétaire.

– A mon avis, l'Espagne ne va pas tarder à faire valoir ses droits sur le jardin d'Eden. Elle compte sur cette guerre d'indépendance pour récupérer tous les petits bouts de territoires pris par les Anglais. Et à nos frais, bien sûr !

En cas de refus, Charles III déclarait qu'il se verrait obligé de conclure immédiatement une paix séparée avec son cher cousin le roi l'Angleterre.

Necker ne voulait pas entendre parler de cette expédition jamaïcaine, il refusait de débourser les cinquante millions que coûterait un débarquement en Jamaïque, en sus des cent cinquante millions qu'il payait déjà chaque année pour maintenir la marine française à flot.

Cette guerre était beaucoup trop onéreuse et la France n'y gagnait rien. Maurepas se demanda s'il n'allait pas devoir faire la paix avec les Anglais. Cette fois, ce fut au ministre des Affaires étrangères de pousser des cris : toute sa politique reposait sur l'animosité générale envers les Britanniques !

A Trianon, Marie-Antoinette se sentait aussi menacée qu'une Jamaïcaine qui voit les voiles espagnoles se profiler à l'horizon. Aucune protection contre la contagion ne vous mettait à l'abri de calamités telles que le comte de Provence. A force d'insister, le beau-frère de la reine était parvenu à lui arracher une invitation à dîner. Lorsqu'il avait déclaré qu'il représenterait le roi, son frère, tenu de garder ses distances, la reine s'était trouvée à court d'arguments.

Avant l'arrivée du beau-frère, elle se dessina deux ou trois boutons sur la figure pour s'assurer qu'il ne s'attarderait pas. D'autant qu'elle en avait profité pour convier aussi M. de Mercy, l'ambassadeur de maman. Autant grouper les corvées en une seule fournée, on en avait plus vite fini. Elle recevait tous les fâcheux en même temps, ce serait le thème de la soirée.

A l'heure dite, le comte de Provence se présenta avec une bouteille de vin.

– Comme c'est aimable à vous de braver la maladie ! lui dit la reine quand il s'inclina devant elle en remplacement du baisemain prohibé.

Monsieur lui exprima sa joie de constater qu'elle allait mieux, bien que cette joie ne se vît pas beaucoup sur son visage.

– Vous avez des boutons qui s'effacent, la prévint-il en désignant son front.

Elle avait mal choisi le crayon dans sa boîte à maquillage, les boutons bavaient, le fournisseur allait entendre parler d'elle.

– Je suppose que mon mari vous envoie prendre de mes nouvelles ? demanda-t-elle avec un sourire gracieux.

– Pas du tout. Mon frère se fiche de ce que vous faites à Trianon.

Marie-Antoinette en fut mortifiée. Il la remercia d'avoir eu la bonté de s'intéresser à sa femme, Marie-Joséphine.

– Comment va-t-elle ? demanda la reine.

– Très bien. La bouteille vient de ses placards.

Quand ils furent installés au salon, un valet actionna un levier pour faire monter du sol des miroirs qui vinrent obturer les fenêtres afin que les convives ne soient pas vus de l'extérieur. Une table chargée de mets monta du sous-sol où étaient les cuisines. On y avait distribué les viandes blanches et les poissons agrémentés d'une sauce légère dont raffolait Marie-Antoinette. La reine se tourna vers M. de Mercy et lui demanda s'il avait des nouvelles de sa mère. L'ambassadeur répondit que l'impératrice avait toujours le même souci : la voir donner des fils au roi de France. Pour sa part, Marie-Thérèse d'Autriche avait mis au monde une quinzaine d'enfants, et seul le décès de son mari avait mis un terme à cette intense production de bébés royaux.

Marie-Antoinette ne répondit rien, elle préféra vider sa coupe de champagne en se demandant à quelle heure ces messieurs s'en iraient.

Mercy avait une inquiétude supplémentaire. Il affirma qu'on avait travaillé le roi « dans le sens de la galanterie ».

– Tiens donc ? dit Marie-Antoinette. Qui ça ?

Mercy répondit qu'il l'ignorait, mais inclina la tête du côté de Monsieur.

– Un lit vide n'est jamais une bonne chose, conclut-il.

– C'est à mon beau-frère qu'il faut parler de ces choses, répondit la reine. Il a plus d'expérience que moi dans ce domaine.

Monsieur avait justement un avis sur la question. Elle n'avait pas donné de fils à son mari ; si le roi en avait un avec une maîtresse, on se gausserait.

– Et n'oubliez pas : à Versailles, le ridicule tue plus sûrement que la rougeole.

Marie-Antoinette était pensive, l'avertissement lui donnait à réfléchir. Elle pouvait négliger les conseils de ses amis, mais pas les piques de ses ennemis. Son beau-frère avait réussi à instiller un doute. Elle n'avait aucune envie de connaître le sort de Marie-Thérèse d'Espagne, mère d'un fils unique, obligée de cohabiter avec les nombreux enfants que la Montespan donnait à Louis XIV ! Peut-être serait-elle bien inspirée de rentrer à Versailles pour reconquérir son mari avant l'apparition de petits bâtards. Et puis, à dire vrai, elle commençait à s'ennuyer d'être confinée.

Ses réflexions en étaient toujours là, le lendemain, quand le baron de Besenval entra chez elle, le bas de son visage caché derrière un éventail.

– Que faites-vous ? lui demanda Marie-Antoinette.

Il avait remarqué, lui aussi, que ses talents d'amuseur ne suffisaient plus à la distraire.

– Je triche avec les contingences, madame, répondit-il. Puisque la reine ne doit pas se montrer, il suffit qu'elle ne soit pas visible.

Il lui suggéra de faire donner au château un bal masqué où elle pourrait se rendre incognito sans rompre officiellement sa quarantaine.

– Mais si on l'apprenait ? Que dirait-on de moi ?

– Les puissants ne sont pas tenus à la vertu, madame, ils sont tenus à la discrétion. Donner le bon exemple ne signifie pas qu'on a soi-même à le suivre.

Une heure plus tard, Marie-Antoinette sortit sur le balcon pour une entrevue royale avec son mari. Celui-ci lui trouva la mine abattue.

– C'est que, mon ami, je ne veux pas que vous vous ennuyiez loin de moi.

– Je ne m'ennuie pas, affirma Louis XVI. J'ai ma serrurerie, mon horlogerie et la guerre américaine pour m'amuser.

– Si, si, je le vois bien, vous avez l'œil triste.

– Je suis triste de ne plus vous voir, répondit-il poliment.

Heureusement, elle connaissait le remède. Il devait donner un bal ! Il s'étonna.

– Un bal ? En votre absence ? Vous savez que je n'aime pas trop danser.

Grand comme il était, aucune femme n'était à la bonne hauteur. De surcroît, il était balourd, ses gestes étaient gauches, il marchait comme un ours au lieu de sauter comme un cabri. Les paysans qui dansaient en sabots les jours de fêtes sur la place des villages avaient plus de grâce que lui dans sa Galerie des Glaces. Là encore, Marie-Antoinette tenait la solution. Comment faisait-il donc pour survivre sans elle ?

– Donnez un bal masqué, mon ami. Ce sera plus drôle et vous pourrez vous esquiver quand vous voudrez, il vous suffira de confier votre masque à quelqu'un.

– Ça s'échange, les masques ?

Hélas, il n'avait pas le cœur à s'amuser sans elle. Elle dut remettre du bois dans sa chaudière de mollusque.

– Au contraire ! Vous me rendrez service ! Je suivrai votre bal heure par heure depuis ma retraite ! Ainsi je saurai que vous souffrirez moins de mon absence.

– Que vous êtes bonne ! dit-il, une larme à l'œil.

Peu après le début du bal masqué, le premier médecin du roi s'assura que la reine n'avait pas prévu d'y aller en cachette. Marie-Antoinette avait pris soin de faire coucher dans son lit une de ses suivantes. Pour tromper son ennui, cette dame puisa dans les réserves de rhum dont la reine prenait parfois une cuillérée sur un peu de sucre.

– J'apporte à Sa Majesté son petit fortifiant du soir, dit le médecin, qui avait posé un flacon sur un plateau d'argent recouvert d'un napperon.

– Sa Majesté s'est endormie, dit la princesse de Chimay. Je le lui donnerai à son réveil.

Le médecin dressa l'oreille. A l'étage, une voix féminine avait entonné une chanson qui n'était pas *A la claire fontaine*.

Gros Louis vint à passer

La diguedondon

Tout nu et tout trempé

La diguedondé !

– Je vois que Sa Majesté va mieux, dit le médecin.

On entendit un pet retentissant.

– Bon. Eh bien, je vais la laisser reposer en paix.

– La reine vous remercie de vos attentions, dit la dame d'honneur.

– Oui, j'ai entendu.

Toute la Cour avait été déguisée quelques heures grâce au magasin des Menus-Plaisirs qui conservait le matériel nécessaire aux fêtes. Le bal masqué de la reine sans la reine s'annonçait virevoltant. Le vieux M. de Maurepas était en Cupidon, dieu de l'Amour, et sa femme, soixante-treize ans, en Vénus.

– Mon ministre de la Marine s'est mis en Neptune, dit Maurepas. Voyez comme notre gouvernement a de l'imagination !

Le trident de Neptune n'aidait pas à danser le menuet. Le ministre des Affaires étrangères Vergennes avait un globe sur la tête, une carte d'Amérique sur la poitrine et une carte d'Angleterre dans le dos. Le prince de Soubise était en Chinois, coiffé d'une fausse natte. Le vieux maréchal de Richelieu, en dieu du soleil, dansait avec la vieille maréchale de Mirepoix déguisée en Huronne habillée de peaux tannées. Le maréchal de Biron, soixante-dix-huit ans, était en druide à barbe blanche. Le maréchal de Brissac en derviche, le duc de Cossé en vizir, le duc de Fronsac en pèlerin de Compostelle. Tous les pages portaient des tenues de jockeys. Seul Louis XVI ne s'était pas changé, il avait son habituel habit blanc immaculé.

– En quoi est-il ? demanda quelqu'un.

– En roi.

– Ça ne lui va pas très bien.

Un doute naquit lorsqu'on s'aperçut qu'il y avait deux princesses de Chimay en nymphe des bois. De mauvais esprits soupçonnèrent la reine d'être l'une d'elles.

– Laquelle est-ce ? demanda la comtesse de Balbi.

– Sûrement celle qui porte un masque de chez Mlle Bertin, répondit Monsieur.

Soucieux de se faire valoir, un garde du corps alla murmurer à l'oreille du roi que sa femme était en train de gavotter au bras d'Hercule. Louis XVI parcourut la galerie des yeux.

– En quoi serait-elle déguisée ?

– En princesse de Chimay.

Louis XVI ne pouvait croire que la reine s'était jouée de lui, ce serait bien la première fois, elle qui était si franche et si honnête ! Pour en avoir le cœur net, il fondit sur la dame décorée par les bons soins de Mlle Bertin et lui arracha son masque. C'était la princesse de Chimay.

– Je vous demande excuse, madame, je vous avais prise pour la reine.

– A Dieu ne plaise, Sire, répondit la princesse avec une révérence, tandis qu'une autre nymphe vêtue de feuillage s'éclipsait dans le parc pour filer vers Trianon à la vitesse des quatre jambes de sa chaise à porteurs.

Vexé, Louis XVI accorda une promotion au garde qui s'était cru si malin : son informateur serait élevé au grade de capitaine et, pour étrenner ses galons tout neufs, il irait voir dans notre colonie du Sénégal si la reine y était.

Quand une heure sonna, on donna le signal de la retraite. La musique s'interrompit et des coupes de glace nappée de chocolat furent distribuées pour renvoyer aimablement tout le monde.

19
Le crépuscule des vieux

La dame qui avait acheté la copie du bonnet de chez Bertin, celui avec l'aigle à tête blanche, était sûrement la belle inconnue qui avait tenu compagnie à Bancroft le jour du crime. Puisque son adresse était désormais connue, Léonard et le policier Chardebert Flandard se rendirent chez elle avec l'espoir qu'elle innocenterait l'Américain. Les deux hommes avaient préféré dispenser Rose de cette démarche, la modiste se crispait quand on lui parlait trafics de faux chapeaux. Ces histoires de piratage la rendaient belliqueuse, elle ne songeait qu'à envoyer au-devant de ces pirates ses frégates et ses canons.

La couturière qui avait copié le chapeau avait griffonné sur un bout de papier : « Mme Garebeuf de Beauplas, hôtel de Beauplas »

Léonard s'était muni du bonnet authentique racheté à la servante de Mlle Raucourt, il le transportait dans un carton à chapeau à fin de comparaison.

En dépit d'un nom ronflant, l'hôtel de Beauplas était délabré. Les armes d'une baronnie avaient été gravées au-dessus du porche. Au laquais mité qui leur ouvrit, les visiteurs déclarèrent qu'ils venaient voir madame. L'homme les pria d'attendre dans la cour tandis qu'il prévenait sa maîtresse.

Le salon où les reçut la baronne de Beauplas était glacial. Cette dame connaissait visiblement de cruels revers de fortune. Dans sa pelisse râpée, elle donnait l'impression d'être une vieille coquette qui n'avait plus les moyens de sa coquetterie. Le vison qui avait servi à faire ce manteau avait dû être élevé du vivant de la grand-mère de celle qui le portait aujourd'hui.

– Picard, dit-elle au laquais qui devait composer l'essentiel de son personnel, fais-nous donc une bonne flambée.

Vu ce que Picard apporta comme bois, ça allait être une toute petite flambée. Peu importait, les visiteurs n'étaient pas venus se réchauffer au coin du feu mais empêcher que la justice du roi de France n'assît Bancroft sur des fagots.

Ils se lancèrent dans une histoire de chapeau indûment copié par une couturière qui l'aurait cédé à mi-tarif. Le chapeau illicite avait été vu aux Variétés amusantes sur la tête d'une belle inconnue accompagnée d'un monsieur. Etait-elle cette inconnue ?

Vingt ans plus tôt, Mme de Beauplas aurait pu répondre oui, mais aujourd'hui, blafarde et les cheveux blancs, on l'aurait plus facilement confondue avec une statue de glace. Elle admit pourtant qu'elle avait bien pu acheter ce chapeau, qu'il lui arrivait d'aller au théâtre et qu'elle s'y rendait accompagnée. Ils se dirent qu'ils avaient enfin rencontré leur témoin providentiel.

– Plus le temps passe, plus la mode devient coûteuse ! dit la baronne. Quand j'étais jeune, une poignée de dentelles à dix sous me suffisait ! Aujourd'hui, on me les vend à cinq livres et je n'en ai pas assez !

Chardebert Flandard précisa que l'accompagnateur de la dame au chapeau était un Américain qu'elle venait tout juste de rencontrer dans la galerie du Palais-Royal. Leur interlocutrice haussa un sourcil aristocratique.

– Certainement pas. Pour qui me prenez-vous ? Je sais quel genre de filles déambule là-bas.

– Nous savons que vous avez passé la journée et la soirée avec cet homme, dit le policier.

– De mieux en mieux, répondit la descendante des croisés.

Léonard jugea plus sûr de se concentrer sur le chapeau plutôt que sur les mœurs de celle qui le portait. Il expliqua qu'il était identique à celui que Mlle Raucourt arborait sur scène ce soir-là. Pour illustrer son propos, il sortit du carton la pièce à conviction.

– Voici l'original, madame.

La baronne reconnut le modèle qu'elle avait fait copier. Ce couvre-chef lui avait tapé dans l'œil, elle se souvenait avoir prié cette petite couturière du

Grand Mogol de lui en fournir une version à un prix plus abordable.

Picard leur apporta un plateau sur lequel reposaient une théière et des tasses en porcelaine ébréchée. Les deux hommes se réjouirent d'ingurgiter un liquide chaud et certainement aussi raffiné que leur hôtesse. Ayant goûté le breuvage, leur enthousiasme retomba. Ce n'était pas du thé mais une triste chicorée qu'ils auraient noyée dans le sucre s'il y avait eu un sucrier. La baronne devait être accoutumée à avaler d'amères pilules, elle but la sienne sans broncher.

– Si joli qu'il soit, jamais je n'aurais porté ce chapeau pour assister à une représentation des Variétés amusantes, affirma-t-elle en reposant sa tasse.

– Pourquoi donc, madame ? Parce qu'il est trop grand ?

– Non. Parce que c'est là-bas que je l'ai vu pour la première fois. Mlle Raucourt le portait pour jouer sa pièce. J'en ai eu envie, une envie dévorante, une envie qu'aucun souci d'argent n'aurait pu réfréner. La petite couturière a accepté tout de suite. Vous savez comment sont ces gens…

– Quels gens ? demanda le coiffeur.

– Les pauvres. Ils sautent sur la moindre occasion.

Léonard songea que ça leur faisait un point commun avec les anciens riches en déroute.

– Donc vous n'êtes pas allée aux Variétés amusantes avec ce chapeau ? dit Flandard. On vous y a vue, pourtant. Au bras d'un Américain.

– Ce n'était pas moi. Comment fréquenterais-je des Américains, il n'y en a pas de noble ! Je l'ai porté un peu, mais je m'en suis vite lassée, il ne m'allait pas si bien que je l'avais cru. Il faut un certain type physique pour mettre en valeur ces gros bonnets mous, la mode Bertin ne convient pas à toutes les têtes. Je trouve même ça un peu surfait, si vous voulez mon avis.

Léonard se sentit de l'amitié pour la vieille noblesse titrée. Les traditions avaient du bon, elles allaient de pair avec le bon sens.

– Si vous voulez bien répéter cela devant Mlle Bertin, je vous offre une de ses robes surfaites !

– Certainement pas, dit la baronne.

Flandard n'était pas convaincu.

– Pardonnez-moi, madame, mais ce chapeau n'est pas allé tout seul s'asseoir dans la salle des Variétés amusantes pour applaudir Mlle Raucourt.

– Bien sûr que non, dit Mme de Beauplas. Il y est allé sur la tête de la personne à qui je l'ai offert.

Et voilà ! Une de plus ! Encore un intermédiaire entre le chapeau et eux ! C'était à croire que ce couvre-chef avait fait le tour complet des crânes de Paris ! Ils se résignèrent à passer à sa détentrice suivante avec l'espoir que ce serait la dernière.

– Auriez-vous la bonté de nous dire comment s'appelle cette dame et où nous pourrons la trouver ? demanda Léonard.

– Avec plaisir, dit la baronne en resservant une tournée de liquide marron.

Elle n'ajouta pas un mot et se contenta de siroter sa chicorée, dont l'amertume ne l'empêchait pas d'arborer ce qui ressemblait fort à un sourire en coin.

– Madame la baronne voudra-t-elle bien nous dire à qui elle a offert son chapeau ? demanda Léonard au bout d'un long silence.

– Mais bien sûr, répondit leur hôtesse, sans rien ajouter.

Les deux visiteurs échangèrent un regard perplexe. Ce fut alors qu'ils comprirent.

– Je ne peux pas croire que madame la baronne entende monnayer ce renseignement, dit le coiffeur, qui avait l'habitude de se montrer poli même avec les clientes les plus pingres.

– Eh bien vous avez tort, dit la baronne. Je laisse la somme à votre choix.

Léonard ouvrait à regret sa bourse quand elle ajouta :

– Pourvu que cette somme comprennent au moins une dizaine de louis d'or.

C'était plusieurs fois le prix d'un chapeau authentique ! Une lueur de convoitise brillait dans cet œil délavé. Leur informatrice allait pouvoir s'offrir du vrai Bertin avec l'argent du faux.

La bourse de Léonard n'était pas si remplie que ça. Les deux hommes se regardèrent à nouveau.

– La police parisienne va payer, je pense, dit le coiffeur.

– La police parisienne a un tout petit budget et bien d'autres choses à financer, rétorqua l'exempt. Je ne vois pas sous quel intitulé inscrire un tel montant dans notre cahier des dépenses.

– Moi aussi, j'ai de gros frais, dit Léonard, vous n'imaginez pas à quel tarif on me vend les fausses mèches, ces temps-ci !

La baronne fit le geste de chasser une mouche qui aurait survécu aux périodes glaciaires, ce devait être un signe d'impatience dans le grand monde.

– Je n'ai pas l'habitude d'assister à des comptes d'apothicaires, déclara-t-elle.

Ils la prièrent de les excuser et s'isolèrent à l'autre bout du salon miteux pour discuter.

– C'est le moment de faire payer le Congrès américain ou la reine de France, dit Flandard.

– Ni le Congrès ni la reine ne sont ici, c'est de ma poche que cet argent va sortir ! se plaignit le coiffeur. Essayez donc de marchander !

– Ce n'est pas une poissonnière de la halle, dit le policier. De toute façon je suis loin de pouvoir avancer cette somme. Vous tenez le sort de votre ami entre vos mains.

– Je ne le connais pas si bien que ça, ce Bancroft ! se défendit Léonard du ton de Saint Pierre reniant Jésus au chant du coq.

– Allons, un bon mouvement, insista Flandard. La reine vous en saura gré !

Léonard se résigna à avancer les fonds. Il allait au moins falloir que Sa Majesté l'anoblisse pour compenser un tel sacrifice. Il abandonna le contenu de sa bourse aux mains crochues de la beauté sur le retour.

– Voici déjà une avance, madame. Je vous échange une reconnaissance de dette contre le nom de votre amie.

Mme de Beauplas ouvrit un vieux nécessaire à écrire et inscrivit les renseignements demandés sur un papier qu'elle enfouit dans sa poche.

– Je vous le donnerai quand vous m'apporterez mon dû.

Si une longue histoire familiale qui se confondait avec l'histoire de France vous apprenait quelque chose, c'était à vous montrer prudent en toute occasion. Pour une noble dame qui n'aimait pas les comptes d'apothicaire, ils la jugèrent bien chipoteuse.

Ils s'en furent donc chercher le reliquat chez Léonard. Dans le salon de coiffure, les frères de l'artiste débordaient d'activité. Etre au service de la reine de France vous remplissait la boutique du matin au soir.

– Tu viens nous aider à friser ? demanda Jean-François.

– Non, répondit Léonard, je viens chercher mes économies pour les offrir à une rombière qui se permet de m'injurier.

– L'amour te perdra, dit Pierre tandis que l'aîné de la fratrie gravissait l'escalier.

Tandis que Flandard l'attendait en bas, Léonard ouvrit la cachette secrète où il conservait son argent. Il avait fait ménager un tiroir dans une des billes de bois qui servaient de repose-perruque.

De retour à l'hôtel délabré pour la transaction, ils furent introduits au salon par le laquais, qui les laissa en compagnie de sa maîtresse. Celle-ci était toujours assise sur son sofa, la tête appuyée contre le dossier, les yeux clos. Elle semblait s'être assoupie.

– On dirait qu'elle est morte, dit Flandard.

– Mais non, dit Léonard, qui connaissait une formule magique capable de réveiller les morts. Je vous apporte vos louis d'or, madame !

Comme la baronne restait sans réaction, le policier se pencha pour lui prendre le pouls. Mais le coiffeur connaissait déjà la réponse.

– Vous avez raison, elle est complètement morte.

Elle avait terminé le contenu de la théière. Flandard renifla la tasse vide, mais l'amertume de la décoction qu'on leur avait servie aurait masqué n'importe quelle autre substance.

Il ramassa une fiole vide perdue dans les plis de la robe. Se serait-elle suicidée ? Comment imaginer que cette dame avait mis fin à ses jours alors qu'elle s'apprêtait à toucher une somme importante ? Peut-être l'assassin qui avait déjà trucidé le chanteur était-il venu ici pendant leur absence. Flandard découvrit sur la table le billet où la baronne avait écrit le nom et l'adresse de la personne à qui elle avait remis le chapeau. Si elle avait été victime d'un assassin, il fallait que ce dernier soit myope pour n'avoir pas vu le papier.

– Ahem, fit une voix près de la porte.

C'était Picard, venu voir si madame la baronne avait des ordres à lui donner. Les deux visiteurs se laissèrent tomber d'un même mouvement sur les sièges libres comme s'ils avaient été en conversation avec la défunte. Flandard s'adressa au serviteur sur un ton détaché.

– Dis-moi, mon brave, quelqu'un est-il venu voir ta maîtresse pendant notre absence ?

– Aujourd'hui, je n'ai vu personne d'autre que vous, messieurs.

Le laquais se pencha pour mieux apercevoir la baronne, qui n'avait pas réagi.

Madame se sent elle bien ? Madame me paraît bien pâle.

– Madame était en train de nous tenir des propos captivants, va donc nous chercher de la chicorée, dit Léonard, prêt à raconter n'importe quoi pour ne pas avoir à expliquer pour quelle raison il prenait le thé avec une trépassée.

Tandis qu'il proférait ces paroles rassurantes, la mâchoire de leur hôtesse se décrocha, sa bouche s'ouvrit toute grande et ses yeux firent de même. L'effet ne fut pas heureux.

– Oh mon Dieu ! s'écria le laquais. Madame se meurt ! Madame est morte !

Les visiteurs se voyaient déjà coincés dans ce logis tandis que le domestique ameuterait le quartier avec ses cris. Nul ne pouvait prédire la réaction du voisinage et des autorités. Mais, à leur grande surprise, au lieu d'ameuter les foules ou d'envoyer prévenir la police, Picard se jeta sur les tiroirs pour réunir en toute hâte ce qu'il restait de l'argenterie, dont il fit un ballot avec les vieilles couvertures de sa maîtresse.

– Elle me devait six mois de gages ! Vite, avant que les héritiers ne rappliquent !

Le coiffeur et le policier décidèrent de le laisser à sa douleur, ils s'esquivèrent discrètement, leur enquête n'attendait pas.

Ils gagnèrent d'un pas rapide le lieu inscrit sur le papier. Après avoir tourné, tourné encore, et finalement exploré tout le pâté de maisons, force leur fut d'admettre qu'on les avait envoyés sur un terrain vague.

– Qu'est-ce que cela signifie ? dit Flandard.

La vieille folle s'était moquée d'eux d'un bout à l'autre. Léonard supposa qu'elle ignorait absolument qui détenait la copie du chapeau et qu'elle leur avait indiqué n'importe quelle adresse pour leur extorquer de l'argent. Puis, s'étant rendu compte qu'elle allait avoir des ennuis et se voyant au bout du rouleau, elle s'était empoisonnée comme Cléopâtre.

Flandard considéra le coiffeur tout poudré et pommadé qui effrayait les baronnes au point que celles-ci préféraient mettre fin à leurs jours. Ce garçon avait un don pour la littérature à l'eau de rose.

– C'est beau comme du Richardson[16] ! déclara-t-il d'une voix de critique littéraire.

Le policier avait une autre hypothèse. Cette femme s'était imaginé pouvoir récupérer une plus grosse somme en faisant chanter son amie, visiblement compromise dans une affaire de meurtre. Puis, écrasée par le dégoût d'elle-même, elle s'était punie de sa propre main.

– Ou bien son amie est venue la tuer elle-même ! dit Léonard, jamais à court d'inspiration.

Flandard lui trouvait décidément l'imagination très fertile.

– Changez de lectures, dit l'exempt, la vie n'est pas comme ça. Les gens cyniques ne se tuent pas. Si c'était le cas, la police parisienne se contenterait de ramasser leurs dépouilles au lieu de devoir élucider des meurtres.

---

[16] Samuel Richardson, auteur de *Pamela ou la Vertu récompensée*, le plus célèbre roman sentimental du XVIIIe siècle.

Ils devaient se rendre à l'évidence : si Mme de Beauplas avait été assassinée, cela voulait dire que l'assassin qui les suivait jusqu'à présent était arrivé à les devancer.

Léonard sentit une moiteur funeste couvrir sa peau soigneusement pommadée.

20
Fine mouche et gros moustiques

Les rumeurs qui prétendaient que le roi allait se consoler de l'absence de sa femme dans les bras d'une favorite commençaient à inquiéter l'entourage de la reine. Les quatre gentilshommes qui lui servaient de garde-malade se faisaient de tristes réflexions. A quoi bon se ménager l'amitié de la reine si elle perdait toute influence ? Chacun s'accordait sur un point : Marie-Antoinette devait rentrer à Versailles au plus vite et reprendre la vie conjugale, rougeole ou pas.

– Qu'entend-on par « vie conjugale » ? demanda l'intéressée quand on lui eut fait part de cette urgence.

La princesse de Chimay se chargea de l'éclairer : il s'agissait de coucher avec le roi. La France réclamait un dauphin.

Marie-Antoinette commençait à être fatiguée d'entendre parler de cétacés.

– Depuis que j'ai épousé ce pauvre homme, on ne cesse de me dire des choses désagréables ! « Couchez avec lui ! », « Faites des bébés ! », « Il nous faut un garçon ! », « La Couronne a besoin d'un héritier ! »… Est-ce que j'ai le temps pour tout ça, moi ? J'ai beau consulter mon agenda, je ne vois nulle part où caser une grossesse et un accouchement !

Elle avait par ailleurs sous les yeux quelques belles robes de chez Mlle Bertin qu'elle ne pourrait plus mettre pendant plusieurs mois.

– Que dira-t-on de moi quand je n'entrerai plus dans mes corsets ?

– Que vous faites votre devoir, madame, dit le duc de Coigny.

– Mais qui sera l'égérie de Mlle Bertin ? Elle s'adressera à la princesse de Monaco, c'est sûr ! Cette intrigante ne se gênera pas pour capter l'attention ! On ne me regardera plus !

Le duc de Guînes se mit de la partie.

– Je supplie Votre Majesté de comprendre qu'elle n'est pas devenue reine de France uniquement pour porter les plus belles robes et donner le ton dans les salons. Toute médaille a son revers.

– Je ne risque pas de l'oublier, le revers ! Je ne peux pas quitter Trianon, je suis malade !

– On ne peut pas être malade tout le temps, madame, dit le baron de Besenval.

Tandis que ses dames s'empressaient de faire ses paquets avant qu'elle ne reprenne ses esprits, les quatre chevaliers servants la poussèrent dans le carrosse qui allait la ramener à son mari.

Quand elle en descendit, sur la terrasse du château, son cher époux l'attendait en haut des marches.

– Le voilà, le revers de ma médaille, bougonna Marie-Antoinette.

Il tenait à la main la longue-vue grâce à laquelle il avait vu sa voiture approcher.

– Monsieur, nous avons à causer, déclara-t-elle une fois sur le perron.

Il était urgent d'avoir un tête à tête avec lui au sujet de ces rumeurs à cause desquelles elle avait dû renoncer à une convalescence qui lui convenait très bien.

– Vous m'avez l'air contrariée, dit Louis. Ce long exil aurait-il gâté votre bonne humeur ?

– On m'a rapporté des bruits de couloir. On murmure que vous avez profité de mon absence pour vous choisir une maîtresse.

– Cela a été envisagé, mais je vous assure que je n'y ai pas donné la main.

– Qui est-ce ? La Soubise ? La Monaco ?

– Je ne sais qui on avait l'intention de me donner, je n'ai regardé aucune femme pendant votre maladie. Ah, si, pourtant ! Il y en a eu une !

– Pardon ?

– Hier, au bal masqué, une inconnue. Une silhouette splendide, un galbe, un cou ! On ne voyait qu'elle !

– Savez-vous qui c'était ? demanda Marie-Antoinette.

– J'ai fait prendre des renseignements, mais mon prévôt a été incapable de découvrir son nom. Le temps qu'on diligente des recherches, hop ! elle s'était évanouie dans l'air comme par enchantement.

– Quel dommage, dit la reine. J'aurais pu lui demander où elle s'était procuré la robe qui la mettait si bien en valeur.

– Dans votre garde-robe, de toute évidence, dit Louis avec un regard par en dessous.

La petite escapade de Marie-Antoinette avait été percée à jour. La coupable se mit à rire.

– Je vous aime de tout son cœur, dit son mari. Je n'ai jamais regardé une autre femme pendant votre absence. Vous auriez pu rester toute l'année dans votre Trianon, vous m'auriez trouvé ici à vous attendre, avec ma longue-vue, quel que soit le jour où vous auriez décidé de revenir.

Marie-Antoinette lui prit la main.

– Mon ami, je ne vous mérite pas.

Elle se promit d'écrire le soir-même à sa mère l'impératrice qu'il n'y avait pas d'inquiétudes à avoir : le roi n'aimait qu'elle, il était absolument toqué de sa femme. Cette nouvelle allait être encore plus appréciée à Vienne que chez la reine de France.

Quand elle reprit possession de ses appartements, Marie-Antoinette eut la bonne surprise d'y retrouver Mme de Polignac.

– Ma chère amie ! s'exclama la reine. Vous aussi, vous voilà donc guérie de cette affreuse rougeole ? Combien de reproches ne me suis-je pas faits ! C'est sûrement moi qui vous l'ai transmise. Mais comment vous êtes-vous si vite remise ?

La Polignac répondit qu'elle avait eu de la chance, elle avait eu une toute petite rougeole. Elle jugea inutile de préciser que ses derniers boutons avaient disparu cinq jours avant ceux de la reine.

Rose et Léonard furent convoqués tout de suite. Avec ce confinement de Trianon, la reine avait manqué plusieurs séances, il y avait du rattrapage à prévoir côté robes et coiffures. Elle en profita pour se faire résumer l'avancée de leur enquête.

Rose avait échappé de justesse à un chanteur libidineux qui l'avait attirée chez lui.

– Ciel ! Comment vous en êtes-vous débarrassée ?

– Il a reçu une balle dans la tête.

Marie-Antoinette estima que sa modiste avait des méthodes radicales pour décourager les importuns.

Léonard s'était quant à lui approché tout près du chapeau, il avait rencontré la baronne qui l'avait acheté. Hélas, cette femme leur avait fait servir une chicorée dont elle ne s'était pas remise.

La reine les félicita d'avoir couru de si grands périls pour mener à bien la mission qu'elle leur avait confiée.

– Cela ne coûte rien à M. Léonard, la témérité lui sert d'intelligence, dit Rose en ajoutant un nœud de rubans au bonnet de la reine.

– Ne faites pas attention à Mlle Bertin, elle travaille du chapeau, dit Léonard en faisant onduler les cheveux de la reine.

Hélas, malgré tous leurs efforts, le traité d'alliance de la Ligue des Neutres courait encore. Marie-Antoinette était inquiète.

– Que restera-t-il à la France quand elle aura perdu sa puissance ?

– Il lui restera l'élégance, madame, dit Rose.

L'autre sujet de discussion du jour portait sur les activités en tout genre de M. de Beaumarchais. D'un côté, cet homme plein de ressources avait écrit une comédie irrévérencieuse que la reine s'était mis en tête de faire jouer à Versailles – il serait si amusant de se moquer des nobles entre nobles ! D'autre part, en tant qu'armateur, il appliquait son ingéniosité à l'expédition de matériel aux Amériques malgré le blocus britannique. Il avait eu l'idée de faire transiter par l'Espagne les culottes et les souliers que la France envoyait à ses soldats. C'était génial, cela valait bien qu'on fasse jouer sa pièce.

La rougeole n'était pas le seul mal dont souffrait le peuple. Jacques Necker, le maître des finances royales, s'était mis en tête de moderniser les hôpitaux, qui étaient dans un état déplorable. Mme Necker était allée visiter l'Hôtel-Dieu, qui accueillait les victimes des accidents survenus dans les rues de Paris. Elle avait rédigé pour son mari un terrible rapport qu'on avait imprimé. La princesse de Chimay en fit la lecture.

Dès l'entrée dans les salles de l'hôpital, on était saisi par une odeur pestilentielle. Dans des locaux humides et mal aérés, les patients couchaient à trois par lit, toutes maladies confondues. Le personnel était trop débordé pour répondre aux cris. Il existait un risque de contagion généralisée, c'était miracle qu'une épidémie mortelle ne se soit pas encore déclarée. Un tel manque de moyen ne permettrait pas de la contenir.

– Je dois aller là-bas ! dit la reine.

Chaque nuit, à quatre heures du matin, les morts étaient rassemblés, ficelés dans des linceuls et entassés sur un chariot à bras que douze hommes tiraient jusqu'à la fosse commune de Clamart, où les cadavres étaient recouverts de chaux vive.

– Nous n'irons pas à quatre heures du matin, dit la reine.

– Votre mari sera charmé de vous voir si bonne avec ceux qui souffrent, dit sa dame d'honneur.

L'almanach comprenait la liste des hôpitaux de Paris. L'Hôpital général se composait de neuf maisons : la Salpêtrière et la Pitié étaient réservées aux femmes, Bicêtre aux maladies vénériennes. Il y avait aussi les Incurables, dont le nom se passait d'explication, les Petites-Maisons et Sainte-Anne pour les fous, Saint-Louis pour les vieux, le Saint Nom de Jésus pour le tout-venant et les Quinze-Vingts pour les aveugles.

– Vous verrez, dit Mme de Chimay, il y a partout des jardins, certains établissements ont une vue sur la Seine, c'est champêtre.

La reine décida de commencer par l'hospice Saint-Louis. On lui avait parlé d'une varicelle très contagieuse qui sévissait là-bas. La varicelle, c'était un mois de confinement.

De son côté, Louis XVI se fit un plaisir de recevoir les quatre courtisans qui avaient eu la bonté de veiller sur sa femme pendant ce long confinement. Quand ils entrèrent, il était en train de lire un billet que lui avait fait passer sa femme. A

Trianon, ces messieurs lui avaient vanté la nouvelle pièce de Beaumarchais. Marie-Antoinette savait que le roi avait défendu qu'on la joue à Paris, mais pourquoi ne pas la jouer à la Cour ? Cette comédie était amusante, sautillante et remplie d'impertinences envers la noblesse. Elle souhaitait qu'on puisse commencer les répétitions dans la salle d'opéra du château.

Louis XVI froissa le papier.

– Ma femme était partie malade, elle me revient révolutionnaire !

Il félicita les quatre gentilshommes qui avaient osé braver la contagion pour le bien de la Couronne. Il fallait autant de bravoure pour affronter la maladie que pour affronter le feu d'une armée ennemie.

Ces mots étaient une douce musique à leurs oreilles. Tous quatre rêvaient à leur récompense : médaille, portefeuille ministériel, grade militaire… Besenval se voyait déjà commandant général de la place de Paris, Guînes convoitait une ambassade qui ferait oublier ses bévues diplomatiques en Angleterre, Esterházy voulait être chevalier dans l'ordre du Saint-Esprit.

– Messieurs, dit le roi, je vous remercie bien vivement.

Un silence recueilli suivit ces mots.

– Voilà, c'est fait, reprit Louis XVI. Ah, bien sûr, comme vous avez été en contact avec une personne malade, vous connaissez la règle : la quarantaine. Vous passerez tous trois mois sur vos terres. A dans trois mois, donc !

– Mais… Nous espérions servir à présent Votre Majesté à des postes d'importance…

– Bien sûr ! dit le roi. Je n'oublie pas votre bravoure, votre dévouement, tout ça ! A l'issue de votre quarantaine, je vous donnerai à tous des commandements aux Amériques. M. de Rochambeau ne cesse de me réclamer des troupes fraîches. Il paraît que les siennes sont ravagées par les fièvres des marais. Sauf M. de La Fayette, il est le seul à continuer d'aller très bien, vous aurez l'occasion de le rencontrer. Saviez-vous qu'il y a là-bas des moustiques gros comme des guêpes ? J'espère que vous me rapporterez de petits souvenirs de ces contrées merveilleuses.

« La malaria », pensèrent les quatre élus.

– Oh, c'est loin, l'Amérique ! dit Coigny. J'ai entendu dire qu'on s'y faisait scalper par des peaux-rouges !

Louis XVI n'était pas un méchant homme, il était toujours disposé à tenir compte des réticences de son entourage. Un plan B avait été prévu.

– Sinon, nous avons nos troupes du Sénégal. Il y a des Noirs avec des sagaies. Ils font de jolis masques rituels. J'ignore la taille des moustiques sénégalais. Vous me direz.

Les quatre braves quittèrent le cabinet du roi en se demandant s'ils n'auraient pas préféré attraper la rougeole.

21
Corrida pour un chapeau

Léonard vint chercher Rose au Grand Mogol. La piste de la baronne de Beauplas n'avait abouti à rien, il fallait avouer à Aaron Bancroft qu'ils avaient échoué, c'était une mission qu'il ne souhaitait pas accomplir seul. Il la pria aimablement de l'épauler, « puisque sans elle il n'était rien ». Rose le fusilla du regard.

– Arrêtez d'être gentil, c'est horripilant.

– Je ne suis pas gentil, je suis normal.

– Rien n'est possible entre nous ! Courtisez quelqu'un d'autre !

Elle quitta la pièce pour aller se choisir un chapeau et, si possible, un objet lourd pour le cas où le coiffeur s'obstinerait à la tourmenter avec ses roucoulades.

Ce dernier resta interdit. Qu'avait-elle ?

– Ça y est, elle s'est mise à la boisson ? demanda-t-il à Mlle Maillot.

– Elle ne supporte pas l'amour que vous lui portez, répondit la première vendeuse.

– Comment ça ? Quel amour ?

Elle lui expliqua l'affaire du philtre d'amour qu'il avait bu par accident au salon de thé. Depuis lors, Rose ne cessait de guetter chez lui les signes fatidiques d'une horrible passion.

– Oh, fit-il. Ah. Je vois.

Quand Rose fut de retour, coiffée d'un bonnet garni de tulipes en tissu, il lui déclara que cet ornement lui allait à ravir. Elle leva les yeux au ciel.

– Mon pauvre ami ! Vous marivaudez !

– C'est de bon ton, c'est de la littérature.

Avant de sortir, elle se tourna vers Mlle Maillot et frappa sa tempe avec l'index pour montrer ce qu'elle pensait de l'état mental du soupirant. Ce dernier se retourna à son tour, tout sourire, le pouce levé.

La liste des témoins qui auraient pu innocenter l'Américain était épuisée. Ils devaient annoncer la mauvaise nouvelle à Bancroft, qui allait être emprisonné, jugé, exécuté, et avertir aussi M. de Vergennes que ses précieux documents étaient perdus. Des deux, c'était sans doute ce dernier qui allait être le plus fâché. Décevoir un ministre était dangereux. Quand il tempêtait, un ministre lançait des éclairs. On allait voir si la reine était un aussi bon paratonnerre que ceux de Benjamin Franklin.

Le valet Jim les prévint, Mister Bancroft n'allait pas bien : il faisait les cent pas toute la journée dans l'appartement, écrivait des lettres d'adieu à sa famille et dormait le reste du temps.

Aaron Bancroft ne s'attendait pas à une heureuse nouvelle. Il avait mis ordre à ses affaires en prévision de son incarcération. Ses bagages et son testament étaient faits. Cette attitude leur sembla encore plus triste que la colère et les imprécations qu'ils avaient redoutées. Ils s'excusèrent d'avoir échoué. Comment imaginer qu'un chapeau si voyant serait passé inaperçu ?

– Un chapeau élégant, parfaitement à la mode, conforme au bon goût ! renchérit Rose.

– Et si bouffant, ajouta Léonard en gonflant les joues et en écartant les mains comme s'il avait porté une citrouille sur la tête.

– Qu'en aurait-il été si nous avions dû retrouver mon éventail ! dit Bancroft.

Comme ils demandaient ce que venait faire son éventail dans cette affaire, il leur raconta qu'aux Variétés amusantes, il avait offert à la belle inconnue un éventail en os gravé qu'il avait apporté de son pays. C'était un bel objet d'artisanat local, d'un style très typique de ces contrées.

Rose eut une idée. Les articles de mode, c'était un domaine qu'elle connaissait sur le bout des ongles. Elle avait échoué sur le chapeau, elle pouvait se rattraper sur l'éventail.

– Dites-m'en plus sur ce bel objet !

Bancroft expliqua qu'il s'agissait d'un élégant accessoire en os de caribou sculpté par le peuple sioux.

– C'est fabriqué à partir de fémurs découpés en lamelles et finement illustrés de scènes de chasse, c'est très joli.

Rose eut une idée. Elle prit congé, entraîna son coiffeur personnel et prit au passage Chardebert Flandard, en faction au rez-de-chaussée.

Il existait à Paris, près de Saint-Sulpice, une rue où l'on vendait toutes sortes de curiosités. Ils choisirent la boutique la mieux située et lancèrent le policier sur le commerçant qui la tenait.

– Police ! Je réquisitionne votre vitrine !

Ils suspendirent à la fenêtre une énorme pancarte où l'on pouvait lire de loin : « Achat d'éventails américains en os à bon prix. »

Si les bonnets de grande classe étaient copiés au point qu'on ne les remarquait plus, peut-être n'en était-il pas de même de l'artisanat du peuple sioux.

Ils furent bientôt confrontés à une marée d'objets aussi tordus, vieillots ou malpropres que les gens qui les leur apportaient. C'était un déluge de trucs en poil de loutre et de machins en bois d'élan. Certains lisaient « américain » et comprenaient « des Antilles ». D'autres jouaient sur une mauvaise connaissance de la géographie pour tâcher de leur placer de l'ivoire, des idoles en bois sculptés et les tapis à franges. Ils auraient pu se constituer une belle collection d'artisanat péruvien ou panaméen s'ils l'avaient souhaité.

– Quelle malchance que votre Bancroft soit originaire d'un pays qui ne produit rien d'intéressant ! dit Rose.

Léonard nota qu'à la moindre difficulté, l'Américain devenait « son » bonhomme. Alors qu'en cas de succès la modiste se présentait comme « madame règle-tout ». Rose s'aperçut qu'il rognonnait dans son coin.

– Vous dites ?

– Rien, rien, vous avez bien raison, ma chère, répondit-il avec un sourire contraint, je vous approuve en tout.

Elle poussa un soupir. Si l'effet du philtre ne cessait pas, on allait devoir l'étouffer avec un coussin.

Bien qu'aucun de ces articles ne soient l'éventail demandé, Léonard était tenté de distribuer des sous à ceux qui avaient l'air miséreux.

– Ça ne donne rien, dit Rose, nous perdons mon temps et votre argent. Bon, je vous laisse jouer à la marchande.

– Bien, ma chère amie, répondit le coiffeur au milieu des cochonneries bizarres qu'il venait d'acquérir.

– Ah, vous, ça suffit, je ne suis pas d'humeur à m'entendre conter fleurette !

Le policier la regarda s'en aller d'un pas mécontent.

– Elle est souvent ronchon à cette heure-ci, expliqua le coiffeur.

Avec ce qu'ils avaient vu passer comme potiches, écuelles, bols, brocs en tout genre, ils auraient eu de quoi ouvrir une auberge. Lassé à son tour, Léonard rassembla ses achats et laissa le policier s'obstiner une heure de plus. Deux ou trois péquins se présentèrent avec des flûtes en os et des peaux tannées plus ou moins puantes que Flandard s'abstint d'examiner de près. Il se débarrassait des intrus en leur abandonnant quelques pièces qui furent reçues comme un cadeau du ciel. Lorsqu'il fut fatigué qu'on lui demande de tâter des chaussons en peau de buffle et de souffler dans des instruments de musique en forme de légumes, il se résigna à abandonner le commerce de l'artisanat sioux et laissa le marchand fermer sa boutique.

Il était sur le point de se lever de sa chaise quand se présenta une femme au visage dissimulé sous une voilette. Comme elle faisait mine de regarder les étagères garnies de babioles poussiéreuses, l'antiquaire la prévint qu'il allait fermer.

– Yé apporté quelque chose à vendre, dit l'inconnue, qui s'exprimait avec un infime soupçon d'accent ibérique. Vous achétez vrément lés artefacts fabriqués en Amérique ?

Flandard leva les yeux sur son interlocutrice. Elle était coiffée d'un énorme bonnet à la mode du moment, qu'elle avait recouvert d'un voile de tulle comme en aurait porté une veuve.

– Ça dépend, répondit-il. Je ne considère pas comme artefacts les dépouilles d'animaux à poils, à plumes ou à écailles, si biscornus soient-ils. Et je n'achète en aucun cas de poteries peintes de motifs traditionnels !

La visiteuse ouvrit son sac à ouvrage et en retira un objet oblong enveloppé dans du papier de soie.

C'était un éventail en os gravé de scènes de chasse. Chardebert Flandard le lui emprunta pour l'examiner de l'œil d'un chercheur d'or qui a pêché une pépite dans le Río Grande.

– Il est à vous ? D'où le tenez-vous ? En quoi est-il ?

Sa façon de traiter la clientèle tenait moins de l'antiquaire émerveillé par l'ingéniosité humaine que du policier payé pour réprimer les excès de ladite ingéniosité.

– Yé lé tiens d'un ami, yé lé dirais en os dé gros animal à cornes.

Flandard considéra la propriétaire de l'éventail avec un léger plissement des lèvres : le ravissement lui arrachait un rictus qui, chez lui, était ce qui s'approchait le plus d'un sourire.

– Vous voilà enfin ! Vous êtes notre providence !

– Yé ne souis pas votré Providence, mon pétit nom cé Carmen.

– Madame, sachez qu'il est en votre pouvoir de sauver un homme !

Il lui exposa la situation : cet éventail prouvait qu'elle avait passé une journée en compagnie d'un inconnu qui l'avait promenée dans tout Paris jusqu'au milieu de la nuit.

– Pas du tout, monsieur, cé n'é pas mon yenre.

Inutile de nier, il savait tout ! Elle allait éviter un sort funeste à un malheureux injustement accusé d'un crime qu'il n'avait pas commis.

– Et pour mon éventail, vous m'en offrez combien ? demanda la sauveuse.

Elle n'avait pas l'air de comprendre. Il lui répéta qu'elle était le témoin clé d'une affaire de meurtre.

– Yé bien compris cé qué vous dites, mais vous vous trompez : yé né souis pas oune fille facile qui traîne avec dé zhommes !

– Madame, personne ne vous accuse. Vous tenez une vie entre vos mains !

– Yé tiens aussi ma réputationne ! Cé plous précieux !

– Vous m'embêtez avec votre réputationne ! Je vous dis que vous allez sauver une vie, que vous le vouliez ou non !

Comme il prétendait l'emmener de force témoigner devant ses supérieurs, la dame lui arracha son éventail des mains et se sauva dans la rue à petits pas, aussi vivement que sa robe le lui permettait. Il l'eut bientôt rattrapée, lui saisit le poignet et lui cria dans le bonnet qu'elle allait accomplir son devoir de gré ou de force. La personne sous la voilette lui ordonna de la laisser en paix, mais l'étau de la justice la tenait fermement.

Des éclairs zébrèrent le ciel, une pluie fine commençait à tomber, un orage ne tarderait pas à s'abattre sur eux. D'un geste autoritaire, Flandard arrêta un fiacre au fond duquel il la poussa sans ménagements. Il n'aimait pas voir les témoins se rebeller. La méthode qu'il avait mise au point contre les délinquants s'appliquait à toutes les sortes de récalcitrants. Quand elle fut assise sur sa banquette, il remit une pièce au cocher et la voiture s'ébranla.

Quand ils eurent roulé pendant un quart d'heure, les maisons se firent plus rares.

– Il é dans lé faubourgs, lé fief dé la police ? s'étonna la dame à l'éventail. Cé né pas très central !

Le fiacre les déposa dans le bois de Boulogne et les y laissa.

– Qué ça veut dire ? demanda l'inconnue.

Pour toute réponse, Chardebert Flandard lui assena sur la tête un violent coup de canne qui fut heureusement totalement amorti par l'énorme bonnet.

– Je suis navré, dit-il, vous ne me laissez pas le choix !

Elle fit plusieurs sauts en arrière pour éviter le bâton, mais l'exempt était plus grand qu'elle et avait de longs bras. Un coup qu'elle ne put éviter envoya voler bonnet et voilette.

– Vous ? dit-il en reconnaissant la modiste.

– La police est là, tout près, dit Rose en désignant le bois, vous êtes cerné ! C'est la fin, Flandard !

Rien ne bougea autour d'eux, on n'entendait que la pluie qui tombait de plus en plus drue sur le feuillage.

– Flandard, c'est la roue qui t'attend ! dit la modiste avec le plus de conviction possible.

– Qu'elle attende, répondit l'homme à la canne.

Rose constata une fois de plus qu'elle ne pouvait décidément compter que sur ses propres facultés de survie. Elle releva ses jupes et se sauva aussi vite qu'elle le pouvait, poursuivie par l'assassin. Les intempéries les mettaient à peu près à égalité : ils pataugeaient tous deux dans la boue, recevaient les branches basses dans la figure et se voyaient alourdis par leurs vêtements trempés. Elle abordait l'orée d'une clairière quand elle aperçut des formes à la lueur d'un éclair. Un petit groupe d'hommes s'abritait sous des parapluies. Elle fonça de ce côté.

Benjamin Franklin profitait de ce bel orage pour faire une démonstration de ses découvertes en électricité. Il avait lancé un cerf-volant vers les nuages. L'objet de papier était relié à une corde dont une extrémité avait été plantée dans le sol. En voulant courir vers eux, Rose se prit les pieds dedans et tomba dans l'herbe humide.

Flandard ne semblait pas avoir vu les savants, qui étaient de toute façon trop loin pour l'identifier. En revanche, il avisa la corde qui descendait du ciel et l'estima parfaitement adéquate pour étrangler sa victime.

– N'y touchez pas ! cria Benjamin Franklin, dont la voix fut couverte par le tonnerre.

Flandard tirait sur le fil pour avoir de la longueur lorsque l'éclair frappa le cerf-volant. Sa lumière descendit le filin jusqu'au policier, qui s'illumina un instant avant de tomber au sol dans une odeur de cochon grillé. Les savants accoururent.

– Ce malheureux a été électrocuté, dit Benjamin Franklin.

– Chez nous, dit Rose, nous appelons cela la « justice immanente ».

Un cri retentit à l'autre bout de la clairière.

– Flandard ! Tu es fait !

C'était la police venue protéger Rose, mais qui s'était égarée en route à cause de la pluie. Ils virent que non seulement Flandard était fait, mais qu'il était flambé.

– Vous venez de griller le plus grand traité secret de la diplomatie française, dit Rose à Benjamin Franklin en guise de remerciement pour lui avoir sauvé la vie.

– Il n'y a pas de quoi, répondit l'Américain.

Elle se pencha sur le mort et glissa la main dans ses poches.

– C'est votre manière d'honorer les morts ? dit le lieutenant général Lenoir qui venait de la rejoindre.

– C'est ma manière d'empêcher d'autres décès de survenir, dit la modiste.

Léonard l'attendait dans la voiture qui devait la ramener à Paris. Il avait prévu quelques serviettes sèches. Tandis qu'elle s'épongeait, elle expliqua au lieutenant général comment elle en était venue à soupçonner Flandard de se prêter à un double-jeu. A bien y réfléchir, il y avait quelque chose de bizarre dans cette hécatombe de témoins qui mouraient dès qu'on leur mettait la main dessus. La serveuse du salon de thé, le chanteur des Variétés, la baronne… Les enquêteurs s'étaient crus suivis par un mystérieux assassin, mais n'était-il pas plus logique de considérer qu'il y avait un traître parmi eux ?

– Pouvez-vous nous en dire plus ? demanda Lenoir.

– Atchoum ! fit Rose.

On s'arrêta près d'une guérite d'où s'échappait de la vapeur. A l'intérieur, une femme vendait de la soupe et du vin chaud.

Quand la modiste se fut réchauffée, elle reconstitua le déroulement des faits. En tant que policier chargé de la surveillance des voyageurs, Chardebert Flandard était à portée de surprendre des secrets diplomatiques, puisque la plupart des étrangers fortunés servaient, au mieux, de correspondants au profit de leurs pays respectifs, et, au pire, d'espions. Leur estomac se convertissait à la gastronomie parisienne, mais leur cœur restait prussien, russe ou portugais. Lassé de gagner des clopinettes pour empêcher les secrets français de filer à l'anglaise, Flandard avait fini par céder à l'appât du gain. Ayant appris que le traité que détenait Silas Deane valait de l'or, il avait guetté le moment de s'en emparer. C'était lui la brute à laquelle Silas Deane avait échappé. Après l'agression manquée, Flandard l'avait vu entrer chez Bancroft, puis tout le monde avait quitté la maison. Il avait suivi Bancroft toute la journée en attendant l'occasion de lui voler sa clé. Pendant que l'Américain et sa belle amie assistaient au spectacle des Variétés amusantes, il avait pris le manteau de Bancroft au vestiaire en prétendant que c'était le sien, qui était très semblable. A l'aide de la clé, il s'était introduit dans la maison pour tuer Deane et dérober les documents, puis il avait rapporté le manteau avant la fin de la représentation. Quelques jours plus tard, il s'était proposé pour aider à identifier les témoins. Cela lui avait permis de les éliminer. Tant que Bancroft n'était pas disculpé, la police restait obnubilée par lui, et Flandard n'était pas inquiété : c'était le crime parfait. Normalement, le policier affecté à la surveillance des Américains aurait dû être l'un des premiers soupçonnés : il était bien placé pour connaître l'existence du traité, il avait un mobile, et, surtout, il avait eu l'occasion de frapper. Flandard avait donc fait en sorte qu'on ne retrouve jamais la dame au chapeau qui aurait innocenté Bancroft. Quitte à courir de meurtre en meurtre.

– Il avait acheté le silence de la serveuse du salon de thé, probablement celui le cocher du fiacre pour Longchamp, de même que celui du chanteur des Variétés amusantes. Quand nous les avons retrouvés, il a estourbi tous ceux qu'il a pu. Il a poussé la serveuse sous un attelage, il a assommé le mendiant qui avait remarqué le chapeau, il a tiré sur le chanteur et empoisonné la baronne de Beauplas.

– N'aurait-il pas été plus simple de s'en prendre directement à l'inconnue ? dit le lieutenant général.

– Oui, dit Rose, mais Flandard s'est vu frappé de la même malédiction que Bancroft : c'est la seule dont il n'a jamais pu retrouver la trace !

Le lieutenant général déposa Rose et Léonard au Grand Mogol, qui était fermé. La modiste monta dans son logement pour se changer tandis que le coiffeur lui préparait une tasse d'un liquide chaud. Après avoir séché sa chevelure, elle s'efforça de refaire son chignon. Il lui tendit sa tasse de tisane et s'empara du peigne.

– Il y a une chose que je ne comprends pas, dit-il en s'occupant de sa toison que l'humidité avait bouclée. Comment Flandard a-t-il pu tuer la baronne sous mes yeux sans que je m'en aperçoive ?

– Je pense qu'il a empoisonné sa chicorée juste avant que vous ne partiez chercher de quoi la payer, répondit Rose. Il a écrit un second billet dans votre salon de coiffure pendant que vous preniez votre argent dans cette bille de bois creux qui vous sert de coffre-fort.

– Comment savez-vous…

– Depuis que je vous fréquente, je suis devenue experte en têtes vides. A votre retour chez Mme de Beauplas, Flandard a interverti les deux billets alors que vous étiez trop choqué pour faire attention. N'a-t-il pas fouillé le cadavre ?

Léonard s'en souvint, c'était exact. L'exempt avait brandi une fiole qu'il prétendait avoir trouvé sur la morte. Il devait la sortir de sa propre poche.

Rose lui montra le billet qu'elle avait pris dans le manteau de Flandard après qu'il avait été grillé par l'éclair.

– Voilà la véritable adresse de la personne à qui Mme de Beauplas a offert sa copie du chapeau !

Léonard contempla le bout de papier avec de grands yeux.

– Alors là, chapeau !

Quand elle fut rhabillée de pied en cap, ils se rendirent à l'adresse indiquée. Des policiers grouillaient partout. Comment ces hommes avaient-ils pu les devancer ? Ils étaient en train de mettre le logement sens dessus dessous. Une servante assistait au carnage depuis la rue, la mine catastrophée, en se tamponnant les yeux avec un coin de son tablier. Rose lui demanda qui habitait là.

– C'est mon maître. Ils disent qu'il est mort !

– Et comment s'appelle-t-il, votre maître ?

– M. Flandard.

Comment était-ce possible ? C'était donc l'exempt corrompu qui avait acheté le chapeau ?

– Je vous assure que la dame qui a amusé Bancroft toute la journée n'avait pas de moustache ! dit Léonard.

Les policiers étaient venus saisir le traité que leur collègue avait volé à Silas Deane. Ils s'agitèrent un bon moment avant de s'en retourner bredouille, quoique chargés d'une caisse de papiers dont, vu leur mine, aucun des documents qu'elle contenait ne ressemblait à un traité d'alliance international.

Rose et Léonard suivirent la servante à l'intérieur au prétexte de l'aider à ranger. Quand on a du retard sur la concurrence, il ne reste plus qu'à se montrer malin. Au reste, il n'y avait plus rien à prendre ni à casser, tout était par terre.

– Pas question que je nettoie ça ! dit la domestique. Je prends mes frusques et je rentre à Saint-Jean-Pied-de-Port !

Ils eurent beau faire appel aux ressources de leur intelligence, ils ne dénichèrent pas de traité dans les débris qui jonchaient les parquets ; ni derrière les gravures décrochées des murs, ni dans les matelas éventrés, ni dans le contenu des tiroirs éparpillé. Tandis qu'ils fouillaient, la servante s'en fut, deux gros paquets de hardes sur le dos.

Ils se laissèrent tomber dans les fauteuils. Quelque chose leur avait échappé dans tout cela. Flandard ne s'était sûrement pas déguisé en Espagnole pour se promener à Longchamp avec Bancroft. Alors pourquoi la baronne avait-elle inscrit son adresse sur ce bout de papier ? Fallait-il s'intéresser aux autres habitants de la maison ?

Ils firent le tour des étages sans rencontrer personne qui ressemblât à une grande Espagnole vêtue à la dernière mode copiée sur les productions de Mlle Bertin.

– Ça ne peut tout de même pas être la vieille du second ou la gamine du quatrième ! dit Rose. Pourquoi pas une cuisinière, tant qu'on y est ! Ou une… une…

Elle avait compris avant même de prononcer le mot.

– Une servante ! s'écria Léonard.

Ils avaient bien vu une grande jeune femme quitter cette maison, mais n'y avait pas pris garde ! Ils filèrent dans le logement de la domestique, dont la chambre était située derrière la cuisine. Cette femme était si pressée de filer qu'elle avait abandonné certaines de ses affaires. Dans un placard pendait une collection de chemises brodées et de culottes à volants hors de prix.

Soit elle avait été la complice de Flandard dans l'assassinat de Silas Deane, soit elle s'était fait engager par le policier comme servante pour mieux le doubler. Dans les deux cas, elle s'était enfuie avec le traité d'alliance ! Comment auraient-ils pu reconnaître dans cette souillon la dame élégante qui avait hypnotisé Bancroft pendant qu'on trucidait son compatriote ?

Ils découvrirent sous le sommier un billet de Mme de Beauplas qui conviait une « Mme de Castro » à dîner. Il y avait dans le bas de la penderie un carton à chapeau vide imprimé au nom du Grand

Mogol, comme si la fugitive le leur avait laissé en souvenir.

– *Hija de puta !* s'exclama Rose.

– Tiens, vous pratiquez l'espagnol ? dit Léonard.

– Je suis capable de négocier des contrats dans toutes les langues.

– Je vois, dit-il en refermant la boîte. Gardez cet emballage, vous pourrez y ranger le chapeau que vous porterez à l'enterrement de nos espoirs déçus.

22
La diplomatie de la culotte

Maintenant qu'ils avaient tout raté, Léonard suggéra de faire le point sur leur catastrophique enquête.

– Mieux vaut relever la tête que baisser les bras.

– Oui, c'est cela, dit Rose : réfléchissons pour déterminer à quel point nous nous sommes fait avoir.

La question était : avaient-ils été floués par une servante qui se faisait passer pour une dame espagnole, ou par une Espagnole déguisée en servante ? Rose penchait pour une espionne ibérique.

– Ce sont les pires ! Elles vous enjôlent en dansant le fandango ! Elles s'appellent toutes Carmen !

Léonard était d'avis d'alerter les autorités. On fouillerait tous les étrangers aux frontières pour les empêcher d'exporter des documents diplomatiques.

– Quelle merveilleuse idée, dit Rose. Alors je résume : pour commencer, nous nous humilions devant l'administration française au complet en déclarant que nous avons pataugé dans la semoule depuis le début – bien heureux si on ne nous jette pas en forteresse ! Puis des messagers seront envoyés aux frontières, en espérant qu'ils iront plus vite que la fuyarde. Les douaniers redoubleront de vigilance pendant une semaine. Quand ils auront retenu illégalement des gens importants et que le royaume se sera fâché avec ses voisins, la mesure sera abandonnée, et pour se justifier les ministres nous jetteront en forteresse si nous n'y sommes pas déjà.

Présenté de cette manière, leur avenir sentait la paille pourrie et les crottes de souris.

Rose fit marcher ce qu'elle avait sous le bonnet, qui fonctionnait tellement mieux que ce que le coiffeur avait sous sa perruque. La servante de Chardebert serait sûrement pressée d'emporter le traité hors de France pour le négocier au meilleur prix. Cette sorte de denrée se périmait vite. Une question tarabustait la modiste : pourquoi l'espionne n'était-elle pas déjà partie ? Peut-être parce qu'elle n'avait pas encore eu l'occasion de voler ce document à Flandard. Ou bien, étant sa complice, elle n'avait fui qu'après avoir appris qu'il était mort. Ou bien… N'était-ce pas parce que le moyen prévu pour envoyer ces documents chez le commanditaire ne pouvait être prêt avant maintenant ?

Elle eut soudain une illumination. L'espionne allait faire passer le document à l'étranger par un moyen détourné mais imparable. Et Rose était à peu près certaine de savoir lequel. Elle se rappelait ce qu'ils avaient entendu chez la reine. M. de Beaumarchais préparait en grand secret un transfert de fournitures pour nos troupes stationnées aux Amériques. Il armait un navire qui allait quitter la France en direction de l'Espagne, chargé de caisses pleines de marchandises innocentes sous lesquelles seraient cachées les bottes et les culottes neuves dont nos soldats avaient besoin pour survivre aux marais de la Caroline. Une fois le navire dans un port espagnol, ces fournitures seraient transbordées dans un bateau sous pavillon espagnol qui rejoindrait l'Amérique à la barbe des Anglais…

– Par quel miracle prétendez-vous deviner ce qu'elle compte faire ? dit Léonard.

– Parce que je sais comment je m'y prendrais si j'étais moi-même une femme sans scrupule, une scélérate, une rouée à qui nul ne peut faire confiance !

Léonard hocha la tête. L'argument était indiscutable. La modiste était parfaitement qualifiée.

– Je me fie entièrement à vous ! répondit-il.

Ils sautèrent dans la diligence de Bretagne pour rejoindre le port de Landerneau d'où devait partir le bateau affrété par M. de Beaumarchais. Rose avait choisi sa tenue en l'honneur de la marine royale, son bonnet bleu était orné d'une ancre et le reste de ses vêtements était tout en rayures bleues et blanches.

– Vous savez vous fondre dans tous les milieux, dit Léonard.

Après les étapes de Chartres, du Mans et de Rennes, ils parvinrent à destination avec l'impression d'avoir filé à la vitesse d'une comète. Quatre jours seulement pour rallier le fin fond de l'Armorique ! Ils en restaient presque étourdis. Et si leur voiture n'avait pas brisé un essieu entre Trémorel et Merdrignac, ils auraient pu arriver quatre heures plus tôt !

Rose posa le pied sur cette terre bretonne, la tête pleine de grandes résolutions.

– Croyez-moi, nous allons faire du bruit dans Landerneau !

Ils coururent au port. Rose avisa un natif du cru qui réparait son filet.

– Où qu'il est, le bateau à M. de Beaumarchais ? lui lança-t-elle.

– Le Biaumarchois ? C'estoit çui-là, ma bonne dame ! Presty-vous, y zattendions la marée qu'a va monter !

– C'est celui-ci, hâtons-nous, ils vont appareiller ! traduisit-elle pour le coiffeur.

– Vous avez décidément le don des langues, dit Léonard. Vous gâchez vos talents dans le commerce du chiffon.

– Quand nous rentrerons, il faudra vraiment vous faire exorciser, dit la modiste. On ne peut plus discerner vos compliments de vos insultes.

Des portefaix finissaient de remplir les cales du *Figaro*, qui serait bientôt paré pour voguer vers Cadix, le grand port commercial d'Andalousie. Les voyageurs empruntèrent la passerelle et interpellèrent le capitaine.

– Nous venons inspecter les culottes ! dit Rose.

– Madame, vous arrivez bien tard. Hier soir, dans les auberges du port, je ne dis pas. Mais à présent l'heure est à prendre la mer, pas aux frivolités !

Sans chercher à déterminer ce que ce goujat avait pu comprendre, la modiste agita sous son nez le document par lequel la reine ordonnait à quiconque de lui obéir.

– Nous sommes la brigade secrète de Sa Majesté !

– La brigade des culottes ? dit le capitaine.

Ils descendirent l'échelle qui menait aux ponts inférieurs.

– Montrez-moi les culottes des Insurgents ! ordonna Rose aux matelots qui entassaient la cargaison.

Il fallut dégager les bouteilles de chouchen qui servaient d'alibi pour faire transiter le ravitaillement illicite par l'Espagne.

Les ballots du dessous contenaient tout ce dont les soldats français avaient besoin pour éviter de se ruiner chez les colons américains : sous-vêtements, chemises, bas, souliers, boucles de ceinture et ainsi de suite.

– On a l'impression que ce bateau part approvisionner un magasin général, dit Léonard.

– Avez-vous vu des cartons à chapeaux de femme ? demanda la modiste.

Le capitaine s'étonna.

– Le gouvernement français enverrait des chapeaux de femmes à nos soldats ?

Il n'y avait rien de tel parmi les chaussettes et les bonnets de nuit à pompons que la France expédiait à ses fiers combattants.

Rose réfléchit.

– Il faut chercher dans les caisses du dessus ! Nous sommes allés trop profond !

A la troisième qu'ils ouvrirent, ils découvrirent un chapeau coincé entre les bouteilles d'alcool.

– Euréka ! dit Léonard en brandissant l'objet.

C'était un superbe bonnet rouge et noir orné d'un aigle à tête blanche. Rose défit la doublure et en retira quatre pages couvertes de sceaux et de signatures. L'espionne avait dissimulé le document de manière à ce qu'il soit récupéré par ses complices à l'étape de Cadix, lors de la livraison du chouchen.

Le capitaine contemplait avec des yeux ébahis le traité que la modiste venait de sortir de son chapeau. Il demanda ce que c'était.

– Une alliance contre l'Angleterre, répondit Léonard.

– Chut donc ! dit Rose. Vous divulguez un secret d'Etat !

– Ce n’est pas que c’est un secret, dit le coiffeur, c’est juste qu’il ne faut pas le dire. Qui était le destinataire, à votre avis ?

– Le gouvernement espagnol, bien sûr.

– Voyons, madame ! s’écria le capitaine. Jamais un gouvernement ne tremperait dans une manipulation illégale et amorale !

Le coiffeur leva les yeux au ciel et la modiste haussa les épaules. Cet homme n’était jamais allé à Versailles. A force de passer sa vie en mer, il confondait le code de politesse des mérous et des albatros avec les coutumes de la faune qui occupait le sommet de la chaîne alimentaire et de l’Etat.

23
Dernier fandango à Paris

Son Excellence Pedro Abarca de Bolea, comte d'Aranda, se rendit à Versailles pour une audience avec le ministre des Affaires étrangères. Il représentait son suzerain, Charles III de Bourbon, roi d'Espagne. Louis XVI et Charles III étaient cousins : le père de Charles et l'arrière-grand-père de Louis étaient frères. Mais c'était en un autre siècle, beaucoup d'eau avait coulé depuis lors sous les ponts du Guadalquivir.

Après une brillante et longue carrière comme président du conseil de Castille, le comte d'Aranda avait été nommé à Paris pour récompenser son dévouement au service de Sa Majesté très catholique. A l'âge de soixante ans, il n'avait aucune intention de passer les années qui lui restaient à nettoyer les écuries d'Augias de la diplomatie espagnole. Son programme d'ambassadeur tenait un peu de mots : vins fins, opéra et petites femmes. Ce programme ne contenait pas la mention « se faire laver les oreilles au savon noir par des autorités françaises mécontentes ».

Aussi fut-il agréablement surpris de voir la reine en personne assister à l'entretien que lui accordait M. de Vergennes. Marie-Antoinette portait une robe à la polonaise de chez Mlle Bertin avec manches en sabot et ailes bouffantes, ce que l'ambassadeur prit pour un effort de toilette en son honneur, mais qui n'était que sa tenue du mardi après-midi. Les deux hommes restèrent debout tandis que la reine était assise. D'Aranda profita de l'occasion pour lui présenter ses compliments.

– Cette rougeole n'a pas laissé la moindre marque de fatigue sur le visage de Votre Majesté.

– Le remède tient en trois mots, M. l'ambassadeur, répondit la rescapée : du repos, du repos, du repos.

Puis elle lui demanda s'il ne prévoyait pas de donner un bal espagnol à l'ambassade.

D'Aranda ne s'attendait pas à ce que le ministre évoque des questions sérieuses en présence de la reine, il fut étonné d'entendre Vergennes lui demander des nouvelles de la politique espagnole. L'ambassadeur exposa le plan qu'il avait proposé à son souverain. Il s'agissait de réformer la structure politique de l'Amérique du sud. Charles III n'aurait conservé que Cuba et Porto Rico, le reste étant découpé en trois royaumes confiés à des infants. Ces trois monarques auraient payé tribu à l'Espagne : celui de Nouvelle-Espagne[17] en barres

[17] Mexique.

d'argent ; celui de Terre-Ferme[18] en épices et en tabac ; celui du Pérou en lingots d'or. Peut-être éviterait-on ainsi à ces territoires de connaître des remous similaires à ceux qui agitaient les colonies d'Amérique du nord. En attendant, l'Espagne voulait bien soutenir la France contre l'Angleterre au moyen de ses navires de guerre.

– C'est tout ? demanda Vergennes.

– Il est inutile de nous appesantir sur les détails, répondit l'ambassadeur.

Vergennes avait sous les yeux la liste des exigences espagnoles que l'ambassadeur qualifiait de détails. Charles III voulait que Louis XVI l'aide à reprendre aux Anglais la Floride, l'île de Minorque, Gibraltar, et à débarquer sur l'île de Wight. L'heure était venue d'obliger l'Espagne à rabaisser son caquet.

– A propos d'alliance, dit Marie-Antoinette, votre souverain compte-t-il ratifier bientôt le traité de la Ligue des Neutres ?

– La Ligue des Neutres ? répéta l'ambassadeur, surpris.

– Peut-être Charles III attend-il de recevoir l'exemplaire qui nous avait été dérobé, dit M. de Vergennes.

---

[18] Colombie et Venezuela.

Le comte d'Aranda fit la moue.

– La couronne d'Espagne n'est pas responsable des papiers qui s'égarent en France.

– Je me suis laissé dire, reprit la reine, que ce traité avait été retrouvé sur un navire en partance pour l'Espagne, où il avait été déposé par une espionne espagnole, caché dans un chapeau que cette femme avait utilisé pour tromper un Américain.

Son Excellence d'Aranda n'était pas homme à se troubler pour une histoire de chapeau.

– La femme dont vous parlez peut être une espionne, rétorqua-t-il, elle peut être espagnole, ça n'en fait pas une espionne au service de l'Espagne. Mon pays a toujours refusé d'utiliser des procédés déshonorants.

« Ce doit être pour ça que leur diplomatie boit le potage depuis la bataille de Lépante », se dit le ministre. La reine se tourna lui.

– M. de Vergennes, je ne peux croire que la Couronne espagnole ait songé à faire capoter la guerre d'indépendance américaine pour préserver ses propres colonies.

– Madame, dit Vergennes, loin de moi l'idée que les Espagnols aient eu l'intention de couler la Ligue des Neutres avant d'être contraints d'y adhérer. Jamais ils ne joueraient contre leur camp pour préserver leurs intérêts coloniaux. N'est-pas, monsieur le comte ?

Le comte d'Aranda était plus figé que la statue d'Isabelle la Catholique sur la grand-place de Séville. Un silence pesant tomba sur la pièce tandis que la reine et le ministre regardaient l'ambassadeur pétrifié.

– Il se peut que le Conseil de Madrid ait voulu consulter ces documents dans un but de clarification. Jamais il n'a été question de divulguer ces informations auprès de l'Angleterre.

– Ah, ouf, dit Vergennes. C'est bien que vous nous disiez cela. Nous nous apprêtions justement à envoyer le récit circonstancié de cette affaire aux cours d'Europe signataires du traité. « Dans un but de clarification ».

L'ambassadeur sembla pris au dépourvu.

– Je ne crois pas que cela soit nécessaire, articula-t-il péniblement. Nos deux nations sont amies.

– Comme l'a fort bien dit un auteur anglais, dit Vergennes, un Etat n'a que des intérêts, pas des amis.

– Pour balayer tout malentendu, dit D'Aranda, je suis certain que mon souverain sera heureux d'adhérer la Ligue des Neutres.

Il n'en était pas à crier « Vive l'indépendance de l'Amérique ! », mais on avançait.

– Il va néanmoins falloir que la France fasse un geste, prévint-il, sans quoi je ne serai pas en mesure de soutenir cette proposition depuis la geôle où l'on m'aura jeté.

– Hélas, je ne vois pas ce que nous pourrions vous offrir…

– Vous essayez de me faire danser ! protesta D'Aranda.

– J'ai toujours voulu apprendre le fandango[19], M. l'ambassadeur.

C'était à Marie-Antoinette de jouer les diplomates.

– M. de Vergennes, cédez, je vous en prie. Au nom de l'amitié entre nos deux grandes nations !

Vergennes poussa un soupir.

– La France accepte bien volontiers de faire un pas pour préserver l'alliance espagnole.

Le comte d'Aranda respira.

– En remerciement de l'adhésion de l'Espagne à la Ligue des Neutres, annonça Vergennes, la France l'aidera à repeupler sa Louisiane afin de la préserver

---

[19] Danse andalouse pour deux hommes et castagnettes.

de l'affluence des colons britanniques. Nous y enverrons les derniers Acadiens réfugiés dans notre royaume. Sept navires partiront de Nantes pour la Nouvelle-Orléans. Vous n'aurez qu'à nous payer les frais de transports en doublons d'or.

L'ambassadeur réfléchit. Ce n'était pas la solution rêvée, mais, avec un peu d'habileté, il arriverait bien à la présenter à Madrid comme une victoire.

Vergennes jubilait. Et voilà comment on se débarrassait à peu de frais de mille cinq cents Acadiens qui n'avaient jamais pu s'assimiler.

De son côté, le comte d'Aranda ne doutait pas que son pays ne profite de la défaite britannique en Amérique pour reprendre aux Anglais la Floride et l'île de Minorque.

– Avec un peu de chance, nous récupérerons même Gibraltar ! conclut-il.

– Je vous déconseille de vous y frotter, dit Vergennes. Gibraltar, c'est tout petit, mais très escarpé.

Charles III s'en fichait. Tout monarque espagnol avait le devoir d'essayer.

– Nous ne pouvons tolérer cette verrue anglaise dans le royaume d'Espagne. Que diriez-vous si nous vous prenions Biarritz ?

– Oh, mais, cher ami, nous vous la laisserions avec joie, dit le ministre.

– J'en parlerai à mon mari, promit Marie-Antoinette.

– Je pensais qu'elle était déjà à vous, dit Vergennes, les gens de là-bas ont un drôle d'accent.

Quand l'ambassadeur se fut retiré, Vergennes remercia la reine pour son soutien à la politique américaine de la française.

– Oh, ce n'est rien, dit Marie-Antoinette, j'ai là-bas un ami à qui je tiens. Je ne voudrais pas qu'il se retrouve isolé au milieu des Iroquois. Je souhaite qu'il rentre à Versailles couvert de gloire, pas couvert de boue.

« A quoi tient la politique internationale », se dit le ministre en s'inclinant dans le dos de la reine qui s'en allait.

Il ouvrit une autre porte. Benjamin Franklin attendait dans le cabinet contigu. En plus d'avoir inventé le paratonnerre, ce brillant Américain avait créé la première compagnie de sapeurs pompiers de son pays : il était parfait pour éviter les catastrophes. Il avait sous le bras son fameux cerf-volant et proposait d'installer un de ses paratonnerres sur le toit du château.

– Pour quoi faire ? demanda le ministre.

– Pour attirer la foudre.

– Vous voulez faire tomber la foudre sur Versailles ? Croyez-vous que nous n'avons pas assez des encyclopédistes ?

Le ministre des Affaires étrangères avait une nouvelle à lui annoncer.

– Cher ami, la foudre n'est pas tombée loin de vos Etats-Unis.

La France avait sauvé de haute lutte les intérêts américains. Benjamin Franklin lui prit les deux mains et les serra dans les siennes.

– Merci, merci, c'est mon pays tout entier qui vous remercie par ma bouche !

– On ne fait pas appel en vain à la France, elle est toujours prête à défendre les faibles contre l'hégémonie des puissants !

« Des puissants adversaires de la France », compléta en lui-même le ministre.

Il conseillait au Congrès de Philadelphie de garantir aux Espagnols que les Etats-Uniens n'avaient aucunes vues sur les possessions espagnoles telles que la Floride, le Texas, le Nouveau Mexique et la Louisiane.

– Oh, dit Franklin, tout cela est bien vaste et bien loin ! Notre priorité sera de développer nos treize états de la côte est. C'est petit mais c'est chez nous.

Bien sûr, une fois ce développement accompli, les vastes territoires du sud leur paraîtraient à portée de main, surtout si cette main tenait un fusil.

Voyant Franklin bien disposé, Vergennes demanda s'il ne serait pas possible que les Insurgents offre la Louisiane à la France en remerciement, ne serait-ce que pour l'aider à couvrir ses frais. L'émissaire du Congrès lui serra de nouveau les mains.

– Non, répondit-il, mais nous avons de grands projets pour vous montrer notre gratitude.

Vergennes s'attendit à recevoir des territoires vierges dans une autre partie de ce continent.

– Vous savez peut-être que l'un de nos treize Etats se nomme le Vermont, dit Franklin.

– Je l'ignorais, dit le ministre. Quel joli nom ! Tout un programme ! Et vous n'en voulez plus ?

Une ville du Vermont avait décidé de se rebaptiser du nom de « Vergennes ».

– Ce n'est pas encore très grand, dit Franklin, mais il y a déjà une église, et une belle rivière coule tout près. C'est très boisé.

Vergennes le pria de garder le secret sur cette charmante attention. Il ne se voyait pas expliquer au ministre des Finances que les Français allaient devoir se payer d'honneurs. Il se demanda avec inquiétude combien de cités américaines avaient l'intention de se rebaptiser du nom de « La Fayette »[20].

[20] Une cinquantaine de villes du continent nord-américain portent aujourd'hui les noms de Lafayette, Fayette ou Fayetteville.

24
Tout va très bien, madame la marquise

Bancroft fit un saut au Grand Mogol pour remercier ses sauveurs. Ses malles étaient parties pour les Amériques. Grâce à Rose et à Léonard, il allait pouvoir les suivre.

Rose s'était inspirée de l'artisanat indien pour créer une mode nouvelle, avec coiffes de plumes dressées sur la tête et broderies multicolores. La clientèle allait se l'arracher.

– C'est sioux, expliqua-t-elle.

– C'est même très sioux[21], dit Léonard.

Bancroft avait un petit cadeau pour le coiffeur : une veste en peau de bison issue de l'artisanat huron, avec des breloques en os pendues partout.

Une fois l'Américain parti, Léonard se demanda ce qu'il allait pouvoir faire de cette horreur.

– Je suis désolé qu'il vous ait oubliée, dit-il à Rose. Voulez-vous du bison d'artisanat local ?

– Non merci, répondit la modiste, je préfère les visons.

Elle avait signé un juteux contrat commercial avec une société de trappeurs représentée par Aaron Bancroft, on allait lui envoyer toutes sortes de

[21] Ingénieux (prononcer « sioukse »).

fourrures pour parer ses robes : du castor, du ragondin, du rat musqué, de la loutre…

– En attendant, veuillez éloigner cette chose malodorante, dit-elle au coiffeur. Je me donne assez de mal pour parfumer mon magasin avec des pots-pourris.

Elle avait elle aussi un cadeau à son intention : un bonnet créé tout spécialement pour lui.

– Comme j'ai vu que vous aimiez porter mes créations…

– Un chapeau « à la Léonard » ! s'écria-t-il.

– Oui, enfin, je l'ai intitulé « à l'abruti », mais vous pouvez le rebaptiser.

Elle l'avait décoré de ciseaux, d'un peigne, de tresses en cheveux et d'une poire à poudre. Quand il cessa de s'admirer devant la glace, elle appuya sur le peigne accroché à l'arrière et des oreilles d'âne se déployèrent.

– Il n'y a vraiment que vous pour créer ces coiffures, dit Léonard. Vous êtes la reine des poufs.

– Allons, dit Rose, vous trouverez bien d'autres poufs à votre goût.

– Non, non. Quand je pense « pouf » je n'ai que vous à l'esprit.

Il n'avait pas l'air guéri du sortilège. C'était accablant.

– Mon cher, vous devez absolument cesser de boire n'importe quoi dans n'importe quelle tasse.

– Je vous assure que je suis sobre.

Ce n'était pas à du vin qu'elle faisait allusion. Elle se décida à lui parler du thé destiné à séduire un autre monsieur et qu'il avait ingurgité par accident, comme un imbécile qu'il était.

Il feignit la surprise.

– Vous ? Un philtre d'amour ? A l'époque des Lumières ?

– Il reste encore des zones d'ombre, plaida la modiste.

Il adopta l'expression de Hamlet comprenant que certaines personnes sont capables de vous verser du poison dans l'oreille.

– Mais pourquoi m'avez-vous réveillé de ce doux songe, cruelle que vous êtes ? Moi qui vous aimais à en perdre la raison !

– Affrontez la dure réalité, dit sa dulcinée. Je ne serai jamais à vous. Nos destins sont inconciliables. J'embellis les femmes avec des rubans tandis que vous les ridiculisez avec de fausses mèches.

Léonard aurait bien repris une rasade de philtre pour l'aider à supporter ces injures. Mais il connaissait à présent le plus sûr moyen d'horripiler la harpie. Il s'approcha d'elle et lui souffla son haleine dans la partie du cou visible entre le bonnet et le col de fourrure.

– Vous faire la cour n'était pas désagréable, dit-il d'une voix suave.

Elle s'éloigna d'un pas.

– Passons un accord, voulez-vous ? Dès que vous serez de nouveau empoisonné, malade, mourant, je vous permettrai de vous comporter comme vous voudrez. D'ici-là, tenez-vous.

Et puis elle avait un rendez-vous. Avec un homme. Un vicomte. Il se résigna à s'en aller avec un air d'abattement très bien imité.

Rose le regarda quitter le Grand Mogol. Elle n'avait plus qu'à se trouver un vicomte. Elle n'allait tout de même pas se laisser courtiser par ce pantin à moumoute ! Autant rester seule toute sa vie. Non, non, elle allait se dénicher un vicomte, la chasse au vicomte était ouverte.

Comment aurait-elle envisagé de se lier à un banal coiffeur après avoir fait de si grands sacrifices pour arriver où elle était ? Elle avait travaillé dur pour s'élever au-dessus de sa condition, elle voulait monter encore plus haut. Elle était décidée à prendre sa revanche sur la vie, au risque de n'être jamais satisfaite.

Léonard passa devant sa vitrine pour regagner son salon, toujours coiffé de son pouf à peigne. « Si au moins il était vicomte ! », pensa-t-elle. Elle devait se concentrer sur son nouveau projet : épouser un noble. Et si son projet devenait de faire anoblir le coiffeur ? Tout deviendrait alors si simple… Non, non. A quoi bon devenir la vicomtesse de la Brosse à Cheveux ? Et puis appartenir à la noblesse ne protégeait pas d'une exécution en place publique pour avoir étranglé son insupportable époux. Tout vicomtesse qu'elle serait, on la ferait monter sur un échafaud où monsieur le bourreau de Paris l'attendrait avec son épée. Elle n'était pas amoureuse de cet olibrius au point de finir comme ça, il n'en valait pas la peine.

L'horreur la figea. Venait-elle d'utiliser le terme « amoureuse » ? Elle, amoureuse de lui ? Cette enquête l'avait épuisée au point de lui faire perdre le sens commun.

Elle le vit passer dans l'autre sens, la mine satisfaite, les bras chargés de paquets de cheveux à destination des fours à papillotes, suivi de ses garçons enfarinés. Il était grotesque. Jamais elle ne serait la femme d'Arlequin, même d'Arlequin vicomte. Elle allait devoir se marier très vite, sa vie était en train de prendre un tour délirant.

Il repassa pour chercher des ballots entassés dans une charrette qui stationnait devant le magasin. Il lui fit coucou de la main depuis la rue. Elle lui fit coucou en retour.

« Gros piffre », articula-t-elle avant de lui lancer son plus charmant sourire.

« Madame guenillon », crut-elle lire à travers le carreau sur les lèvres du coiffeur.

Il est bien vrai que le roi, accoutumé à ne se refuser à rien de ce qui peut plaire à son auguste épouse, avait approuvé que les ducs de Coigny et de Guînes, le comte Esterházy et le baron de Besenval restassent auprès de la reine ; mais ce consentement avait été provoqué par cette princesse, qui n'en sentit pas d'abord les conséquences. Elles aboutirent à toute sorte de propos très fâcheux, à de mauvaises plaisanteries tenues à la Cour même, où l'on mit en question de savoir quelles seraient les quatre dames choisies pour garder le roi dans le cas où il tomberait malade. A peine les quatre personnages susdits furent-ils installés à leur poste qu'ils prétendirent veiller la reine pendant la nuit ! Je m'opposai fortement à cette ridicule idée. Dès ce moment ils s'emparèrent de la chambre de la reine. Depuis sept heures du matin jusqu'à onze heures du soir, ils n'en sortaient que pour le temps de leurs repas.

Florimond de Mercy-Argenteau, *Correspondance*

Les trois semaines que nous passâmes à Trianon furent très agréables, uniquement occupés de la santé et de l'amusement de la reine, de petites fêtes simples dans un lieu charmant, des promenades en calèche ou sur l'eau. Point d'intrigues, point d'affaires, point de gros jeu. Seule la magnificence qui y régnait pouvait faire soupçonner qu'on fût à la Cour.

Valentin Esterházy, *Mémoires*

Dans les petites villes, un tailleur, un menuisier, un négociant, ont un air particulier, vous les devinez à la démarche. A Paris, un jour de fête, à présent surtout, si l'on vous indique dans la même compagnie la femme d'un boucher et celle d'un traitant millionnaire sans vous les désigner séparément, le hasard seul vous fera deviner laquelle des deux est la bouchère.

Jean-Baptiste Pujoulx, *Paris à la fin du XVIIIe siècle*, 1801

Les femmes assistent aux courses et ne paraissent avoir aucune pitié de ces adolescents aux cheveux tondus qui se rendent poussifs ou asthmatiques pour faire gagner Monsieur le Duc, lequel remporte le prix de la course dans son lit. Lorsque les femmes ont vu le matin la course, elles parlent de leur sensibilité. On ne voit plus entre elles que des ajustements de cheveux. Elles portent des *autels à l'amitié*, récitent des *hymnes à l'amitié*, le portrait de la *délicieuse amie* est caché dans leur bracelet, elles ne parlent plus qu'en s'extasiant des charmes de l'amitié. Cet étalage de *sensiblerie* date de la même époque que les jockeys.

Louis-Sébastien Mercier, Tableau de Paris

Beaumarchais affrétait des bateaux français pour livrer des armes au Congrès américain dans sa guerre contre les Anglais. Un jour, il eut une inspiration. Un primat de Pologne venait de mourir en France. Son corps devait être ramené sur les bords de la Baltique dans un bateau funéraire. Avec toute la solennité requise, on le porta à bord d'un des bâtiments de Beaumarchais dans le port de Marseille, la *Hardie*, décorée pour l'occasion de larmes peintes sur un fond noir et blanc. La *Hardie* put traverser sans encombres la Méditerranée, passant à portée des canons de la forteresse anglaise de Gibraltar, qui gardèrent un silence respectueux. Une fois dans les eaux de l'Atlantique, le capitaine sembla avoir perdu sa route. Lorsqu'on entendit à nouveau parler d'elle, la *Hardie* était à Charleston, en Caroline du Sud, où elle débarqua une riche cargaison de munitions pour les forces de Washington. On ne sait ce qu'il advint du cercueil de l'évêque polonais. Peut-être fut-il enterré à l'ombre des palmiers dans un cimetière tranquille par les habitants reconnaissants.

Susan Mary Alsop, *Les Américains à la cour de Louis XVI*

Silas Deane, espion américain et agent double à la solde des Anglais, se promenait sur le pont du navire qui devait le ramener en Amérique lorsqu'il fut saisi de vertiges et d'une oppression de l'estomac. On le mit immédiatement au lit, il tomba en léthargie, mourut quatre jours plus tard et fut enterré sur la côte anglaise. Le registre paroissial contient la formule suivante : « Silas Deane, ambassadeur plénipotentiaire des Etats-Unis à la Cour de France en 1777 et 1778, est mort tandis que, venant de Londres, il se rendait en Amérique. » Le bruit courut que Deane, dans un accès de désespoir, s'était suicidé en avalant une trop forte dose de laudanum[22]. C'est Edward Bancroft, autre agent double, qui fut à l'origine de cette rumeur. Une fois rentré en Amérique, Deane aurait pu révéler certains secrets du passé de Bancroft susceptibles de menacer sa position confortable et de lui faire perdre sa précieuse pension. C'est pourquoi le bon docteur recourut au seul moyen qui lui permettait de fermer à jamais la bouche de Deane. Il est fort possible que Deane se soit adonné au laudanum et que Bancroft en ait profité. C'est lui qui s'était

---

22 Préparation à l'opium qui était utilisée comme antidouleur ou comme drogue.

occupé de ses bagages pour le voyage. Etant médecin, il put fournir le laudanum et mêler à cette substance un mélange toxique. La qualité d'agent double de Bancroft ne fut révélée qu'en 1891, lorsque les documents diplomatiques britanniques furent rendus publics.

Susan Mary Alsop, *Les Américains à la cour de Louis XVI*